国家社科基金
GUOJIA SHEKE JIJIN HOUQI ZIZHU XIANGMU
后期资助项目

奈保尔文学创作研究

Study on V. S. Naipaul's Literary Creation

石海军 著

中国社会科学出版社

图书在版编目（CIP）数据

奈保尔文学创作研究／石海军著 . —北京：中国社会科学出版社，
2020. 9

ISBN 978 - 7 - 5203 - 0502 - 0

Ⅰ. ①奈…　Ⅱ. ①石…　Ⅲ. ①奈保尔—文学创作研究　Ⅳ. ①I561. 065

中国版本图书馆 CIP 数据核字 (2017) 第 134061 号

出 版 人	赵剑英
责任编辑	顾世宝
责任校对	邓雨婷
责任印制	李寡寡

出　　　版	中国社会科学出版社
社　　　址	北京鼓楼西大街甲 158 号
邮　　　编	100720
网　　　址	http://www. csspw. cn
发 行 部	010 - 84083685
门 市 部	010 - 84029450
经　　　销	新华书店及其他书店

印　　　刷	北京君升印刷有限公司
装　　　订	廊坊市广阳区广增装订厂
版　　　次	2020 年 9 月第 1 版
印　　　次	2020 年 9 月第 1 次印刷

开　　　本	710×1000　1/16
印　　　张	14.5
插　　　页	2
字　　　数	260 千字
定　　　价	65.00 元

国家社科基金后期资助项目

出 版 说 明

后期资助项目是国家社科基金设立的一类重要项目，旨在鼓励广大社科研究者潜心治学，支持基础研究多出优秀成果。它是经过严格评审，从接近完成的科研成果中遴选立项的。为扩大后期资助项目的影响，更好地推动学术发展，促进成果转化，全国哲学社会科学工作办公室按照"统一设计、统一标识、统一版式、形成系列"的总体要求，组织出版国家社科基金后期资助项目成果。

全国哲学社会科学工作办公室

目　录

前　言

　　本书主要从常人与作家、历史与文学、社会与自我等方面论述奈保尔的文学创作。

　　与国内外有关奈保尔研究的论著相比，本书侧重于奈保尔与印度之关系的分析，不仅专辟两章谈论这一话题，而且在各章中对此都多有涉及。在现实生活中、在文学创作中，为了使自我融入西方，奈保尔曾竭力逃避印度，但他的每一次逃避都使他与印度更为复杂地纠缠在一起，以致他最终认识到，一个人的自我凝聚着千百代的记忆与传承，不仅他身体里流淌着印度的血液，而且他的本性、灵魂与精神都逃离不了古老的印度。记忆与生活、过去与现在就像宗教中所谓的此岸与彼岸世界的对立和联系一样，假如没有了彼岸的存在，此岸的一切也都没有什么意义了，两者之间总是存在着某种割舍不断的联系。

　　本书的第二个重点是分析奈保尔的自我，这个问题与理论界所谓的"流散"以及"文化身份"等问题密切相关。不过，本书基本上不从什么理论高度来归纳总结奈保尔的文学创作，因为国内学术界在这方面的研究已经蔚然成风；再者，在当今文学批评越来越理论化的同时，笔者也有意致力于批评的文学化与个性化。因此，本书更多地结合奈保尔的文学创作实践和文本来分析奈保尔自我构成的复杂性，以及奈保尔是如何发现、充实并创造自我的。

　　一个作家天生的习性和性情决定了其文学创作的风骨和韵味，但另一方面，一个人的德行，既是天生的，同时也是特定的文化和社会环境的产物。显然，奈保尔具有老印度人特有天性和智慧，但与此同时，奈保尔的文学创作，又与他的环球旅行密切相关。这种旅行，一方面发生于空间或地理的意义上，是现实生活中的旅行；另一方面则发生于历史和文化的意义上，是精神世界的旅行。在东方与西方的错位中，在现代世界的流亡体验中，尽管奈保尔对现实的一切都充满了失望，但他依然希望他的创作蕴含着他的思想、他的品格和他的道德力量；尽管奈保尔认为自己所生活的世界没有道德、没有是非，但他依然认为这世界有着自身的、不为人知的奥秘和崇高；尽管奈保尔认为自己是一个迷失的灵魂，但他依然在追求着他心目中更高的自我，那是某种模糊而又令人着迷的东西。

在奈保尔看来，小说创作的过程，便是常人与作家的融合过程。我们每一个人，实际上并不单单是一个小小的生命个体，而是世界与文化复杂地综合在一起的产物；尽管我们的生命只是历史的一个小小的碎片，但这个碎片却能映照出世界。我们每一个人都承载着无限的历史与文化，每一部作品的创作都是作家对自我的发现与改变，文学创作便是作家对自我生命意义的延伸。

本书的第三个重点是分析奈保尔的文学艺术。除了文学创作，奈保尔几乎一无所求，他在创作上精益求精，从文学的角度不断地研究自我，将自我化成了某种文学性的存在。奈保尔在文学创作中，从不刻意追求什么艺术性，无论是语言还是风格。在选词造句方面，他追求平实自然；在风格方面，他认为，文学创作并没有什么特定的风格，风格即思想。如果说奈保尔在文学艺术方面有什么追求的话，那便是真实。奈保尔认为，文学贵在真实，尤其是细节的真实；而真实是什么呢？奈保尔说，真实不过是一种生活的流动感；正是在流动的生活感受中，我们体验到了文学的美。在自然界光明与黑暗的交替中，在人世间荣耀与悲伤的变幻中，我们感受到了美，美不是什么观念，也不是什么崇高，而只是某种充满流动性的感受。从变化的角度来感知世界，流动是我们能够感知到的唯一的美，哪怕这是一种虚幻、甚至是令人厌恶的美。流动不仅是一种时间观念，同时也是万事万物的存在状态，它没有开始，也没有结束。历史从来都不是线性的或进步的，它只是一种传承或序列，处于周而复始、循环往复的过程之中；人从来都不是完整的，而只是万事万物相互传承中的一个碎片。

最后，笔者谈一点对奈保尔其人的感受：尽管奈保尔一生"得罪"了很多人，但他在内心里对任何人都没有真正的仇恨；尽管他将整个世界看成了废墟，但他的文学世界却是丰富多彩的；尽管他对人类现代文明深感绝望，并将死亡意识化于日常生活之中，但他依旧在四季的更替、万物的变幻中寄托了他无望的希望；尽管他对人对事常常"怒目"，但他依然不失为内心祥和的"金刚"。

第一章　从常人到作家

本章主要结合《米格尔大街》和《毕司沃斯先生的房子》等早期小说的创作，从奈保尔的生平和创作的角度探讨生活与文学、常人与作家之间的关系。素材与题材、真实与虚构、原型与形象、如何提炼生活的经验并使之变成文学创作等都是文学理论研究的老话题了，但具体到奈保尔的文学创作实践，这些老话题却具有常新的意义。

要理解作家奈保尔，有必要理解奈保尔其人。奈保尔复杂的印度教文化背景以及他个人特定的流亡体验，都对他的文学创作产生了直接的影响。在《米格尔大街》《毕司沃斯先生的房子》等早期创作中表现出来的对特立尼达的回归，不仅使奈保尔找回了早年生活的记忆，同时也使他找回了某种自我感觉的基础——古老的印度，这是奈保尔自我认识、自我发现的起点。

在奈保尔看来，我们每一个人，实际上并不单单是一个小小的生命个体，而是世界与文化的综合物，具有无限延伸的性质。我们每一个人都承载着无限的历史与文化，只是我们在这方面的认识与感悟有深有浅罢了，文学创作便是对自我生命意义的延伸，小说创作的过程，是常人与作家的融合过程。奈保尔常说，他的每一部作品写的都是他的自我，都是对自我的发现与改变，因此只有将他所有的作品当作他一生创作的一部完整作品来考察，才能对他有更好的认知。在《抵达之谜》等作品里，奈保尔常常将他自我的发展与他的文学创作密切地联系起来。理论界所谓"作者死亡"的说法，对奈保尔来说，显然是不适用的。[1]

---

[1]　Gillian Dooley, "Introduction", *V. S. Naipaul*: *Man and Writer*, University of South Carolina Press, 2006.

一 作家的梦想:父子之间

V. S. 奈保尔（Sir Vidiahar Surajprasad Naipaul, 1932— ）出生于特立尼达西班牙港市郊查瓜纳斯乡下的印度教家庭，属于特立尼达的第三代印度移民。他的祖父是 20 世纪初从印度来到特立尼达的契约劳工，契约期满后，他没有回到印度，而是留在了特立尼达。父亲西泊萨德从小过着贫穷的生活，没有受过太多的正规学校的教育，但他却勤奋好学，于1938 年被聘为《特立尼达卫报》的城市记者，随后，奈保尔全家从乡下搬到特立尼达的首府西班牙港市伍德布鲁克区。

尽管他们原来居住的乡下，距离西班牙港市不过 12 英里远，但乡下与城市毕竟是两个世界。在乡下时，奈保尔一家生活在印度教移民集中的社区，过着大家庭生活，他们保留着 19 世纪印度乡村生活的习性，来来往往的都是印度移民，过着较为平静的生活。而西班牙港市则是种族混杂的热闹世界，印度教移民在这里不仅是少数，而且也不再像乡下那样集中在某个共同的社区。从乡下来到城里之后，古老的印度教乡村世界很快便被奈保尔抛在了身后；西班牙港市就像是一个新的国度，奈保尔很快喜欢上了城市街头生活。不过，在西班牙港市，奈保尔生活在贫民区，而且是寄居于外婆家，尽管城里的街区生活热闹，但在心理和精神上，受印度教传统文化习性的熏陶，[①] 奈保尔并没有与周围的人和世界打成一片，他像是一个局外人一样观察并感受着他周围的人："外婆家大房子的台阶用混凝土砌成，一直往下连接到大门和人行道路上；台阶上方，罩了一个用沥青处理过的瓦楞铁顶棚。站在台阶上的扶栏那里，街上包括街上的人可以一览无余。我很熟悉那些人，虽然我从来没跟他们说过话，他们也从来没跟我说过话。我逐渐了解了他们的衣着、风格和说话声音。"[②]

来到西班牙港市之后，因为和父亲西泊萨德生活在一起，奈保尔开始更多地了解了他的父亲。虽然生活艰辛劳累，但西泊萨德却痴迷于文学创作，立志当一名作家，这对童年时代的奈保尔产生了潜移默化的影响。奈保尔常常偷偷阅读父亲写下的有关古老印度的传奇故事，故事中出现的都

---

① 受种姓思想的影响，生活在特立尼达的印度人常常将自己固定在有限的生活圈子之中，不与他人多接触，以免受到"污染"。奈保尔家庭属婆罗门种姓，不仅不愿与外人多接触，而且在印度移民中，来往的也主要是高等种姓者。

② ［英］V. S. 奈保尔：《作家看人》，孙仲旭译，南京大学出版社 2009 年版，引言。

是印度人，反映的也是印度人的乡村生活，赞美的是印度教古老的、能使人心灵得到净化的宗教仪式，这一切使奈保尔感到很亲切。对外面的世界，奈保尔总有某种陌生的感觉，而阅读父亲写的小说，就好像自己在这个世界上有了着落，回到了残留于他记忆之中的遥远家乡。尽管这是一个虚幻的世界，与现实有很大的差别，但它却像神话一样存活于奈保尔心中。父亲的创作断断续续，有不少作品都是创作了一半而没有写下去，奈保尔常常思考着没有写完的故事，彻夜难眠。正是由于父亲的影响，奈保尔在 11 岁前后，便立志要当一名作家。① 出于对文学的喜爱，父亲西泊萨德也经常给奈保尔朗读有趣的文学作品，并热情地向奈保尔解释文学是什么。

在父亲的影响下，奈保尔很早就阅读了狄更斯的《奥里维·退斯特》和《大卫·科波菲尔德》、乔治·艾略特的《弗洛斯河上的磨坊》、康拉德的短篇小说、兰姆编译的《莎士比亚故事集》、查尔斯·金斯利的《英雄》中的故事、欧·亨利的传奇故事、阿尔多斯·赫胥黎的《滑稽的彼拉多》中有关恒河和宗教节日的故事、阿克莱的《印度假日》等。像父亲一样，奈保尔读这些书，常常也是随着自己的兴趣，并不是认真、完整地阅读。由于对这些故事产生的社会历史背景所知甚少，奈保尔无法将它们与自己身边的人物与景物联系在一起，对那时的奈保尔来说，文学好像是来自一个遥远的世界。

从乡下来到城里之后，奈保尔很快便明白，外面还有更大的世界。在女王中学受到的英式教育使他进一步明白，特立尼达是一个殖民地，英国、美国和加拿大在各个方面控制着这个殖民地，总督来自外面的世界，教科书、电影、书籍、报纸等也都来自外面的世界。② 正是从这个时候起，他在立志要当一个作家的同时，也立志离开特立尼达，去寻找外面的世界。

18 岁那年，也就是 1950 年，奈保尔凭借优异的学习成绩，如愿以偿地获得英殖民政府的奖学金，到英国牛津大学学习，从此，他开始去实现自己的作家梦想。多少年来，奈保尔一直梦想着英国，但到英国后不久，奈保尔便发现，经济上的窘迫使自己的作家梦想变得苦涩不堪。初到英国将近一个月的时间里，他没有给家人写一封信，他感到自己像是一个迷途的羔羊，后来在姐姐卡姆拉的催促下给家里写信时，他总是说自己"深

---

① V. S. Naipaul, *Reading & Writing*, The New York Review of Books, 2000, p. 3.
② ［英］V. S. 奈保尔:《作家看人》，孙仲旭译，南京大学出版社 2009 年版，第 15 页。

感幸福""英格兰真是令人愉快"等。这种小小的"骗局"不仅仅是为了免却家人对他的挂念，也是源自他内心的真实感受：在孤独和焦虑的背后隐藏着抱负和雄心。他对英国尤其是伦敦和牛津大学存在着复杂的感情，在1951年1月1日写给家人的信中，奈保尔说："我对伦敦有强烈的思乡感。伦敦是一个都市，适合于在城市长大的孩子。如果你想热闹而不至于喧闹，想要拥挤而不至于拥挤不堪，那你就应该喜欢伦敦……伦敦到处都是克制的、简朴的美。除了伦敦，我不知道，我如何能在别的地方生活。"① 而对于牛津，他也是充满了渴望，置身于牛津大学，使他意识到自己身上有"（英国）贵族的所有品质"，他有权利像别人一样富有——显然他想融入"精英"式的牛津生活，不仅是现实层面，更是精神层面的认同。不过，在牛津生活、学习过一段时间后，奈保尔又觉得牛津是一个极其糟糕的二流的乡下大学，他认为自己来到牛津是一个错误；临近毕业时，他迫不及待地想离开牛津："我就要抛弃我所有的英国朋友和熟人了，我会用自己余生来忘却一切，忘却我曾来牛津求学……从很多方面来说，牛津或许是世界上最好的大学，与此同时，这里也是一个与世隔绝的尔虞我诈之地。在这里，你会忘记外面的世界，忘记外面的众生甚至比'牛津精英'们还要愚蠢，还要粗鄙；你会忘记很多重大的事件，直到你冲出樊笼，被周遭的一切惊得目瞪口呆。"②

奈保尔对牛津、对伦敦、对英国的矛盾感受，源自于窘迫的现实处境与伟大梦想之间的纠结。在奈保尔看来，英国虽然充满了迷人的魅力，但他不仅无法陶醉其中，反而深深感受了以前从未体验到的孤独。在特立尼达，虽然他生活的天地非常狭小，但他在内心里对未来充满了期待，如今，在英国，虽然从狭小的天地进入到了他渴望进入的世界，但他却发现自己失落于西方世界，找不到自我了。1951年4月，奈保尔患上神经焦虑症，曾求助于医生。之后不久，他的父亲得了心脏病，家庭经济进一步陷入窘境。或许是苦难太多，也就不再沉溺于苦难了；或许是现实生活进一步的磨难反而使奈保尔清醒了。1952年，奈保尔逐渐从神经焦虑症中走出，将苦难深埋于内心，更加理性、更加冷漠地看待伦敦、看待世界。

《家书：父子之间》（1990）主要收集了奈保尔在牛津大学读书期间与父亲以及家人之间的通信，这些通信不仅反映了父子之间至深的感情，

① ［英］V. S. 奈保尔：《奈保尔家书》，北塔、常文琪译，浙江文艺出版社2006年版，第58页。

② 同上书，第326页。

而且对我们把握奈保尔的文学观及其文学创作的发展有着不可替代的认识价值。奈保尔的父亲西泊萨德在文学上的痴情尤胜于奈保尔，他想让奈保尔回到特立尼达，自己全力支持奈保尔，或是奈保尔全力支持他去进行创作；他还让奈保尔多方联系，争取将他创作的小说在英国出版，但直至1953年去世，西泊萨德的这个愿望也没有实现。这不仅是父亲的遗憾，更是奈保尔的遗憾。直至1976年，成名后的奈保尔才将父亲生前写成的小说编辑成册，取名《古卢代维的历险》①在英国出版，总算了却了父亲的一桩心愿，也弥补了奈保尔对父亲的遗憾。父亲的过早去世，对奈保尔打击很大，这件事一直萦绕于他的心头。在1953年10月28日写给母亲的信中，奈保尔说道："在某种程度上，我过去总是把自己看成是他（指父亲）的生命的延续，这种延续，我曾渴望着，也是一种圆满。现在依然如此，但现在我不得不抛却在爸爸的陪伴下成长的想法了。"②

西泊萨德作为一个作家，生前虽然也在特立尼达的报刊上发表过一些小说，但基本上默默无闻，不过，他对文学的兴趣，却对奈保尔的创作产生了难以磨灭的影响。西泊萨德认为，文学反映的是作家的性格与道德，而性格与道德是一个奇怪的混合物、矛盾体。人有多种自我，神秘家自我、政治家自我、道德家自我、阴谋家自我、诗人自我，要写肚子里的东西，不要写面子上的东西。这种文学思想影响了奈保尔一生的创作，在晚年出版的《作家看人》一书第二章中，奈保尔说英国作家安东尼·鲍威尔（Antony Powell）是平庸的，因为他小说中的人物与场景都是平面化的，虽然他创作了不少作品，是一个颇有名望的作家，但他的作品与他本人是分离的，他写的都是中规中矩、了无意味的表面文章；文学创作反映的是作家的洞察力和内心的感受，体现的是作家的人格，而鲍威尔一辈子却只是一个名义上的作家，他的作品没有什么洞察力。奈保尔的这种文学思想与父亲西泊萨德对文学的看法有着一脉相承的关系。在1951年9月30日写给卡姆拉的信中，奈保尔说："随着年龄的增长，我越来越感觉到，我所做的事情会让自己想起爸爸的所作所为。……我对自己了解越多，对他的了解也会越深入。……是谁塑造了我的生活、我的观念和趣味？是爸爸。"③在《阅读与写作》一书中，奈保尔说："成为一个作家

① Shiva Prasad, *The Adventures of Gurudeva*, London：Andre Deutsch, 1976.
② 参见［英］V. S. 奈保尔《奈保尔家书》，北塔、常文琪译，浙江文艺出版社2006年版，第316页。据英文原文，对译文有适当改动。
③ ［英］V. S. 奈保尔：《奈保尔家书》，北塔、常文琪译，浙江文艺出版社2006年版，第145页。

便是成为一个小说家，这种观念既来自我的父亲，也来自我的阅读，而写小说便是编故事，这种观念一旦形成，从来都没有改变，也没有质疑，尽管我不知道该如何虚构故事，好像那是某种魔法似的。"① 在牛津，读了很多书之后，小说和虚构的问题依然是令奈保尔深感困惑的问题：小说是一种虚构，但与此同时，小说又被认为是真实的；它来源于生活，但又不是生活，这好像是一个悖论，从理论上或许可以理解为文学源于生活又高于生活，但在创作实践中，奈保尔并不知道如何处理真实与虚构的问题。

二　从常人到作家:《米格尔大街》的创作

1954 年，奈保尔从牛津大学毕业了，尽管家人渴望他回到特立尼达，但他却宁愿死去也不愿再回到特立尼达。在写给母亲的信中，奈保尔说："我不想强迫自己适应特立尼达的生活方式。我想，假如我不得不在特立尼达度过余生，我肯定会被憋闷死的。那个地方过于狭小，社会上的种种观念全然不对，那里的居民更是卑微狭隘，目光短浅。除此以外，对我而言，那里可供施展的空间极其有限。"② 尽管奈保尔对伦敦也没有什么好感，但他在伦敦 BBC 广播公司找到了一份差事——"加勒比之声"的自由撰稿人。

对奈保尔来说，这是他一生中极为艰难的岁月，生活在伦敦，但他没有什么钱；不仅自己生活困难，同时还要接济特立尼达的家人；他一直怀着作家的伟大梦想，想以创作来减轻自己对生活的焦虑，想尽快出人头地，但结果却适得其反，他在文学创作中走入了困境。在他看来，要融入西方作家的行列，就要对伦敦和西方的生活进行描写，以适应西方读者的阅读心理和阅读情趣，因此他搜索枯肠，编造有关伦敦等西方大都市的生活故事，但写出来的东西却是除了失败还是失败，这使他产生了穷途末路的感受。实际上，早在 1952 年 5 月 2 日，父亲西泊萨德就曾写信提醒奈保尔："你应该尽可能地多写一些短篇。把自己投入到与写作过程相伴的挣扎与战栗之中去吧，不妨把写作主题放在西印度群岛或西印度群岛的黑

---

① V. S. Naipaul, *Reading & Writing*, The New York Review of Books, 2000, p. 22.
② ［英］V. S. 奈保尔:《奈保尔家书》，北塔、常文琪译，浙江文艺出版社 2006 年版，第 325 页。

人混血人身上。"① 但奈保尔一直没有注意到父亲的良苦用心，仍在创作的歧路上左右徘徊，直至有一天傍晚，他神思恍恍惚惚地游荡于自己小时候在西班牙港市的街头生活时，他创作的灵感才有如泉水般涌动出来。他有意无意地在一台破旧的打字机上敲打出如下的句子："每天早晨起床后，哈特就会坐在自家后面过道的栏杆上，朝着街对面喊道：'你那儿怎么样了？波加特？'"随之，他忽然有了某种茅塞顿开的感觉，因为这句话写出后，第二个句子随之也出现了："波加特在床上翻了个身，嘴里轻声咕哝着，没有人能听得见：'你那儿怎么样了，哈特？'"在《一部自传的开场白》中，奈保尔写道，第一个句子是真实情景的描述，而第二个句子则是虚构，两者合在一起，不仅虚实相间，而且形成了叙事的节奏。② 童年时代的生活历历在目，人物自由地出没，房屋、院落、街头巷尾以及当年的美军基地等也自然形成了一个特有的空间，如同舞台布景一般，"与此同时，与这种题材相适应的语言、语调与声音也随之而来，它们好像是合为一体、彼此难以分开的存在，一个必然引出另一个"③。原来所谓的谋篇布局的东西只不过是作家的某种焦虑感而已，原来所谓的"真实"与"虚构"之间令人迷惑不解的问题实际上根本不是问题，不用去刻意追求某种风格或艺术，一切都是水到渠成。奈保尔像着魔似的一口气将《波加特》的故事写完，这便是奈保尔处女作《米格尔大街》中的第一篇小说。

《波加特》的创作，显然带有灵感的意味，按奈保尔自己在《一部自传的开场白》中的说法是"运气"，但无论是"灵感"还是"运气"，奈保尔都没有将之神秘化。他认为，通过《波加特》的创作，他发现了自己的写作对象或说是创作主题。在一般人看来，这或许是一件再平常不过的事情了，但对奈保尔来说，这却是一件大事——发现了自己的写作主题，一个作家一半的工作已经完成了。原来，奈保尔总是追随着英法作家，试图描写西方世界，现在他明白了，自己无论如何都无法赶超英法作家，因为他缺乏这些作家赖以生存的历史环境和知识背景，也没有与这些作家相似的生活经历，他实际上无法描写西方社会，只能回归于自身在特立尼达的生活经验；而一旦如此，他不仅感到驾轻就熟，而且所有令人困

---

① ［英］V. S. 奈保尔：《奈保尔家书》，北塔、常文琪译，浙江文艺出版社 2006 年版，第196 页。

② V. S. Naipaul, *Finding the Center：Two Narratives*, Vintage Books, 1986, p. 3. 可参见［英］V. S. 奈保尔《一部自传的开场白》，匡咏梅译，《世界文学》2002 年第 2 期。

③ V. S. Naipaul, *Reading & Writing*, The New York Review of Books, 2000, p. 25.

惑的艺术问题也都迎刃而解了："当我开始创作并确立创作题材后，通过直觉，有关小说的矛盾认识才算是得到解决。1955 年我对伊弗琳·沃有关小说是'完全转化了的经验'（experience totally transformed）的定义有了突破性的认识。在此之前，我是无法认同也无法相信这种说法的。"①

在再现了童年时代的生活片断之后，奈保尔深深认识到生活"经验"的重要性，奈保尔说："小说，在本质上，最为适应的只是某种特定的社会，尤其是童年时代经历的一切。"② 童年的生活常常会在作家的心中产生难以磨灭的印记，对奈保尔来说，尤其如此，他的处女作《米格尔大街》反映的便是童年时代的生活，尽管这是某种辛酸苦涩而非甜蜜的记忆。

奈保尔出生时，特立尼达是英国的殖民地。特立尼达的人口主要由非洲黑人和印度移民构成，他们都是西方殖民历史的产物。波加特像奈保尔一样，是生活在特立尼达西班牙港市的印度人，是 19 世纪来自印度的契约劳工的后裔："波加特和我母亲家族的关系很不一般。世纪初，波加特的父亲和我母亲的父亲一同作为契约劳工移民到这里。漫长的险途中的某个时候，他们发誓要结为兄弟；那种兄弟情谊也顺理成章被我们后辈继承了下来。"③《米格尔大街》中的波加特虽然表现为单个的人物形象，但从社会历史的角度说，这一形象扩展开来时，则"以一种特殊的印度渊源和我母亲的家族联系起来，因此一些在大英帝国时期的印度移民潮也被牵扯进去了，还有我的印度家庭，带着逐渐淡化的印度记忆，还有印度自身，还有带着奴隶制过去的特立尼达，还有它的混血人口，它的种族对抗以及变幻不定的时局；那儿曾是委内瑞拉和西班牙帝国的一部分，现在则是说英语的地区，有美军基地和波加特那条街尽头的露天电影，直穿过帕瑞亚湾就是委内瑞拉，16 世纪西班牙殖民者眼中的黄金国"④。

自从成功逃离出特立尼达以来，奈保尔便再也不愿意回到特立尼达，而今通过《米格尔大街》的创作，通过小说人物波加特及其社区语言、文化的记忆，他又重新回到了特立尼达；再者，通过对自己的早年生活和父亲创作的短篇小说的追忆，他找回了自己对世界的感觉基础。从这种意义上说，他对特立尼达的回归，也是对更为古老的印度的回归："20 世纪30 年代，我生活在一个移植过来的印度中，因为殖民地生活的各种缺失，

① V. S. Naipaul, *Reading & Writing*, The New York Review of Books, 2000, p. 23.

② Ibid, p. 28.

③ ［英］V. S. 奈保尔:《一部自传的开场白》，匡咏梅译，《世界文学》2002 年第 2 期。

④ 同上。

这个印度正在消失，但当时，在我的感觉中，印度仍然是完整的，它给我一种感觉基础以及文化知识，在这一点上，我之后出生的人便不再具备了。我终生都拥有这种感觉基础。我想这样说并不为过：从一开始，我便生活在这个非同寻常的印度（移民社区），虽然别的种族的人也出现在我的面前，但我却视若无睹。这使得我更易于接受我父亲所写的那些关于本地印度人自成一体的生活和印度教礼拜仪式之疗效的短篇小说，我不仅易于接受这些短篇小说，而且受到了极大的触动。我目睹过这些短篇小说的创作过程，并且留下了深刻印象。这跟粗糙的乡间片《罗摩利拉》——根据史诗《罗摩衍那》改编的露天剧——一起，属于我最早的文学经历。"① 所以，奈保尔在最初的创作中表现出来的对特立尼达的回归，不仅找回了早年生活的记忆，同时也指向了更为古老的印度，那是某种自我感觉的基础，也是自我认识、自我发现的起点。

《米格尔大街》使奈保尔回归于自己早年的生活经验，刚开始的时候，这种长时间埋藏于作家脑海中的经验本身似乎具有惊人的自我显现的力量，奈保尔的创作也是得心应手，他好像已经拥有了一个完整的文学世界，但到后来，他发现，这不过是他作为作家迈出的第一步，是一个对世界一知半解的人写出来的。《米格尔大街》的视野主要停留在特定的街头生活，视角也出自一个孩子，关注的只是故事与人物，这个作品是传奇、滑稽、玩世不恭和愤世嫉俗的结合体。如果奈保尔只停留在这样的创作阶段的话，他是永远长不大的。晚年，在《作家看人》一书中，谈到《米格尔大街》时，奈保尔说："那本书写的是那条街的'平面'景象：在我所写的内容中，我跟那条街凑得很近，跟我小时候一样，摒除了外界。甚至在当时，我就知道还有的别的观察方式，也就是说，如果我退后一步、两步或者三步，会看到更多场景，那就需要另外一种写法。更复杂一点，如果我想探究我是谁，街上的人是谁（我们那里是个移民小岛，文化以及种族上都呈多样化），就需要另外一种写法。事实上，是写作本身使我变得复杂了。"② 创作的过程就是学习的过程，通过不断的创作，奈保尔一步接着一步地行走在文学的道路上。

---

① V. S. Naipaul, *Reading & Writing*, The New York Review of Books, 2000, p. 46.

② ［英］V. S. 奈保尔：《作家看人》，孙仲旭译，南京大学出版社 2009 年版，引言。

三 《毕司沃斯先生的房子》：文学形象与生活原型

《毕司沃斯先生的房子》标志着奈保尔早期创作的高峰。小说的主人公是奈保尔以自己的父亲为原型而创造出来的，它描写的看似传统的家族故事，实际上却从移民的角度反映出了传统文化在现代社会的迁徙与杂交。

早在 1952 年 3 月，父亲西泊萨德就曾写信给正在牛津读书的奈保尔："如果你缺乏写作主题，那就写我。开头就这样写：他坐在小书桌前，准备写出他妻子娘家人的点滴生活，并且替每一个人想出一种动物的名称。他写得极有分析性，希望能够写得正确，写作态度好像科学家。他写下'雌狐狸'，接着'毒蝎子'，五分钟后，他写下一份名单，内容如下……但这一切不过是个笑话，不过你真的可以写。"① 多年之后，奈保尔确实采纳了父亲的建议，以父亲为原型创作了《毕司沃斯先生的房子》，这部作品写的虽然是父亲充满辛酸的生活，但却如父亲所建议的那样，其中充满了喜剧的情调。

再者，《毕司沃斯先生的房子》中的一些细节描写，也直接来自奈保尔父亲曾经创作的短篇小说。比如，这部小说的开头描写毕司沃斯先生的出生，给新生的孩子命名这样一个重要的细节：

> "您忘了一件事，梵学家。孩子的名字。"
>
> "这件事我无法完全帮助你。但是我认为最安全的称呼是穆。剩下的就要你自己想了。"
>
> "哦，梵学家，你一定要帮助我。我只能想起罕这个名字。"
>
> 梵学家吃了一惊，却相当高兴。"但是这个名字真是妙极了。绝妙无双。穆罕。我自己也想不出比这更好的名字了。因为你知道，穆罕的意思是'被深爱的'，这个名字是挤奶的姑娘用来称呼克利须那神的。"他的眼神因为想起那个传说而柔和起来，有那么一会儿他似乎完全忘记了贝森达亚和毕司沃斯先生。②

---

① ［英］V. S. 奈保尔：《父与子的信》，庄胜雄译，希代书版股份有限公司 2002 年版，第 194—195 页。

② ［英］V. S. 奈保尔：《毕司沃斯先生的房子》，余珺珉译，译林出版社 2002 年版，第 13 页。

　　这个细节，按奈保尔的说法，便是他对父亲创作的短篇小说《他们给他取名穆罕》的直接挪用。[①] 其中，"穆罕"这个名字，在印度教徒中是很普遍的，从中引出的罗陀（牧女）与克利须那[②]的爱情故事，在印度更是家喻户晓。因此，通过《毕司沃斯先生的房子》，奈保尔对特立尼达的回归，不仅是对自己曾经生活过的特立尼达的回归，同时也通过自己的父亲和家族的故事而回归于更为古老的印度文化。

　　当然，这种回归只是创作上的回归，与文化上的认同完全不同。文化认同是一个极其复杂的问题，这个问题反映在奈保尔身上，也表现出复杂的性质，这并不是认同西方或东方这样一个非此即彼的问题。如果说奈保尔早年曾竭力逃离特立尼达，对伦敦充满了无限的向往，是对西方的认同的话，这只是一厢情愿的自我心理认同，是一种虚妄的存在，因此，当他试图将这种认同转化于创作实践时，他在创作上便走进了死胡同。不过，牛津求学实际上也是西方对奈保尔进行文化塑造的重要过程，尽管奈保尔曾说他在牛津读书的日子是对他自我生命的浪费，但一定程度上说，他已经西方化，只是这种西方化无法抹去他原有的文化身份：他对自身原有文化印记的努力消除，不仅没有成功，反而使他误入歧途。因为他根本无法像西方作家那样去创作西方式的文学，他只能回归于特立尼达，一个他特定的文学世界，从中发现原来没有发现的东西，这也就是文学的新天地。在这个新天地中，尽管一切依然是他早年生活过的世界，但因为经历了伦敦的求学或说是西方化的过程之后，他对特立尼达有了新的感受与发现。这种感受与发现并不是以文学的形式对过去进行美化或丑化，而是某种文化的距离和文学的眼光——远近高低、不同角度地看待事物时，事物本身会呈现出不同的面貌。

　　评论家多将《毕司沃斯先生的房子》与西方19世纪现实主义文学联系在一起，认为这是一部以传统现实主义笔法所创作的自传体小说，但实际上，这部小说不同于19世纪小说的再现艺术，奈保尔探讨并思考的与其说是社会生活的问题，不如说是自我发现的故事。在《寻找中心》中，奈保尔说，这部小说所描写的大多是他不知道的事件，这些事件很大一部

---

①　V. S. Naipaul, "Foreword", in Shiva Prasad, *The Adventures of Gurudeva*, London: Andre Deutsch, 1976.

②　克利须那，一般译作"克里什纳"或"黑天"，是一个牧童，同时也是印度教大神；《摩诃婆罗多》《薄伽梵往世书》《牧童歌》《苏尔诗海》等印度经典著作都描写了克里什纳与罗陀的爱情故事。

分源自于相关的资料，比如他父亲创作的小说和他父亲写的各类新闻报道。客观上，奈保尔对自己的父亲所能回忆起来的并不多，很多细节都是他基于自己早年生活的文学创作，比如，奈保尔说，他在伦敦换了套房子，搬家时，看到父亲留给他的某件什物，他的思绪便回到了 1938 年，想起他的父亲曾经给他买过的小小的物件；这些质朴而珍贵的物件将他的思路打开了，想象中的故事情节便由此展开。

　　从人物描写上看，毕司沃斯这一形象与西方 19 世纪小说中的典型形象也是不同的。起初，奈保尔并没有打算创作一部长篇小说，他只是想描写他是如何获得父亲留给他的那些质朴而珍贵的遗物，但创作中间，他变得野心勃勃，并最终将这些故事演化成了一部长篇小说。因此，与其说这部作品是对特立尼达社会生活全面而深入的观察和描写，不如说这是奈保尔对自我和父亲关系的深入思考；与其说毕司沃斯这一形象来自于生活，不如说是奈保尔基于记忆的创造。奈保尔的父亲一直怀着作家的梦想，但最终却遗憾而去；奈保尔从小立志于文学，也是父亲影响的结果，他常常将自我看成是父亲的延续——在实现作家的梦想上。1953 年，父亲的去世，曾给奈保尔以沉重的打击，这是多年来一直萦绕于他心头的痛苦。在1972 年接受采访时，奈保尔回忆说，他与父亲的关系是他生活中"最重要的关系"，"几乎我的一切，都缘生于与他的联系"，"我常常感到我要保护我的父亲。我从来没有感觉到他是保护我的人。我常常感到情形正好相反：是我在照看着他"①。他深切地感受到父亲无法实现其志向的痛苦，一定程度上说，正是对于父亲的痛苦的深切感受，促成奈保尔创作了《毕司沃斯先生的房子》，这是父子两代人的痛苦，同时也是父子两代人的努力和成就。因此，毕司沃斯这一形象看似来自生活，但这种生活实际上凝聚了奈保尔自身的体验，包括他漂泊不定的流亡生活与心理感受，还有他对"家"（表现于小说之中演化为"房子"的意象）的认识与感悟，而毕司沃斯孤独的心理与乖戾的性情也更多地反映出奈保尔自己"歇斯底里"的情结。在《寻找中心》中，奈保尔说，父亲在现实生活中所受的创伤比别人都要深，毕司瓦斯先生是奈保尔以父亲为原型而创作出来的，但这个形象又不同于日常生活中的人物。虽然依旧是他的父亲，但出现在小说之中却变成了一个复杂的形象，我们可以说这是文学的魅力，但这种魅力是如何产生的，不仅是一个文学上的问题，更重要的是奈保尔自

---

① Purabi Panwar, "Introduction", in Nyla Ali Khan, *The Fiction of Nationality in an Era of Transnationalism*, Routledge, 2005.

己作为一个常人与作为一个作家之间的关系问题,我们也可以将之表述为文学的真实与虚构的关系问题;而这个问题,不仅是奈保尔最初创作时深感困惑的问题,而且是他一生都致力探求的问题。

与 19 世纪西方现实主义小说侧重于全面真实地反映生活的文学主张不同,《毕司沃斯先生的房子》并不致力于对特立尼达社会或生活的全面反映,而是侧重于表现奈保尔的自我、自我的由来以及未来的命运。因此,从最终的意义上说,奈保尔对特立尼达的回归,只不过是对自我的回归与发现。

"要成为一名作家,成就那荣耀之事,我想我离开(特立尼达)是必须的。实际写作的时候,回去也是必须的。那儿是我的自我认识的开端。"① 通过《波加特》的故事和父亲的故事的创作,奈保尔开始了从常人变成一个作家这样一个艰难而复杂的过程。尚不到而立之年,奈保尔便创作了被誉为 20 世纪文学经典的《毕司沃斯先生的房子》。在诺贝尔文学受奖词中,奈保尔说,创作《毕司沃斯先生的房子》期间,他确实是雄心勃勃,但在创作完这部小说之后,他感到自己似乎穷尽了有关特立尼达的所有材料——无论如何沉思,他似乎再也"虚构"不出什么东西了,他个人似乎有某种虚脱了的感觉。此话给我们提供了一种思考,在小说诞生的同时,常人与作家到底是一种什么关系?一定程度上说,小说创作的过程,是常人与作家的融合过程;而小说诞生的同时,作家已经死亡,不过,这与理论界时髦的所谓"作家死亡"的说法完全不同,笔者在此主要是想说明,创作《毕司沃斯先生的房子》之前和之后,奈保尔感觉到自己似乎变成两个人,他已经在创作上取得了巨大的成功,今后只是如何发展的问题,假如奈保尔停留在原地的话,他作为一个作家便真的死了。

四 自我:世界与文化的综合产物

在《毕司沃斯先生的房子》之后,通过《中途:西印度及南美洲五种法国和荷兰社会之印象》《幽暗国度:记忆与现实交错的印度之旅》《黄金国的失落》的创作,奈保尔的笔触从特立尼达延伸到英国、南美、北美、非洲、印度、伊朗、巴基斯坦、印度尼西亚、马来西亚等地,并以

---

① [英] V. S. 奈保尔:《一部自传的开场白》,匡咏梅译,《世界文学》2002 年第 2 期。

特立尼达为中心而在这些地方不断地流转。如果说特立尼达是他生命和创作的起点，那么从这个起点出发，他沿着西方殖民历史"三角贸易"的路线开始了历史与现实相互交错的旅行与考察。正是这种旅行与考察，开阔了奈保尔的文化视野，使他的创作不再局限于小说，不再局限于真实与虚构的问题，并打破了小说与非小说之间的界限，进入文学创作的自由天地。

奈保尔的旅行创作远比旅行记和历史故事复杂得多，这些旅行作品与他的小说创作密切相关，变成了孪生的兄弟关系。比如，《自由国度》由两篇风格各不相同的短篇小说和一部中篇小说组成，前有摘自日记的"序曲"，后有摘自日记的"尾声"，整部作品既是小说，又是旅行志：既是真实的，又是虚构的，真真假假之间，模糊了写实与想象之间的界限，一切都着眼于发现自我和世界的真相。再比如，《世间之路》由系列小说组成，这部作品既具有小说的性质，同时也带有非小说和元小说的色彩，它将作家自己的成长经历和作家对文学的认识有机地化于叙事之中。《抵达之谜》虽名为小说，但这部作品却又是类似于《幽暗国度：记忆与现实交错的印度之旅》一类作品的非小说，是奈保尔创作的介于虚构与非虚构作品之间的典型作品。[①] 这部作品将自己的生活经历与文学创作发展的过程完美融合在一起，既富于小说的意境，又不乏沉思录的深邃性。

在《抵达之谜》中，奈保尔重提他在《发现中心》中已经表述过的有关创作的问题，创作便是对自我的发现与重新创造，常人与作家原本是一个人，这是构成作家自我的两个方面，这两个方面是融合在一起的，并且在相互作用中相互促成。最初创作时，奈保尔受到的教育使他认同于西方作家和西方文化，为了成为一个西方式作家，他只能将自己伪装起来，好像自己是一个西方文化培养出来的西方作家，他有意掩盖自己的印度移民身份；结果，在不自知的状态中，他已经把他的自我与作家分离开来——无论是作为个人，还是作家，他都在一步步萎缩。《米格尔大街》的创作使他处于分离状态的自我与作家二者开始融合，他发现，他的创作主题实际上内在于他的自我和他生活的世界，作家与常人原本是一个人，他的创作反映的是他的自我，而他的自我不过是生活在他的心灵中留下的遗迹。在 1956 年，离开特立尼达六年之后，他重新回到了曾经让他感到恐惧并迫不及待想逃离的特立尼达；而当他创作了《毕司沃斯先生的房子》，成为一名作家之后，虽然他对特立尼达不再有恐惧和逃离的感觉

---

① Peter Hughes，"Preface"，*V. S. Naipaul*，Routledge，1988.

了，但随之他也觉得自己与这个岛国的关系似乎就此完结。因此，他发觉自己再也没有想回去看看的愿望，甚至对特立尼达产生了腻烦的感觉。不过，与此同时，奈保尔说："奇怪的是，虽然小岛本身以及岛上的人们不再引起我的兴趣，但是，这个小岛却唤醒了我内心深处潜藏的好奇心，希望从一个更大范围的世界中去认识文明，了解古代历史。"① 特立尼达虽然依旧，但奈保尔的自我却在不断地发生变化，而随着自我的变化，他对特立尼达的认识也会发生变化，如此，文学天地中的特立尼达实际上永远不会穷尽其生命。

在《抵达之谜》中，奈保尔认识到，他的自我，实际上并不单单是一个小小的生命个体，而是世界与文化的综合物，具有无限延伸的性质。在奈保尔看来，这并不是什么想象，而是生动的现实；实际上，我们每一个人都承载着无限的历史与文化，只是我们在这方面的认识与感悟有深有浅罢了。

我们常常将文学看成是想象的产物，但在奈保尔看来，文学创作并没有什么新奇的想象，但总有新的现实和新的发现。时间在不停地流动，生活在不断地发生着变化，自我如万物一样也在不断地交替更新。奈保尔说，他的创作从来不追求奇异的想象，他甚至拒绝想象；他追求的是他自己所经历生活的真实意义。而生活的意义总是随着自我的发展而处于不停的变化之中，永远令人琢磨不透。正是在生活中对自我、对真理的追求使他成为一个作家，使他的创作不断发展、不断更新。② 奈保尔也常说，他创作的每一部作品都在改变着他，他的每一部作品都是对自我的发现，因此只有将他所有的作品当作他一生创作的一部完整作品来考察，才能对他有更好的认知。

所谓对自我或真理的追求，对于奈保尔来说，并不是空洞的崇高，因为崇高一类的东西在奈保尔的笔下是了无踪迹的；他的作品更多表现的是自我的压抑、绝望和空虚，这是弥漫于奈保尔文学创作中的情绪。这种情绪并不表现为凝滞的形式或状态，而且是活动着、充满威胁性、能穿透一切的存在力量。正是这种力量，使他不断变化着观察、描写事物和人物的视角，或是像在通过显微镜而洞察细节，或是像通过望远镜而在观察着无法企及的东西或地方，或是像通过 CT 透视的方式而在研究着常人看不到的真相。

---

① ［英］V. S. 奈保尔：《抵达之谜》，邹海仑等译，浙江文艺出版社 2004 年版，第 170 页。
② Peter Hughes, *V. S. Naipaul*, Routledge, 1988, p. 13.

　　奈保尔特别注重自我对事物的感受，他创造了一种生动具体的、富于感悟性的语言，使语言具有朴实的生活性，去理性而重感性。他的作品创造出来的是具体的、生活的意象而非词语或思想的意象，他善于从日常的生活或事物中挖掘深意，将读者从熟悉的、日常的生活引向深邃的意境而不是抽象的神秘。扑朔迷离的外在世界与我们混乱无序的意识总是处于躁动不安的状态之中，意图以思想对生活和世界做出本质的把握只能是徒劳。本质或思想性的东西是静止的，而创造性和活力则永远处于动态和变化之中，这不仅是世界的特性，也是奈保尔的自我和他的作品的特性。在他看来，他的创作永远不能真实、完整地反映世界，也无法揭示世界的本质，它们只是以片段或碎片的形式"记录"或折射出自我、自我与他人、与社会交叉运行（旅行）的痕迹。

第二章　作家与常人

　　文学创作是奈保尔生活中唯一的兴趣，奈保尔在多部作品中都谈到自己当作家的梦想以及他是如何成为一个作家的，他常常用"迷狂"一词来形容自己当作家的梦想和追求。这种迷狂，这种对文学创作的执着，换个角度看，也是一种偏执，甚至是疯狂。除了文学创作，奈保尔几乎一无所求，他在创作上精益求精，从文学的角度不断地研究自我，将自我化成了某种文学性的存在，而与此同时，他的社会化的自我却越来越冷漠、残酷。

　　无论是奈保尔本人，还是他的创作，在早年都有点儿歇斯底里，这种情绪有时会爆发，有时则内化为迷茫或困惑；它既是一种喜剧语调，又是一种悲剧精神。虽然随着年龄的增长和阅历的丰富，随着创作的成功发展，奈保尔对人、对世界的认识和理解越来越深刻、复杂，他不再像早年那样歇斯底里了，但无论是对自我还是对他人，奈保尔的冷漠与残酷却一如既往。作为一个自甘流亡的作家，他对亚洲、非洲和加勒比地区等前殖民地国家的现状深为不满，同时他在英国等西方国家中也没有找到自己的心灵归属，他对以西方为代表的现代文明深感失望。他的作品令人深思，充满了迷人的魅力，与此同时，他对世界的看法，他的为人处世、他作品的政治倾向或文化立场等也招致了不少的非议。

　　中国传统的文学批评中，有"文如其人"的说法，奈保尔也认为，他的每一部作品写的都是他的自我，他所有作品的总和便构成了他的自我。显然，一个作家特定的习性和性情决定了其文学创作的风骨和韵味；但另一方面，一个人的德行，既是天生的，同时也是特定的文化和社会环境的产物。作家是常人，但又不同于常人；同样道理，文学反映的是生活，但又不同于现实的生活。常人与作家重合在一起，很难将两者分开，但奈保尔更为注重的，是自己作为一个作家的身份，而不是平常的人。现实生活中，奈保尔可能会有诸多是非，不过他对此却毫不介意；他觉得自己从事创作，出自天性和崇高，这才是他真正的自我，这种自我以文学的方式展现出来，是某种隐秘而深沉的存在。尽管对现实的一切都充满了失望，但奈保尔依然希望他的创作蕴含着他的思想、他的品格和他的道德的力量；尽管认为自己所生活的世界没有道德、没有是非，但奈保尔依然认为这世界有着自身的、不为人知的奥秘和崇高；尽管认为自己是一个迷失的灵魂，但奈保尔依然在追求着他心目中更高的自我，那是某种模糊而又令人着迷的东西。

一　现实的磨难与作家的梦想

受父亲的影响，奈保尔早在 11 岁前后便立志当一名作家，这在当时并不是一个秘密，除了父亲，他的家人和亲戚对他在文学上的野心都感到不可理解，也没有把他的话当真。1950 年，当他获得奖学金、准备离开特立尼达到英国牛津大学深造时，奈保尔回忆说，身边的人常常问他将来打算干什么，奈保尔很认真地回答说自己想当作家，周围人听了都觉得"好笑"，于是这就成了一个笑话。①

在此，崇高的志向与喜剧性的现实境遇结合在一起，显然带有某种自嘲和讽喻的色彩；"崇高"生发于奈保尔内心，但将"崇高"放置到现实生活之中，"崇高"便在纯真之中变成了一个纯粹的笑话。所以每当说起这段经历时，奈保尔总是针对他所处的环境而不厌其烦地说道："我必须离开。"这话既充满了自信，又包含着忧伤；既是悲剧，又是喜剧。《米格尔大街》结尾处，叙事主人公离开了特立尼达，就像奈保尔当年离开特立尼达一样，这行为本身似乎是一个壮举，但给人的感觉并不是伟大或悲壮，而更多染上的却是喜剧或"小丑"的色彩，几分崇高中也掺杂了几分滑稽："我离开了他们大家，快步朝飞机走去，没有回头，只是盯着自己眼前的影子，一个在柏油路面跳舞似的矮个子。"②

在《一部自传的开场白》中，奈保尔曾描述父亲如何通过欧·亨利的小说而使奈保尔着迷于文学创作：

他（指父亲）挂了一幅欧·亨利的像在画框里，那是从霍德和

---

① ［英］罗伯特·麦克拉姆：《傲慢与偏见——记奈保尔》，孙仲旭译，《译林》2010 年第 2 期。

② V. S. Naipaul, "How I Left Miguel Street", in V. S. Naipaul, *Three Novels*, New York: Alfres A Knopf, 1982, p. 502.

斯格顿的标准版小说的护封上裁下来的。"欧·亨利，是自古至今最伟大的短篇小说家。"我今天对这个作家的了解得益于父亲给我读的三个故事。第一个是《麦琪的礼物》，讲的是两个穷恋人互为对方买礼物，彼此做了牺牲，但却使礼物成了没用的东西的事儿。第二个（我记得是那样）讲的是一个在梦中决定悔过自新的流浪汉，醒来后却发现一个警察要逮捕他。第三个故事——写了一个判了死刑的人等着接受电刑——故事没有写完。欧·亨利在写这个故事的时候死了。我对这未完成的小说有印象，是因为欧·亨利自己死在了写作的过程中。他曾请求让灯一直亮着，还念了一首流行歌曲中的一句词："我不想在黑暗中回家。"①

从欧·亨利的这三个短篇小说中，奈保尔既感受到了下层人生活的苦难，同时也从苦难中产生了某种信念：要当一个作家，就应当像欧·亨利一样，在创作中死去。奈保尔早年生活在贫穷的乡下，1938 年，他随全家搬到西班牙港市生活时，也是寄人篱下，过着居无定所的生活，直到1947 年父亲买了房子，才算是有了自己的家。不停地搬迁，看人眼色的生活，使奈保尔很早就体会到世态的炎凉，因此，他在青少年时代便给自己戴上了一副傲慢而冷漠的面具：对万事万物都极其冷漠，同时又保持着高傲的自我；世界是残酷的，自我是孤独的。② 奈保尔说，诸如"尊严""大度""自豪"等，在他青少年时代的生活中是缺失的，他只能在书本中、在他父亲对他的未来的期望中、在文学的天地里寄托他的理想。③ 奈保尔发现，在特立尼达，不仅他自己和他的家庭处于社会的底层，而且他所生活的社区和他所属的种族，昭示的也是屈辱和自卑的历史：殖民主义、奴隶制、契约劳工和不断的流浪。他感到生活中到处都是黑暗，只有文学创作的理想能使他对未来充满信心，文学就像是一盏明灯照亮了他的心灵。

　　1949 年，在写给姐姐卡姆拉的信中，一方面，奈保尔说："苦难是如此之多——多得让人无法承受"；另一方面，他又说："苦难——这是生活的一道兴奋剂，就像夜晚一样自然。它使我们对幸福的享受变得更强烈。"无论是对苦难的切身感受，还是对苦难的深情陶醉，都基于他对世

---

① ［英］V. S. 奈保尔：《一部自传的开场白》，匡咏梅译，《世界文学》2002 年第 2 期。

② Bruce King, *V. S. Naipaul*, Palgrave Macmillan, 2003, p. 7.

③ Lillian Feder, *Naipaul's Truth：The Making of a Writer*, Rowman & Littlefield Publishers, Inc., 2001, p. 81.

界的残酷认识："我的论点是：世界正在死去——今天的亚洲只是一种久已死亡的文化的原始表现，欧洲已经被物质环境打入了原始主义，美洲只是一个早产儿。"① 奈保尔小小年纪便对世界产生了"死亡"的感受，显然，他对世界的看法过于武断，不过，这些话也反映出奈保尔反叛的天性和孤傲的性格。由于对自己周围的一切都感到不满，奈保尔渴望离开特立尼达，在给姐姐卡姆拉的信中，奈保尔说自己天生是一个"浪子"②。

他向往着英国，但当他真正到了英国之后，生活的窘迫使他的作家梦想更多地表现为焦虑和不安。1951年4月，他患上了神经失常症或说是神经焦虑症，奈保尔也将之表述为"精神的崩溃"。在1952年9月28日写给父亲的信中，奈保尔说："您知道，我确实承受过痛苦，很长时间处于一种反常的精神状态之中。我沮丧消沉，已经看过两次心理医生，当然现在并不需要这么做了。头一次和医生的交谈纯属泛泛而谈，没有看出个所以然来；第二次和医生快谈完的时候，医生发现了我的症结所在。其实原因再简单不过，那就是对于牛津，还有我自己的失望心理在作祟。我过去一直把自己当作一个失败者来看待；而且从来也不愿承认这种畏惧感的存在。于是这种害怕失败的感觉就会走向荒谬境地，演变为难以言说的恐惧情绪，这种情绪也可能是多年累积的结果。在意识到这一点后，我突然间感到背负在身上的千斤重担被移走了。"③

20年之后，在《自由国度》中，奈保尔将自己的这种精神状态以人物对话的方式化于小说的情景之中，背景是辽阔的非洲，当年的极度痛苦在此变成了轻描淡写：

> "我就喜欢这么早出来，"琳达说，"它让我回想起在英格兰时的夏日清晨，尽管我得承认，在英格兰的时候我从来就没有喜欢过夏天。"
>
> "哦？"
>
> "我总觉得自己应该过得很快乐，但事实似乎并非如此。日子总是一天天继续，而我却找不到什么事做。夏天常常让我觉得自己思绪万千。我更喜欢秋天。那里的我多受到约束。对我而言，秋天是伟大的复兴的季节。一切都很具有少女的气息，这我可以肯定。"

---

① [英] V. S. 奈保尔：《奈保尔家书》，北塔、常文琪译，浙江文艺出版社2006年版，第9—10页。

② 同上书，第9页。

③ 同上书，第229页。

"我不会说它具有少女气息。但我会说它不同寻常。我曾经有一位精神医生，他认为十月会让我们记起死亡。……"

"我不明白为什么，鲍比，你竟会有一位精神病医生。"她重新显得很欢快。"告诉我到底出了什么问题。"

他很平静地回答说："我在牛津大学的时候曾经精神崩溃过。"

他说话的语气过于平静了。所以琳达仍然很愉快。"我一直都想问一问得过这种病的人，到底什么是精神崩溃啊？"

……"精神崩溃，就像是观察着自己死去。哦，不是死去。它就像是观察着自己变成一个幽灵。"

她学着他的语气问道："这种病持续了很久吗？"

"十八个月。"①

这里一男一女的对话，加上外在的风景以及对话中出现的"春天""秋天""少女"等字眼，一切都富于诗意，但谈论的却是"精神的崩溃""死亡"这样一种可怕的情景，两者之间似乎无法交融，但在奈保尔的笔下，两者却奇妙地交错在一起，既让人觉得美好，又让人觉得可怕，其中虽然也有哀伤的情调，但奈保尔却以冷漠的笔触消解了这种情调。

当年，患上神经焦虑症 18 个月之后，奈保尔没有崩溃下去，而是从低落的情绪中走出来了，1953 年，离开牛津之前，他已经准备好迎接新的生活挑战了。② 从牛津毕业之后，奈保尔留在了伦敦，自己的生存以及对特立尼达家人的生活接济等问题，更为沉重地困扰着他。尽管生活充满了艰辛和苦难，但他对文学却矢志不渝，并很快地走向了成功，在《伦敦》（1958）一文中，奈保尔自豪地说："才过了五年，我就能以创作谋生了。"③ 此后，奈保尔一直以创作谋生，并取得了伟大的成就，这对于一个来自特立尼达这样一个小地方、出身寒微的人来说，确实不是一件容易的事。

1979 年，已经成名的奈保尔在接受采访时说："除了职业（当一个作

---

① ［英］V. S. 奈保尔：《自由国度》，刘新民等译，上海译文出版社 2008 年版，第 138—139 页。

② ［英］V. S. 奈保尔：《奈保尔家书》，北塔、常文琪译，浙江文艺出版社 2006 年版，第 326 页。

③ V. S. Naipaul, "London", *The Overcrowded Barracoon and Other Articles*, p. 9.

家），我什么也不是。"① 他对自己以创作为自己的终身职业这种选择从来都不后悔。再者，当他早年立志于文学创作时，他的雄心壮志便不仅仅是当一名作家，发表作品并不是他追求的目标，他要成为最好的作家。1981年，他对查尔斯·米切纳说："说这话可能会使你感到吃惊，但我觉得我不想成为一个作家，除非是顶级作家。"② 1983年，他又对一位来访者说："我觉得，如果我不能成功地成为一个作家，我可能便不在这里了，我会以某种方式结束我自己。"③ 在奈保尔看来，他生来就是为了当一名作家，是文学创作支配着他的精神和生活。

二 纯真与冷漠：从拉蒙的故事说起

文学创作是奈保尔生活中唯一的兴趣，他将这种兴趣当成了他的生命，几乎变成了一个文学偏执狂。在《幽暗国度：记忆与现实交错的印度之旅》一书中，奈保尔借拉蒙的故事讲述了天才与偏执的关系，对我们理解奈保尔其人其作都有一定的启发意义：

> 拉蒙是生活在特立尼达的印度裔移民，他酷爱汽车，与汽车结下了不解之缘；为了汽车他可以不惜一切，哪怕是犯罪。实际上，因为汽车，他的犯罪生涯很早就开始了。那时，他还是一个孩子。第一次犯法，是因为无照驾驶；第二次犯法，是因为故态复萌。一次又一次犯法，都是因为玩车，最后他被禁止在特立尼达开车。但离开了车，他便无法活下去，他的父母只好四处凑了一笔钱，把他送去了英国。
>
> 拉蒙不懂得如何评价自己行为的道德价值和意义。他遵守印度教的道德习俗，但从不把这些看得在眼里，甚至轻视这些玩意。他只管自行其是，话里话外除了事实，没有什么道德上的评断，对于父母为他做出的牺牲，他的口气总是淡淡的；他的妻子为他生了两个孩子，如今他不管不顾地把他们留在了特立尼达。

---

① Linda Blandford, "Man in a Glass Box", *Conversation with V. S. Naipaul*, ed., Feroza Jussawalla, the University Press of Mississippi, 1997, p. 56.

② Charles Michener, "The Dark Visions of V. S. Naipaul", *Conversation with V. S. Naipaul*, ed., Feroza Jussawalla, the University Press of Mississippi, 1997, p. 65.

③ Bernard Levin, "V. S. Naipaul: A Perpetual Voyager", *Conversation with V. S. Naipaul*, ed., Feroza Jussawalla, the University Press of Mississippi, 1997, p. 94.

　　拉蒙很纯真，纯真得令人不寒而栗，他是个迷失的灵魂。若不是他对汽车有一份强烈的感情，他和一般动物实在没有两样。他想开车就开车。他看上一辆汽车，二话不说，就立刻动手把车门弄开，把车子开走。他偷起车来可是一把好手。他早晚会被逮到，这点他倒不怀疑，但他看得很开。

　　拉蒙又像是一部复杂的机器，他是修车的一把好手，修车时缺少什么配件，只要手头没有，他会毫不犹豫地跑到街上，从别人的车上卸下他所需要的零件，结果给逮到好几回。被判罚款了事。尽管他大可不必偷这些东西，但他还是偷了，他被逮到，在他看来是再正常不过的事，他从不责怪要他修车的人……

　　后来，因为偷车，拉蒙被送进了大牢。出狱后不多久，他终于死于一场车祸。

　　他是一个孩子、纯真的男人、另类的作家；在他看来，世界既不美丽也不丑恶，人生虽然不算美好但也不值得悲哀。我们的世界并没有一个地方，可以让这种人安身立命。……他不懂幽默，也不会假装。对他来说，一个地方就像另一个地方、没什么分别；世界各地都是一模一样，而我们的生活也是一样，因而对周遭的世界视若无睹。

　　拉蒙死后，故事的叙述者奈保尔说道："他是我们家族信奉的那个宗教的一分子；我们都是这个宗教的不肖子孙，但我却觉得，这种沉沦把我俩结合在一起。我们是那个辽阔而神秘国家（印度）的一个小小的但非常特殊的一部分——只有在我们想到她的时候，这个国家才会对我们产生意义，而即使在这样的时候，我们也只是她的一群远房子孙。"①

　　表面上看，这个故事独立于《幽暗国度：记忆与现实交错的印度之旅》的内容之外，与全书似乎没有什么直接的关系，但实际上，拉蒙纯真与冷漠奇特地混合在一起的性情，为《幽暗国度：记忆与现实交错的印度之旅》全书奠定了基本格调；而从隐喻的角度看，拉蒙的故事，也是奈保尔其人其作的真实写照。

　　纯真与冷漠在奈保尔身上是如何结合在一起的，以及这种性情对奈保尔的创作产生了什么样的影响，这是笔者以拉蒙的故事为背景试图进一步

---

① ［英］V. S. 奈保尔：《幽暗国度：记忆与现实交错的印度之旅》，李永平译，生活·读书·新知三联书店 2003 年版，第 21—26 页。

探讨的问题。

　　奈保尔在《寻找中心》《抵达之谜》《作家看人》《阅读与写作》等多部作品中都谈到他当作家的梦想以及他是如何成为一个作家的，他常常用"迷狂"（fantasy）一词来形容自己的梦想和追求。这种迷狂，这种对文学创作的执着，在常人眼中，常常显得有些偏执；而奈保尔自己也认为，无论是他个人，还是他的创作，在早年都有点儿歇斯底里——这种情绪有时会爆发，有时则内化为迷茫或困惑。

　　如果说，奈保尔的创作是他的人格或性情的展现的话，那么我们会发现，他的早期创作，尤其是其中出现的人物，常常有点儿另类或偏执，就像他的短篇处女作（《波加特》）中的波加特一样——奈保尔曾说："波加特是他见过的最为冷漠的人"；也像我们在这里谈论的拉蒙一样——同样是一个极其冷漠的人。拉蒙在天性上只喜欢玩车，除了汽车之外，他似乎别无所求，如果没有了汽车，"他和一般动物实在没有两样。"他是一个迷失的灵魂，他将自己游荡的灵魂凝聚于汽车，与汽车化为一体，他本人变得就像是一部汽车一样——他成了一套复杂的机械设备，越来越不明白什么人情世故了。因此，奈保尔说，拉蒙纯真得令人不寒而栗。一定程度上说，奈保尔也像拉蒙一样，是一个另类作家，除了创作，他一无所求，他在创作上精益求精，从文学的角度不断地研究自我，将自我化成了某种文学性的存在；而与此同时，他的社会化的自我却越来越淡化——冷漠无情、残酷得令人不寒而栗。

　　虽然随着年龄的增长和阅历的丰富，随着创作的发展，奈保尔对世界的认识和理解越来越深刻、复杂，对人也比先前有了更多的理解和同情，但无论是对自我还是对他人、对世界、对人类，奈保尔却自始至终都保持着冷漠而残酷的看法。[1] 他像拉蒙一样，对自己言行的道德价值和意义不加评断，而只是对事物、对人、对社会现象进行细致入微的观察和描写，从来不在乎他的创作会得罪或冒犯什么人。

　　尽管评论界对奈保尔的创作才能给予了充分的肯定，但针对奈保尔为人处世的负面描写和报道，从来都没有停止过，奈保尔早已司空见惯，甚至于自得其乐了。当奈保尔于 1990 年因文学上的贡献而被封为爵士时，人们对他的异议也很多，认为他易怒暴躁、牢骚满腹、表里不一、前后矛盾。他的作品在引起人们深刻反思的同时，也招致不少非议：他的政治观

---

① Gillian Dooley, "Intraduction", *V. S. Naipaul：Man and Writer*, University of South Carolina Press，2006.

常常给人以不可思议的感受。作为一个自甘流亡的作家，他对亚洲、非洲和加勒比地区等前殖民地国家的现状深为不满，同时他在英国等西方国家也没有找到自己的心灵归属。① 他的世界观好像是西方中心式的，但他又对这种中心感到不适应，他对被科技、消费、物质支配的现代西方深感失望；他认为生活在前殖民地国家是灾难，而生活在西方，则是更大的灾难或最终的灾难。在文学方面，他也常常给人以狂妄自大的印象。他嘲笑毛姆的作品是"废品"，认为狄更斯"死于对自我模仿"，而"瞎子"乔伊斯的《尤利西斯》让他无法卒读，他对托马斯·哈代、亨利·詹姆斯、简·奥斯丁、E. M. 福斯特等著名的英美作家的作品都不屑一顾。与此同时，奈保尔却认为自己是一个伟大的作家，觉得自己的作品值得读者仔细品味。

　　2001 年，奈保尔获得了诺贝尔文学奖，尽管特立尼达政府给他发去了祝贺信，但奈保尔却认为他的荣誉与特立尼达没有什么关系。他说，获得诺贝尔文学奖，对于他长期居住的英国和他祖辈的家乡印度来说，都是一种伟大的奖赏。当人们问他为什么只字不提特立尼达时，奈保尔不仅没有歉意，反而说，特立尼达对他的文学成就的取得可能只是起到"阻碍"的作用。此话激怒了包括乔治·兰明（George Laming）在内的大多数特立尼达作家。乔治·兰明在《流亡的快乐》（The Pleasures of Exile）中批评奈保尔站在西方文化的立场上，不顾特立尼达特殊的历史背景而一味地加以讽刺和挖苦，这种虚无和绝望的做法反映出奈保尔的偏见和固执。另一位加勒比作家菲里普（Caryl Philip）认为，奈保尔在特立尼达便处于流亡状态，到了英国，他进一步流亡，或说是处于双重的流亡之中，是特立尼达哺育了奈保尔，是特立尼达使他发现了创作的重要主题——失落，但他却永远背弃了特立尼达，他一直都没有改变自己对特立尼达的看法。② 兰明等特立尼达作家认为，对于奈保尔的文学创作来说，特立尼达有着特别重要的意义，奈保尔获得诺贝尔文学奖后对待特立尼达的态度，反映出奈保尔在伪装自己，他故意制造麻烦、引起冲突，并从中得到某种快感，侮辱朋友、家庭以及整个社会使奈保尔的精神处于兴奋和快乐之中，这是他一贯的德行：将自己的不幸转化为他人的不幸，将自己的痛苦转化成他

① Purabi Panwar, Ed. , "Introduction", V. S. Naipaul: An Anthology of Recent Criticism, Pencraft International, Delhi, 2007.

② 参见《幽默与遗憾》，此书出版于奈保尔获得诺贝尔文学奖之后，收入各国学者对奈保尔的看法和评论。Amitava Kumar, ed. , The Humour & the Pity—On V. S. Naipaul, Britaish Council India and Buffalo Books, 2002。

人的痛苦，并从中寻找刺激和快感，他是一个幸灾乐祸的人。①

三　奈保尔的德行与"picong"习气

一个人的德行，既是天生的，同时也是特定的文化和社会环境的产物。奈保尔的传记《世界如斯》的作者帕特里克·弗伦奇，认同乔治·兰明等特立尼达作家对奈保尔的看法，认为奈保尔确实是一个幸灾乐祸的人，而且是特立尼达造就了他这种德行："比如，根据《每日邮报》上的一张照片，他说伊丽莎白女王的外孙女菲里普斯（Zara Phillips）长着一张'罪犯的脸'；一次，他将一位朋友女儿说成是'一个肥胖女孩，做着肥胖女孩该做的一切，嫁给了一个祖鲁人'。他指责一个记者'做着不名誉的事情，像是与孟加拉人或其他罪犯同流合污'。后来，我去特立尼达之后，才知道这种谈话风格在加勒比地区司空见惯。特立尼达人称之为'picong'，这是从法语'piquant'转化而来，意思是辛辣刻薄，这种话语打破了好坏、善恶之间的界限，口若悬河，话无遮拦。"②

实际上，弗伦奇所谓的奈保尔或特立尼达人的"picong"习性，也不是什么新鲜的看法，早在 1962 年，特立尼达作家瓦尔科特便在当地的《星期天卫报》上发表文章，从"picong"的角度对奈保尔《中途：西印度及南美洲五种社会之印象》做出了评论。③ 比起奈保尔来，瓦尔科特是一个前辈作家，尽管他与奈保尔在有关特立尼达的社会历史方面的看法存在诸多的差异，但在 60 年代发表于《特立尼达卫报》《星期天卫报》上有关奈保尔的评论文章中，他对奈保尔的早期创作则是赞赏有加。他认为，奈保尔对特立尼达的辛辣讽刺，既展示出奈保尔的创作机智和才能，同时也切中时弊，特立尼达需要奈保尔的刻薄。瓦尔科特认为，"picong"是特立尼达文化的一个典型特征，它在对他人和自我残酷无情的嘲弄、挖苦中揭示出真实，既滑稽有趣，又耐人回味；奈保尔的早期作品对特立尼

---

① Purabi Panwar, Ed. , "Introduction", *V. S. Naipaul: An Anthology of Recent Criticism*, Pencraft International, Delhi, 2007.

② Patrick French, "Introduction", *The World Is What It Is*, Alfred A. Knopf, New York, 2008.

③ Derek Walcott, Ed. , "History and Picong in *The Middle Passage*", *Sunday Guardian* [Trinidad], 30, September 1962.

达没有任何感伤，相反，它们充满了"picong"的情调。①

瓦尔科特之所以从"picong"的角度来认识并分析《中途：西印度及南美洲五种社会之印象》，还有一个重要原因是，这部作品本身也有意描写了特立尼达人的这种习性以及这种习性的成因："特立尼达过去是现在依然是物质主义的移民社会，不断地扩大、变化，永远也不能定型，总是保持着营地的氛围；在西印度群岛中，它的特殊性就在于没有经历过旷日持久的野蛮，在于其历史的缺席，如今仍然处于殖民社会而不是扩张的社会，统治者仁慈但却十分专横，而且国土狭小、地处偏远也进一步限制了其发展。所有这些都赋予这个海岛以特性，热情洋溢但却不负责任。更重要的是，它还培养出一种不仅仅是宽容的宽容：对于美德和恶行同等的冷漠。"② 显然，对于"picong"的说法，奈保尔有着较为深刻的体会，他早已认识到了特立尼达人包括他自己在这方面的德行。"picong"是以幽默或喜剧情调表现出来的极端的冷漠，它打破了善恶之间的界限的同时，也打破了道德的价值意义，变成了某种虚无和绝望。

尽管奈保尔竭力要逃离特立尼达，但特立尼达在他身上烙下的印记却是长久的；尽管他一直拒绝将特立尼达看成自己的家乡，但对特立尼达的恐惧与背弃本身也构成了奈保尔人格的一个重要组成部分：歇斯底里、冷漠、怪异、残酷、虚无、绝望等都是从"picong"习性中发展而来。弗伦奇在《世界如斯》"序言"中说，奈保尔常常对自我和他人进行讽刺，进而对世界和人类的历史与现状进行挖苦，表现出某种不同于现代作家和后现代作家的某种更为可怕的荒诞和堕落，这种荒诞和堕落来自殖民与被殖民的杂交地带——特立尼达，既非西方，又非东方，在这里，所有美好的东西都失去了，所有丑恶的东西都被遗传下来，并且丑恶与丑恶之间的杂交又诞生出新的更为可怕的丑恶。他说，或者是据别人说奈保尔说过这样

---

① Bruce King, *V. S. Naipaul*, Palgrave Macmillan, 2003, p. 205. 这里需要补充说明的是，所谓的"picong"习性，实际上也与印度人的习性有很大的关系，奈保尔曾说："我那个比较新的、现在也许比较真实的自我所排斥的许多东西——自以为是、对批评漠然无动于衷、拒绝面对现实、说话含混其辞、思想混淆矛盾的习性——在我的另一个自我中都能找到回应，而我却以为，这个自我早已经被埋葬了，想不到，一趟印度之旅就足以让它复活。我了解的比我愿意承认的还要多、还要深。我在这本书中描述的成长经验，虽然很早就被切断了，但却能够在我心灵中留下难以磨灭的印象。这不能不算是一个奇迹。"见［英］V. S. 奈保尔《幽暗国度：记忆与现实交错的印度之旅》，李永平译，生活·读书·新知三联书店2003年版，第19页。

② 转引自方杰《多元文化语境下的虚构与纪实：V. S. 奈保尔作品研究》，南京大学出版社2013年版，第74页。

的话："非洲没有未来，伊斯兰是（世界的）灾难，法国人是骗子，印度人是猴子。"无论是对他自己，还是对世界来说，理想都已破灭，留下的只有噩梦。他嘲弄文化多元主义（multi-culturalism）不过是多种邪教膜拜（multi-culti）。他恶意嘲笑比自己皮肤还黑的人，说从前受到压迫的民族仍然要受到压迫，因为他们不自知，一直走在错误的道路上，仍然在失败中度日，还将面临更多的失败。他攻击英国首相托尼·布莱尔是一个海盗，将古罗马的平民政治强加给英国人，使英国的政治庸俗化。而对大多数英国人心目中的偶像戴安娜王妃，奈保尔也是不屑一顾。在《世界如斯》"序言"中，弗伦奇写道，有一天，他与奈保尔一起坐在汽车上，他向奈保尔说起几个月前刚刚去世的戴安娜王妃，葬礼隆重，全国都在哀悼，并问奈保尔对此有何感受。奈保尔对这个问题很鄙视，不愿说什么，但在被追问之后，他有点儿气急败坏："我充满耻辱感，耻辱和恶心。那是人从妓院出来之后感到的恶心。""我看到人们献给她的花，用塑料纸包着的鲜花，在阳光中腐烂。我看到很多的灵堂。看到黑人在灵堂前当众哭泣，他们为什么要哭？为什么？为什么要哭？"奈保尔差不多要喊叫起来。这使弗伦奇深刻领教了典型的奈保尔式的表演：激愤，怪异，难以想象。①

　　《世界如斯》是弗伦奇在查阅了很多资料、无数次采访过奈保尔和其他当事人之后写下的奈保尔传记。这部传记从特立尼达独特的地理和历史文化的视角追溯了奈保尔的出生地，描述了奈保尔的家庭和他的求学经历等，重点分析了奈保尔与他生活中的女人的复杂关系以及他的为人处世之道，并将对奈保尔其人的考察与其作品的分析结合在一起，相互印证，对理解奈保尔及其创作有着较为重要的意义。这部传记，一方面，对奈保尔作为一个作家的艰难历程和伟大成就给予了充分的肯定；另一方面，则对现实生活中的奈保尔的怪异、冷漠、残酷，尤其是他畸形而可怕的性生活进行了充分的暴露。作为传记作品，《世界如斯》的重点显然放在奈保尔其人的考察与分析上，而在这方面，这部传记，因奈保尔对弗伦奇的坦诚相待（务求真实而不加掩饰）和弗伦奇的如实描绘，从而使读者有某种大为诧异之感：奈保尔不仅怪异，简直是一个怪兽。

　　《世界如斯》，加上保罗·索鲁的《维迪亚爵士的影子》，充分暴露了奈保尔其人的习性：残酷、冷漠、尖酸刻薄、狂妄自大、忘恩负义、偏执狂、喜怒无常、性虐待狂等。但对《世界如斯》《维迪亚爵士的影子》等

---

① Patrick French, "Introduction", *The World Is What It Is*, Alfred A. Knopf, New York, 2008.

作品对他各种恶行的暴露及其所产生的负面效应，奈保尔却一如既往地显示出若无其事般的冷淡。他授权弗伦奇写作有关他的传记，尽其所能地为弗伦奇提供所有他需要的档案资料，随时接受弗伦奇的采访，真诚地希望弗伦奇写出一个真实的奈保尔，但他却说，对这本书，他一个字也不会去读的，就像他从来就不阅读别人对他的任何评论一样："我完成什么好东西之后，"他说，"我对它的命运从来都不怀疑，我不会理会人们的评论。我完全不怀疑。"①这既是一种自信，也是一种傲慢，同时还是一种不负责任的躲避。

奈保尔早年在特立尼达养成的"picong"习性，在后来的生活中一直延续下来，它成了奈保尔保护自己的一副变幻不定、难以捉摸的面具，"他至今仍坚持认为他所看到的，一直而且仍然具有喜剧性。'它从来没有消失，'他重复道，'喜剧始终存在，不是早期书本里的口头剧，不是玩笑，而是更为宽泛意义上的喜剧，对于世界的一种喜剧感'"②。奈保尔以某种喜剧的姿态对待自我和他人，他完全清楚他的很多言行以及他的创作"得罪"了很多人，他说他不喜欢人们对他评头论足、对他的作品说三道四，但实际上他非常在意读者的感受，包括学界对他的作品的评论，对于其中的一些争议，尤其是对他的负面批评，他只是装得漠不关心："读到那些东西的时候，我感觉特别好玩，它们根本不会伤害我。"③

四　作家与常人

虽然评论界对奈保尔的创作才能和文学成就给予了充分的肯定和高度的评价，但对他作品的政治倾向或文化立场等等则多有非议。他反映伊斯兰教和穆斯林生活的《在信徒中间》及其续篇《超越信仰》等作品，至今仍让很多人深为不满；萨义德抨击这些作品是"智力上的灾难"，认为奈保尔对阿拉伯人和伊斯兰教充满了偏见和诬蔑，他的政治、文化立场既是对前殖民地国家的背叛，也是对他文学天才的蹂躏：他居然写作《超越信仰》这类"如此愚蠢、无聊的书"④。特利·伊格尔顿也从文学与政

① ［英］罗伯特·麦克拉姆：《傲慢与偏见——记奈保尔》，孙仲旭译，《译林》2010年第2期。
② 同上。
③ 同上。
④ 参阅［美］爱德华·W.萨义德《智力灾难》，《天涯》2002年第1期。

治的角度，认为奈保尔的创作是："伟大的艺术，可怕的政治。"① 加勒比作家朱诺特·迪亚兹说，奈保尔"既令人望而却步，又魅力无穷。对于他嘴里乱喷出来的胡说八道，你怎么能不厌恶，但是你又怎能不会因为他文字中的力量而感到震惊"②。

一方面是艺术的吸引，另一方面是思想的拒斥，显然，这是一个悖论，它说明奈保尔本身是一个奇怪的混合体，像是一个难解之谜——不仅读者对此感到难以理解，甚至是奈保尔本人也常常表里不一、前后矛盾、顾此失彼。③

奈保尔曾对弗伦奇说："人们怎么看待我，我不感兴趣，对此完全保持冷漠，因为我是在为名为'文学'的东西服务。"④ 显然，他企图将自己的言行与他的文学创作分离开来，不将自己看成是单个的人，而将自己看成是一个单纯的作家，在理论上可以被人客观地进行研究。常人与作家是同一个人，两者重合在一起，很难分开，但奈保尔更为注重的，是自己作为一个作家的身份，而不是平常的人。他觉得自己从事创作，出自天性和崇高，这是他真正的自我，这种自我是以隐喻的方式展现出来的，是某种隐秘而深沉的存在。

而现实生活中的奈保尔，常常是在绝对的自信和强烈的自我保护（实际上是某种脆弱的表现）之间摇摆不停，他无法将他的自我真实地表达出来，他做不到，实际上任何人都做不到；即使我们自己愿意将一切都说清楚，但客观上我们还是说不清楚的，不是漏了什么，便是多说了什么，过后又会有新的想法或说法。我们总是处于矛盾与变化之中，我们只是一种暂时的、矛盾性的存在，时间使我们不停地发生变化，正像万物总处于不停的变化之中一样，何况奈保尔自己从来都是以口无遮拦的方式来掩饰自己飘忽不定的本性，他常常有意无意地给自我戴上面具以混淆是非。

也许是意识到常人与作家之间的矛盾解释起来很不容易，所以当奈保尔在普鲁斯特《驳圣伯夫》中发现一段话时，他便不厌其烦地加以引用，

---

① Patrick French, "Introduction", *The World Is What It Is*, Alfred A. Knopf, New York, 2008.

② ［英］罗伯特·麦克拉姆：《傲慢与偏见——记奈保尔》，孙仲旭译，《译林》2010 年第 2 期。

③ Purabi Panwar, Ed., "Introduction", *V. S. Naipaul: An Anthology of Recent Criticism*, Pencraft International, Delhi, 2007.

④ Patrick French, "Introduction", *The World Is What It Is*, Alfred A. Knopf, New York, 2008.

并借此摆脱自己的困境。罗伯特·麦克拉姆在《傲慢与偏见——记奈保尔》中写道，奈保尔借普鲁斯特的一段话来说明他最深层次的自我："普鲁斯特曾经一针见血地写出了身为作家的作家和身为社会存在的作家之间的不同……写出一本书的自我和在我们的习惯、社会生活和我们的缺点中表现出来的自我是不一样的……我现在会再深入地谈一谈。我要说，我的书加到一起，就是我……一直是这样，原因在于我的背景。我的背景一方面极为简单，一方面又极为混乱。""今天在谈话时，奈保尔又间接谈到了这种依然站不住脚的洞见：'我认为普鲁斯特说得对，写作了书本的自我是最隐秘、也是最深层的，人们不明白这一点，不是你给出版商写的信里面揭示出的什么自我，那全是外在的。这是个难解之谜，无法解释，对所有创作的人来说，都是如此。'"① 如此一来，奈保尔以一个泛自我代替了具体的自我、以一个隐秘的自我代替了外在的自我："我的书加在一起，就是我。"这种说法虽然带有诡辩的色彩，但却不失为理解奈保尔及其创作的一个有益的视角。类似于谜一类的东西是无法从理性的角度说清楚的，但这并非不可理喻，其中或许隐藏着更为复杂也更为深沉的东西。

作家是常人，但又不同于常人，文学反映的是生活，但却又不是生活。一方面，评论家们从奈保尔的言行和政治观等角度对其进行理论高度的批评，认为他的身上存在着诸多的不足；另一方面，人们又都对他的文学才能倍加赞叹，认为他的创作以深刻的洞察力和精致的描写著称，尤其是他对人物的刻画，不仅是现象学意义上的真实，而且是解剖学意义上的真实。这两个方面是如何结合在一起的？奈保尔不可能只解剖他笔下的人物，而对自我却没有认识和解剖。

奈保尔说："一个人不可能完全合乎人们的意愿。他必须有自己的观点，只是感情上有所触动还远远不够，他必须要做更多的事。我会像任何人一样，（对某些事或某些人）感到生气或是不可忍受；我可能会感情冲动、令人厌烦——但是，所有这一切都不是创作，所以你不得不有意将你的感情转化成更合乎逻辑的、更有意义的东西，而这其中存在着更多真实的东西，而不是更少。……我渴望发现善良的、给人以希望的东西，我确实希望，通过某种残酷的分析，人们可以更清醒地去行动——某种不是建

---

① ［英］罗伯特·麦克拉姆：《傲慢与偏见——记奈保尔》，孙仲旭译，《译林》2010 年第 2 期。

立在自我欺骗上的行动。"① 进而，奈保尔以《自由国度》为例，说明他的创作是某种他自己也难以把握的复杂而又自然的过程。某一部作品是如何写成的，他并不是胸有成竹，也不是随意想写就能写出来的，创作时对某些东西会加以节制，而对另一些东西也许会加以展开："在最近的关于非洲的一本书（《自由国度》）中，我怀着对每一个人和整个非洲的深仇大恨开始创作，但这是不得不加以修整的东西，并使之让位于理解。一个人如果没有愤怒、没有不安，他是不会去创作的。另外，一个作家也不可能把什么东西都写下来了，但还没有搞明白一切，还没有什么整体意识。"② 作家不能因为鄙视或愤怒而进行创作，同时也不可能没有感情地去从事创作，总是有某种触动或刺激之后，才有创作的冲动；而以某种方式引起读者的注意或是勾起读者的某种情绪，也是作家的创作意图的必要组成部分。奈保尔觉得，对他来说，与社会的真正交流是不可能的，对某些人的"冒犯"是不可避免的，这是作家与社会交流的必要组成部分，与此同时，对他人的侵犯，对自我的侵犯，并不是奈保尔创作的目的，从根本上说，他依然希望他的创作蕴含着他的思想、他的品格和他的道德的力量。

　　显然，纠缠于奈保尔说过的一些偏激的话语，会使我们在无聊之中陷入无意义的怪圈，因为他的为人处世与他的言行本身并不等同他的创作。再者，作家毕竟是作家而不是政治家或评论家，当作家对政治或现实人物发表评论时，难免作家——某种特殊的身份——的偏激甚至是无知，我们无法从文学中期待过多的正确的政治。像拉蒙一样，奈保尔是一个迷失的灵魂。虽然被遗弃在特立尼达，虽然是古老印度的不肖子孙，但奈保尔的身上有着传统印度人的狡黠和智慧，他的自我受到了伤害，处于失衡的状态，他只能以失衡的方式对待世界：世界既不美丽也不丑恶，人生虽然不算美好但也不值得悲哀。虽然在现实生活中他无法应对纷纭复杂的是非曲直，但从根本上说，他还是追求着他心目中更高的自我，那是某种模糊而又说不清楚的东西，对自我、对世界均是如此。这也正如克利须那大神在《薄伽梵歌》中所教导的那样，世界看似没有道德、没有是非，前后矛盾、自我矛盾，一切都是围着"自我"转，但这世界依然有着自身的、不为人知的规律和奥秘："没有不存在的存在，也没有存在的不存在，洞

---

① Adrian Rowe-Evans, "V. S. Naipaul: A Transitions Interview", *Conversation with V. S. Naipaul*, ed., Feroza Jussawalla, the University Press of Mississippi, 1997, p. 30.

② Ibid..

悉真谛的人们，早已察觉两者的根底。这遍及一切的东西，你要知道，不可毁灭；不可毁灭的东西，任何人都不能毁灭。……它被说成不可显现，不可思议，不可变异；既然知道它是这样，你就不必为它忧伤。……生者必定死去，死者必定再生，对不可避免的事，你不应该忧伤。万物开始不显现，中间阶段显现，到末了又不显现，有谁为之忧伤？"①

---

① ［印］毗耶婆：《摩诃婆罗多》第三卷，黄宝生等译，中国社会科学出版社 2005 年版，第 491 页。

第三章　历史与文学：黄金国的失落

　　对奈保尔来说，"黄金国"既是印度，又是特立尼达，同时还是他从小生活过的小小的村庄；"黄金国"的传说，既是一个历史故事，又是一个文学故事；既是迷人的神话，又是残酷的现实；而"黄金国"的失落，不仅是童话故事与英雄传奇的消亡，更是奈保尔自我以及现代人类的迷惘。

　　奈保尔的文学创作，与他对自我与世界的看法密切相关，而他对自我与世界的看法，又与他的旅行密切相关。这种旅行，一方面发生于空间或地理的意义上，是现实生活中的旅行；另一方面则发生于历史和文化的意义上，是精神世界的旅行。通过《中途：西印度及南美洲五种法国和荷兰社会之印象》和《黄金国的失落》的创作，奈保尔认识到，原来他认为没有什么深厚文化背景的特立尼达，居然是他文学创作挖掘不尽的"黄金国"。通过档案资料，奈保尔对特立尼达有了新的发现：黄金国的寻找本身是一个神话传说，但新大陆的意外发现却赋予了这一古老的神话传说以现实的意义——海上探险演化成了殖民主义，殖民的故事与新大陆、新世界的历史复杂地交织在一起，正是西方世界殖民与帝国的梦想催生了特立尼达。

　　历史虽然都是过去年代的事情了，但其意义与价值的产生却与现实有着密切的关系，历史的真实性并不在于还原过去的面貌，而在于对现实的启迪。因此，历史在每个人的心目中也都是不同的，这是一种活的历史，是每个人根据自我的理解而对事件、人物做出判断和解释，它看似针对着过去，实际上却发生在当下。从这种意义上说，历史和文学实际上都是对人或事的阐释，只是因为角度的不同，其中表现出来的旨趣也是不同的。当然，人与事常常是不可分离的，历史与文学之间，也并不是单纯的真实与虚构、纪实与想象的问题。历史学家与小说家都维系于档案或记录，无论是第一手或第二手甚至是创造性的记录，他们都在寻求真实性，哪怕这种真实是一种幻觉。

《黄金国的失落》是虚构的故事,但却糅合了档案或历史资料,历史与小说在奈保尔笔下合成了一体,奈保尔以此向读者揭示出"黄金国"的真实面貌:特立尼达的历史是一种善与恶交织在一起的含混形式,在历史的发展过程之中,更多失落的东西常常是美好,更多承袭下来的常常是我们习以为常的恐怖和残忍。

一 黄金国的传说:从印度到特立尼达

在人类文化历史中,印度历来充满了梦幻般的色彩。随着佛教的传入,天竺、西天、净土、极乐世界等观念在我国早已深入人心,一部《西游记》,在展现西天取经路上无尽磨难的同时,也引发了人们对于梦幻般印度的遐思和向往。

与此同时,在西方人的观念中,印度也是一个充满神奇色彩的国度,不过,与我们有关佛国净土的观念大相径庭,印度更多地被想象成了一个遍地黄金的国度。在此,我们不妨从西方古典文献中寻章摘句,管窥一斑:

> 约瑟夫(Flavius Josephe,公元37—95年)的《犹太考古学》记载:"他(指希拉姆国王)如数派去了所罗门所需要的经验丰富的航海舵手,并命令他们和自己的官员一道前去为所罗门王寻找黄金。他们远渡重洋,前往一个从前称为'索菲尔'、现在称为'金洲'的地方,该地属于印度。他们为国王带回了四百他连(古希腊重量单位)的黄金。"

> 拜占庭的埃狄纳(Etienne de Byzance,公元6世纪)的《种族》记载:"银岛:这是锡兰的大都市,也是印度的一个岛屿。其名称的字面意义为'粟岛',此地非常肥沃,出产大量的黄金。""金洲:指海洋中的一个岛屿,德尼斯(《百科书典》编纂者)就是这样称呼它的,因为那里有金矿。这也是印度的一个半岛,马尔希安在他的航行记中说:'在恒河流域的印度,有一个半岛叫做金洲。'"

> 欧斯塔蒂奥斯(Eustathios,公元12世纪)的《对百科书典编纂者德尼斯的诠释》记载:"在大洋的东部是金洲岛,有人认为此名的来历是由于本地出产黄金,而德尼斯则认为是旭日在那里光芒四射,由于其光线的纯洁,那里的太阳就如同黄金一般……由于这一原因,

人们才称此岛为金洲，此岛就是在太阳之下闪闪发光。"①

　　欧斯塔蒂奥斯认为"金洲"并非因黄金、而是因阳光而得名，他的解释或许不无道理，但黄金国的说法千百年来在西方已是根深蒂固、无法动摇，因此，人们在潜在的心理上，宁可信其有而不愿信其无。显然，这是古代西方人对于遥远印度的浪漫想象，惟其不可企及的特性，从而具有了令人神往的梦幻般色彩。

　　到了 15 世纪，随着航海技术的发展，哥伦布及其同伴，在当时欧洲强国西班牙帝国的资助下，开始了海上探险，他们要使黄金国的传说和梦想变成现实。1492 年，经历了无数海上探险之后，哥伦布终于发现了新大陆。接下来，便是寻找到他以及西方人心目中的黄金国即金洲。

　　1498 年，哥伦布第三次航行到南美洲，他错误地认为自己发现了梦寐以求的黄金国。在《中途：西印度及南美洲五种法国和荷兰社会之印象》中，奈保尔描写道，进入帕里亚湾（位于特立尼达与委内瑞拉之间）之前，水流汹涌澎湃，让人惊心动魄，但进入帕里亚湾之后，哥伦布发现海水不咸了，这使他感到极其兴奋，他认为自己发现了人间天堂伊甸园的入口：帕里亚湾如此深邃、宽阔，这是任何一条河流都不可能拥有的。根据自己阅读过的地理和神学著作，他得出结论：这里的地形恰如女人的乳房，人间天堂就在乳头的顶部。帕里亚湾里的淡水就是从天堂流下来的。②

　　这里的描写虽然基于想象和虚构，不乏幽默甚至是滑稽，但从神话传说的角度说，"这里的地形恰如女人的乳房，人间天堂就在乳头的顶部"的说法并非空穴来风：印度位于亚洲东南部，地形是一个大半岛，常被比喻为一个下垂在印度洋上的、蕴藏鲜美乳汁的乳房，其南端呈水滴形的锡兰岛（今斯里兰卡），正像一滴从乳头滴下的乳汁。印度河和恒河像两条乳线，流贯在印度大平原上。黄金国或说是金洲的神话，与恒河的传说紧密相关，恒河被认为天国之河，恒河之水天上来，是印度自古以来的美丽传说。因此，当哥伦布进入帕里亚湾，他在想象中像是进入了天国之河，而沿着天国之河，便可进入天国——黄金国，多少世纪以来的梦想就要变成现实了，这使得哥伦布几近疯狂。

---

① ［法］戈岱司编：《希腊拉丁作家远东古文献辑录》，耿升译，中华书局 2001 年版，这里所引证的五个段落分别见该书第 13、98—99、120 页。

② V. S. Naipaul, *The Middle Passage*, New York：Knopf, 1970, p.31.

按奈保尔在《过客：30年代的一个身影》（收入《世间之路》）中的描述，"特立尼达"这一岛国名字，来自哥伦布，"特立尼达"的意思是"三位一体"：哥伦布看到三座小山，想起了"三位一体"（Trinity）的说法，因而取了"特立尼达"这名字。"特立尼达"的说法与西方基督教中的圣父、圣母、圣子联系在一起，显然暗喻了天国，同时也契合了黄金国或金洲的意义，尽管它不是真正的"金洲"——印度。

当哥伦布第三次航行到美洲时，另一位探险家葡萄牙人达·伽马（Vasco da Gama）通过另一条航线，于1498年绕过非洲抵达了真正的印度。按理说，黄金国的神话至此应该破灭了，但情形并非如此，金洲虽然不复存在，但黄金国的神话却以另一种形式在延续着。"埃尔·多拉多"（El Dorado）一词源于西班牙语，原意是指美洲一个土著首领，据传他极其富有，在人们的想象中，他的王国到处都是黄金和珠宝，人们用他的名字指代他的王国，埃尔·多拉多取代传说中的金洲成了西印度群岛充满神秘感的黄金国。

当时的西班牙人占领了特立尼达群岛，并将当时的城镇约瑟夫及其港口命名为"西班牙港"——如今特立尼达岛国的首府西班牙港市，他们以特立尼达为根据地，在新大陆的处女地上更为狂热地寻找着神秘的黄金国。不仅西班牙人，而且英国人、法国人、荷兰人、德国人等也纷纷加入到寻找金矿的探险活动之中。

1519年至1521年，西班牙人埃尔南多·科尔斯特征服了位于墨西哥南部的阿兹特克王国，1532年至1535年，另一个西班牙人弗朗西科斯·皮萨罗征服了南美洲的印加王国。在这两个王国中都发现了金矿和银矿，这使欧洲人进一步相信黄金国的存在。1541年，西班牙探险家弗兰西科斯·德·奥瑞拉那（Francisco de Orellana）、德国探险家菲利普·冯·哈顿（Philip von Hutten）都先后沿着亚马逊河寻找黄金国。英国探险家沃尔特·罗利爵士（Sir Walter Raleigh）于1595年开始寻找黄金国，虽然也是无果而终，但他却编造说自己发现了黄金国，并绘声绘色地描写道，黄金国中的黄金城位于圭亚那境内帕里玛湖中的一个小岛上；后来证明这一切原本就是子虚乌有。

寻找黄金国的梦想虽然最终失落了，但欧洲15世纪寻找"金洲"的海上大探险以及新大陆的发现，同时也昭示着人类历史的新时代，殖民主义由此拉开序幕。

从16世纪开始，海上探险开始演变为海上殖民地贸易。在殖民扩张活动中，随着日渐强大的英帝国取代西班牙帝国而占据主导地位，在美洲大陆，黄金国和金矿的寻找也演变为种植园的开发和各种商业往来，并逐步形成了一套奴隶劳工制度。

奈保尔的《中途：西印度和南美洲五种社会之印象》取名"中途"（the middle passage），与欧洲殖民扩张史上的"三角贸易"密切相关，加勒比群岛在英帝国的三角贸易正好处于中间环节："来自英国的船只携带纺织品、珍珠和金属制品首先驶向西非海岸，在那里他们用这些货物交换奴隶。接着这些船只驶过大西洋抵达加勒比群岛、巴西或是英国的北美殖民地，这里需要非洲奴隶作为种植园的劳动力。在美洲，商人们不但购买木材和鱼，而且从种植园购进诸如蔗糖、咖啡和烟草等货物。这些商品又来到英国，完成了这一贸易循环。"①

始于 18 世纪末期的英国工业革命，极大地改变了世界经济的运行模式，旧的种植园经济逐渐处于解体的状态，奴隶劳工制也随之逐渐退出了历史的舞台，1842 年，英国通过了西印度群岛殖民地黑奴解放的法案。

到了 19 世纪，随着欧洲和北美的新工业体系的建立，特立尼达大批黑人劳工开始从农村迁移到城市。与此同时，农业和种植园虽然不再是主要的经济形式，但也是不可或缺的，于是，英殖民政府在废除了奴隶劳工制数年之后，又不得不从殖民地印度这样一个传统的农业国家引进契约劳工，从事农业和甘蔗种植。当年契约劳工的工作期限一般约定都是五年，之后可以回到印度，也可以留在特立尼达，留下来的可以获得五英亩的土地，有不少印度劳工选择了留在特立尼达，变成了移民。到 1917 年，特立尼达的印度移民人数达到近 15 万。

契约劳工虽然不同于奴隶制劳工，但印度人来到特立尼达，其社会和经济地位还不如更早到来的非洲黑人。这时奴隶制已经废除，黑人奴隶劳工获得了自由，他们大多从农村转移到了更有发展前途的城市，而从印度来的契约劳工则主要在乡下从事农业和种植业；非洲黑人人数众多，成了特立尼达的主体民族，他们很早便有了自己的政党和各种社会组织，在特立尼达的政治、经济和文化生活中远比印度移民成熟得多；所以 1962 年特立尼达独立时，是黑人而不是印度移民首先掌握了政权。

随着殖民入侵，特立尼达的土著人早已灭绝了，后来的特立尼达主要由黑人、印度人、欧洲人构成。与人口构成相适应，特立尼达的文化也主要由西方文化、非洲黑人文化和印度文化构成，印度文化又分为印度教和

---

① ［美］威廉·麦克高希：《世界文明史》，董建中、王大庆译，新华出版社 2003 年版，第 262 页。

印度伊斯兰教两种文化，各种文化主要以族群或社区的方式各自独立存在着，不过，随着族群之间的冲突和融合，以及族群之间混血儿的产生，多种文化之间也处于杂交的状态。语言上看，由于是受欧洲人统治近五百年的移民社会，特立尼达人的语言极其复杂，西班牙语、英语、法语、荷兰语等欧洲语言与非洲黑人语言、印度语言混杂在一起，产生了克里奥尔语，由于特立尼达后来主要是英帝国的殖民地，所以这里最终通行的语言是西印度式的英语。英殖民政府也创办学校，加强英语和西方文化在特立尼达的主导地位，黑人和印度人移民的后代多在英语学校学习，并将到英国留学作为最高的学习目标，以能进入伦敦这样的宗主国文化中心为最高的人生奋斗目标。

二　特立尼达：奈保尔文学创作的"黄金国"

"黄金国"（El Dorado）早已失落了，不过在历史的传奇故事之外，在现实生活中，奈保尔的父亲在特立尼达曾经生活的村庄，按奈保尔的说法，也被取名叫作"黄金国"。黄金国最初指代的是印度，经历了历史的变迁，它奇特地变成了在特立尼达的一个小小村庄的名字，而且在这里生活着来自恒河平原上的印度移民。在短篇小说《村庄里》，奈保尔的父亲曾描写到黄金国乡村的景象："所有看起来是黄色的东西大多都是肮脏的，所有看上去是绿色的大多都是灌木丛。"[1] 奈保尔小时候，黄金国村庄周围到处都种植着甘蔗，欧洲殖民者在这里没有找到黄金，而是把这里变成了盛产蔗糖的种植园，蔗糖就是新的黄金。[2] "甘蔗"是奈保尔后来描写特立尼达乡村时常常出现的意象，它不是什么田园风光的象征，而是与殖民主义、奴隶、契约劳工联系在一起的最残酷的农作物，甘蔗的种植与殖民时代的种植园经济与贸易联系在一起，从而变成了一种最肮脏、最丑陋的农耕方式。甘蔗在丰收之后，田地上一片荒凉，就像是殖民掠夺之后遗留给特立尼达的历史遗迹，它代表的远不是什么洪荒的力量或田园的景象，而是苦难、残酷的历史以及被历史遗弃后的无序与衰败等。

　　奈保尔的祖父是在20世纪初作为契约劳工从印度来到特立尼达的。作为第一代移民，虽然来到了特立尼达，但他在感情和心理上依然像是生

---

① Shiva Prasad, *The Adventures of Gurudeva*, London：Andre Deutsch, 1976, p.12.

② ［英］V. S. 奈保尔：《作家看人》，孙仲旭译，南京大学出版社2009年版，第25页。

活在印度，他将特立尼达当作了另一个印度，并按照印度传统的方式安排自己在特立尼达乡村的一切生活。而到了奈保尔的父亲西泊萨德·奈保尔这一代，他们虽然依旧坚守着印度传统的宗教信仰和种姓意识，但已经不再像第一代移民那样固守印度乡村世界的价值观念了，通过奋斗，西泊萨特从乡下来到了特立尼达的首府西班牙港市，在《特立尼达卫报》谋得一份差事，并试图通过创作而引起西方世界的重视。奈保尔一代的特立尼达印度人属于第三代移民了，他们传承了父辈们的追求和梦想，进一步将印度抛在身后，他们渴望到英国留学并在西方世界谋求发展，试图永远脱离特立尼达，从"殖民"变成大英帝国真正意义的"移民"。

　　凭着自己的天分和努力，奈保尔成功地进入了牛津大学，不过，他很快便发现，英国并不是他的"黄金国"。经过创作上的痛苦挣扎之后，奈保尔最终又以文学创作的方式回到了特立尼达，虽然他远远地逃离了特立尼达，但在创作上，他只能回归于曾经令他深感痛苦的特立尼达，而且，他好奇地发现，他对特立尼达的"歇斯底里"式的情绪居然演变成了精妙的小说。

　　"歇斯底里"式的情绪是奈保尔在生活中长期郁积下来的，这种情绪，一方面来自苦难的现实生活，另一方面来自极度苦闷的精神追求。第一，这种情绪带着强大的爆发力，对奈保尔的创作产生了极大的推动作用，但随后，在宣泄了这种情绪之后，他便产生某种空洞的感觉。这样，他在文学上对特立尼达的最初回归实际上已经完成了：他的过去停止于祖父一代，而种植园殖民地的生活，又没有什么真正的历史事件发生，它没有什么文化背景的连贯性。奈保尔出生在特立尼达，但历史上的奴隶劳工制以及契约劳工制对他并没有产生直接的影响，他对奴隶和契约劳工的含义也没有什么体会，在学校的历史课上，虽然有"奴隶"一词的解释，但对于缺乏历史经验的奈保尔来说，"奴隶"只是一个词汇而已。① 第二，虽然古老的印度依然与他发生了千丝万缕的联系，但移民的文化早已不再像本土那样富于传统的深厚性和生命的延续力，尽管可以从书本上了解一切，但书本的知识与现实世界脱离时，便成了无源之水，因此古老的印度只存在于模糊的记忆之中，无法将这种记忆与特立尼达的现实生活有机地结合在一起。② 第三，特立尼达虽然伴随着西方文化的扩张而诞生，但这里并没有真正引进西方现代文明，引进的只不过是伴随着殖民主义和帝国

---

① V. S. Naipaul, *Reading & Writing*, The New York Review of Books, 2000, p. 31.

② Ibid, p. 36.

主义而产生的奴隶制和种植园经济,殖民统治崩溃后留下来的一切,都带上了与奴隶、劳工以及种族歧视相关的黑色印记。

奈保尔说:"这是对我们这些来自岛国、有文学野心的人都必须面对的问题:经济单纯的小地方哺育长大的小国寡民,命运也比较单纯。这个岛国很小,比易卜生的挪威还小,我们在文学上的可能性,如同我们在经济上的可能性或人自身的可能性一样,都是非常有限的。易卜生的挪威,尽管偏小,但却有银行家、编辑、学者或诗人等文化高层。但特立尼达在这些方面却极为匮乏。它们没有给予小说家或诗人更多可写的东西。它们被限定在狭小的范围内,才能很快便会耗尽。"① 在奈保尔看来,特立尼达是一个不重要的小小的岛国,这里没有文明,只有种植、丰收、衰败,是被世界遗忘的角落。尽管它的历史不长,但它似乎早已变成了历史的遗迹,那里的建筑材料常常采用波纹铁屋顶,经历了风吹雨打之后,要不了多久便锈迹斑斑;这里从来没有什么古老而伟大的建筑,因此在这里也找不到什么风格;过去的时代没有什么辉煌,个人的经历除了辛酸与苦难之外,没有什么美好的东西值得回忆,记忆变成了坟墓,或是像葬身于大海的西印度人一样,留下的不过是像海浪冲刷海岸一样的虚空的记忆。天气也总是老样子,特立尼达人感受不到什么本地的风景,如果没有伟大的历史事件和深厚的文化底蕴,那么,城市或乡村的风景再好也是没有意义的。历史上,特立尼达是典型的殖民地,而殖民时代过后,现实中的特立尼达则被奈保尔描述为"半生不熟"的社会,既非东方,又非西方。

奈保尔对特立尼达的经验与感受与他对生活和文学的兴趣是不相吻合的,这正是他离开特立尼达的原因之一。在为父亲的小说集写下的序言里,奈保尔将他的父亲与他自己的处境说得很明白,他们有作家的才华,对自己成为一个作家既有追求,又充满信心,但接下来他们便发现,仅仅有这些条件是远远不够的,尤其是在特立尼达这样的社会环境中,他们自己处于某种扭曲的、发育不良的状态之中,他们的文学抱负只能变成一个飘浮不定、破碎的梦想。②

人们通过建造纪念碑来记录历史,那是某种有形的记忆触动物;作家的创作也是"纪念碑"的建造过程,而且艺术的创造不像历史的遗迹那样易受到时间和战争的毁坏,它是一种无形的纪念碑。奈保尔的早期创

① V. S. Naipaul, *A Writer's People: Ways of Looking and Feeling, An Essay in Five Parts*, Alfred A. Knopf, New York, 2008, p. 17.

② Shiva Prasad, *The Adventures of Gurudeva*, London: Andre Deutsch, 1976, p. 53.

作，反映出他试图回归于早年的记忆，以创作来改造特立尼达的社会环境、重建特立尼达的历史与神话，但创作了《米格尔大街》和《毕司沃斯先生的房子》等小说、宣泄了歇斯底里一般的情绪之后，他好像已经穷尽了有关特立尼达的生活经验，为此，他感到精疲力竭，文学创作在走向了高峰的同时，似乎也走到了尽头。

恰好在1960年，受特立尼达总督厄瑞克·威廉斯（Dr Eric Willaims，1911—1981）的邀请，奈保尔回到特立尼达，并对加勒比地区的社会状况进行考察和分析。这对奈保尔来说，是一件意义重大的事情，它不仅使奈保尔重归于现实生活中的特立尼达，而且改变了奈保尔的创作走向。原来他一心陶醉于虚构的世界，如今他需要开辟非虚构创作的新天地，尽管这对他来说是一种挑战，但同时也是难得的机遇。《米格尔大街》等早期作品包括《毕司沃斯先生的房子》的创作，按奈保尔的说法，只是反映外在的世界，而在《中途：西印度及南美洲五种法国和荷兰社会之印象》的创作实践中，他开始对加勒比地区进行实地考察并分析、研究特立尼达等殖民地社会的历史和现状。这不仅开阔了他的眼界，而且使他对自我有了更为深厚的认知。从此，他不再仅仅创作虚构的小说，而开始了旅行创作和历史创作，在随后的几年里，虚构性质的小说创作与非虚构性质的散文作品，在他的创作中交替出现，在创作《斯通先生和骑士伙伴》《效颦人》和短篇小说集《岛上的旗帜》的同时，奈保尔也创作了《幽暗国度：记忆与现实交错的印度之旅》和《黄金国的失落》。在非虚构作品的创作实践中，旅行的实地感受与档案等历史资料的结合，不仅加深了他对自我和历史的整体感受，而且开阔了他的文学视野。他的创作形式不再是固定的虚构小说，而是取决于材料和表现的内容，多种创作形式相互促进、相互生成。

如果说《中途：西印度及南美洲五种法国和荷兰社会之印象》的创作是基于实地考察的旅行创作，那么，《黄金国的失落》（1969）则进一步将"旅行"式的考察延伸到了历史视野之中。这部作品的创作加深了奈保尔的历史感，它使奈保尔的文学"旅行"不仅发生于富于立体感的"空间"之中，而且穿梭于富于绵延感的"时间"之中，"黄金国"的意义也不仅仅停留于"特立尼达"，而且关涉帝国与殖民、东方与西方这样一个广阔的历史与文化的空间。如此，在对特立尼达的重新回归中，奈保尔发现，特立尼达实际上是他文学创作中挖掘不尽的"黄金国"。

三　《黄金国的失落》

　　《黄金国的失落》分作"序言""第三块领地""西班牙的投降""路易莎·卡尔德隆的审讯"以及"尾声"五个部分。从这些小标题看,这本书似乎主要是历史的再现,从中看不出它与"黄金国"的神话传说有什么联系,但实际上,这部作品是以历史的方式讲述了"黄金国"的传说、寻找和失落的故事。

　　在"序言"中,奈保尔说,这本书主要由两个已被历史尘封了的故事构成:第一个故事是黄金国的寻找和黄金国的失落,主要关涉西班牙征服者在美洲开发处女地的历史,奈保尔称之为"新世界的罗曼史"和"香格里拉之梦";[①] 第二个故事是英国取代西班牙而在特立尼达建立殖民地的故事,讲述的主要是"新世界"的梦想是如何化为泡影的。显然,第二个故事不仅是第一个故事的历史延续,而且在隐喻的意义上深化了第一个故事:神话与现实、故事与历史在重叠中相互印证。在这部作品中,黄金国的传说以及寻找黄金国的故事并不是由西班牙人讲述,而是由英国人沃尔特·罗利爵士讲述的;故事开始于他 1595 年对特立尼达和南美洲的入侵,结束于他返回英国的 1617 年。

　　沃尔特·罗利爵士的故事虽说也不乏冒险和探索精神,但从本质上看,寻找黄金国的故事在他身上更多地表现为与迷狂心理结合在一起的"光荣"梦想,而这种梦想与现实结合在一起时,便演化成了一场噩梦,弥漫于其中的是疯狂、血腥、残忍和死亡。罗利本人最显著的特征是残忍无道,他瞧不起追随他的人,更瞧不起他的受害者,他的一切行动都受制于"荣耀"的心理幻觉,显得奇怪且不可理喻。罗利想通过土著人来寻找黄金国,而那些土著人根本不相信世界上存在着什么黄金国,只是跟着他一起上演了一场闹剧;他计划在适当的时候"解放"这些土著人,但这一切并不是因为土著人的勇敢无畏,也不是因为土著人在恶劣的环境中高超的生存技能,而是因为罗利觉得土著人喜欢闹饮,是世界的醉鬼,他

---

　　① "经历过多次未果的寻找之后,'埃尔·多拉多'这个词通常被用来指任何拥有巨额财富或者可能提供暴富机会之地。在文学中,经常出现与这个传说相关的隐喻,于是黄金国获得了超出其原来的意义,成了'新世界的罗曼史、香格里拉之梦'。"见方杰《多元文化语境下的虚构与纪实:V. S. 奈保尔作品研究》,南京大学出版社 2013 年版,第99 页。

只是想早点儿摆脱他们。在奈保尔笔下，罗利实际上是一个胆小如鼠、优柔寡断的文人和作家，只是因为对荣耀的渴望使他变成了一个疯狂寻找黄金国的冒险家。作为一个朝臣，罗利曲尽阿谀奉承之能事，曾是女王伊丽莎白一世的宠臣；同时他又野心勃勃，因被控阴谋推翻国王詹姆士一世而囚禁于伦敦塔。罗利是一个小丑与英雄的奇怪混合体，他一生曾两次被关进伦敦塔。奈保尔认为，伦敦塔其实是最适合罗利的地方，罗利在潜意识中一直在寻求的，并非什么黄金国，而是那种可将他狂躁心理和疯狂举动抑制下去的地方，伦敦塔不失为其真正的归属之地。1617 年，罗利在黄金国的梦想中走到了尽头，返回了英国，他随即再次被囚禁于伦敦塔。1618 年，他被处以绞刑。

《黄金国的失落》的第二个故事发生在罗利之后几乎两百年间。如果说第一个故事主要关涉于西班牙对南美的征服、西班牙征服者安东尼奥·贝利奥和他的英国对手罗利以及土著居民，那么，第二个故事则更多地描写当时的英国与西班牙在特立尼达的复杂纠葛以及英国最终取代西班牙而在特立尼达建立殖民地的故事，它讲述的主要是黄金国失落之后，与帝国理想联系在一起的人类梦想是如何化为泡影、并颓败为奴隶制的故事，其中涉及汤姆士·皮克顿、弗兰西斯科·米兰德、威廉·富拉顿、路易斯·卡尔德隆等历史人物。无论从历史还是从文学隐喻的角度，这个故事都是黄金国故事的延伸与演变：英国试图构建新的社会和政治秩序，但在复杂的现实面前，这种构想依然像黄金国一样失落了。

1797 年英国打败西班牙，并在特立尼达确立了统治地位，但这种统治同时也面临着种种问题，一方面是英国统治阶层内部的种种矛盾和阴谋，另一方面是英国人与西班牙人、法国人以及已获自由的黑人之间的摩擦和冲突。汤姆士·皮克顿是英国委任的特立尼达第一任总督，后来，他因为命令人拷打一个自由的穆拉托（黑人与白人的第一代混血儿）妇女路易斯·卡尔德隆而在伦敦受审。随后引出了皮克顿的继任者威廉·弗拉顿。奈保尔一方面对来自文明社会的所谓的殖民地"精英分子"的缺点、软弱无能、名利心、道德败坏进行了细致的考察，另一方面也对黑人、土著以及从他们中间爆发的革命进行了鞭辟入里的分析。弗兰西科·米兰德是委内瑞拉革命家，但他的革命理想就像罗利的黄金国的梦想一样显得奇怪而疯狂，就像伦敦塔是罗利的归属一样，在奈保尔看来，监狱也是米兰德必然的归属之地，他在内心里也是一直寻找着这个地方。

与被压迫者联系在一起的"革命"的问题，不仅是《黄金国的失落》所关注的重要问题之一，同时也是奈保尔终生都感到困惑并努力探讨的问题，在后来的作品《世间之路》中，奈保尔更为深入地描写了弗兰西科·米兰德这个革命家。如果说罗利这样的冒险家在历史上扮演的是与殖民征服联系在一起的剥夺者，那么米兰德则不幸地成了被征服者和被剥夺者；罗利体现了殖民者的征服欲望和狂想，米兰德体现了被殖民者的反抗心理和梦想。他们都离开了本土，处于流亡的状态；流亡不仅发生于现实生活，更重要的是发生于他们的心理和精神世界之中。这是剥夺者与被剥夺者之间的故事，故事的结局不仅是黄金国的梦想失落了，更重要的是他们都失去了真正的世界。殖民与被殖民者共同铸成了黄金国的梦想，也共同毁灭了这一梦想，东西方文明的迁徙、交汇与杂交，没有诞生出什么与新大陆联系在一起的新世界。黄金国的梦想失落之后，特立尼达这一新世界的处女地，在金钱和种族等问题的催化中，奴隶劳工制、种植园、三角贸易以及"革命"等乱象疯狂滋生，并在后殖民世界中留下了种种残渣余孽。

评论界一般都认为，《黄金国的失落》讲述的是西方殖民主义如何在特立尼达的土地上播下了罪恶奴隶制的种子以及由此引发的一系列后果的故事；在恢复特立尼达已被遗忘的历史的同时，奈保尔对于奴隶制、"革命"等问题也给予了特别的关注。显然，这种评论切中了要害，自然是无可非议的，不过，面对历史时，作家与历史学家思考问题的角度与方式有着明显的差异。《黄金国的失落》处理的是历史性的题材，但它表现的却是文学性的主题；从文学的角度看，在《黄金国的失落》中，奈保尔更多关注的依然是人的问题。在奈保尔笔下，黄金国的寻找与失落，并不是什么历史故事，而是"人的故事"（the human story）；这个故事反映的，与其说是与神话联系在一起的古老传说，不如说是对新世界冒险家疯狂心理的真实写照。[①] 再者，与历史人物的光辉形象形成对照，奈保尔以文学笔法解构了历史人物，还原其"英雄"本色：他们多受幻觉的驱使，狂妄自大，对金钱、权欲、名声有着无尽的贪婪，一切以自我为中心，不仅欺人，而且自欺。

在人们对金钱、权力的迷狂中，黄金国的梦想失落了；西印度群岛，人类多年梦想的人间天堂的源流和入口，先是通过哥伦布、而后在罗利等人贪婪的本性中，不幸地变成了世界的肛门（Anus mundi）。[②] "肛门"的

---

① Lillian Feder, *Naipaul's Truth: The Making of a Writer*, Rowman & Littlefield Publishers, Inc., 2001, p. 94.

② V. S. Naipaul, *Reading & Writing*, The New York Review of Books, 2000, p. 36.

说法，令人想起奈保尔《中途：西印度及南美洲五种法国和荷兰社会之印象》第六章"前往牙买加"的一段描写："像人一样，猪和羊如同人一样独特而重要……无论你往哪里看，都能看到环绕肯辛顿的群山，这个岛上的胜景之一；在雨后朦胧的暮色下更显得清新葱绿，层层叠叠柔软得如同动物毛皮的褶皱。一头死骡子就躺在这样的景色中，骡子的牙齿裸露，肚皮肿胀绷紧。它躺在那里已经两天，有人恶作剧般地将一个扫帚的把柄插在它的肛门里。"①一方面是天堂般、类似于"黄金国"的美景，另一方面则是贫民窟及贫民的恶作剧，看似偶然，其实也反映出奈保尔对人对事物的一贯看法，人就像是猪或羊一样，梦想和美丽总是失落于丑陋甚至残忍之中。

《黄金国的失落》的创作，不仅使奈保尔重新认识了特立尼达，而且也使他对自我有了新的认识。特立尼达既是奴隶劳工制历史的产物，同时也是现代社会和人类的神话故事，殖民与帝国的梦想催产了特立尼达，同时也使特立尼达变成了西方现代文明的畸形产物——既非东方又非西方、既非现代又非传统。这种东西文化杂交的特性，不仅限定了特立尼达的过去，而且也在一定程度上限定了特立尼达的现在和未来；自然，对奈保尔来说，这也是一种限定——他逃脱不了特立尼达这一特定的社会历史环境，而这一历史环境映射出的，不仅是奈保尔自我的处境，同时也是现代人类的处境。

四　历史与文学

奈保尔的文学创作，与他对世界的看法密切相关，而他对世界的看法，又与他的旅行密切相关。这种旅行，一方面发生于空间或地理的意义上，从而使他具有更为广阔的视野；另一方面则发生于历史和文化的意义上，从而使他具有更为深厚的内在感，世界由此变成了某种深邃的意境——它既是由一系列的偶然事件构成的，同时所有的事件又相互牵连，构成了复杂难解的谜团。

1968 年，奈保尔再次回到特立尼达。他这次回到特立尼达，主要是应美国出版商的邀请，出版商计划出版一套旅行书籍，其中有关特立尼达

---

① 转引自方杰《多元文化语境下的虚构与纪实：V. S. 奈保尔作品研究》，南京大学出版社 2013 年版，第 79 页。

的书籍邀请奈保尔执笔。奈保尔原本觉得这不过是一项简单的劳动:一点儿当地的历史,一些个人的记忆,加上一些照片罢了,他认为资料应该很容易找到,所有历史都存放在那里,需要时随便提取就是了。但具体写作时,奈保尔却发现,特立尼达根本没有历史,只是一些不断重复的历史传说,它的过去早已消失了。他不得不寻找英国的官方文件等档案资料,试图从中找到什么历史人物和他们的故事,通过人物及其故事而将有关材料组织起来,构思成书,这是奈保尔所设想的写作方式。但实际操作时,他却发现寻找资料居然是一项很吃力的事情,他从多种档案资料中挖掘出来的东西极其有限。他原以为几个月就可以完成的工作,现在变成了一项艰难的工作。在《黄金国的失落》的后记中,奈保尔写道:"这个故事主要由记录资料——原始资料、复印件、印刷品——构成,它们保存在大英博物馆、公共档案室、伦敦图书馆。大部分都是由我翻译的,对话多取自原始的记录。"① 因此,我们可以说,正是这些历史资料使他在小说创作中形成了他对特立尼达历史的看法,但如何鉴别并运用这些档案资料并使之变成创作,却常常使奈保尔陷入困境和迷惑之中。

　　起初的构思与设想与他所收集的资料很难协调好,在历史资料与旅行书籍之间,他一时间难以找到平衡,这使他迟迟未能动笔。他的脑海中反复思考的问题是:史实与故事、旅行与文学之间到底是什么关系?历史在此像是一个巨大的谜团,他对历史资料的阅读,"就像是在校勘。黄金国是一个历史传说,它在叙事中隐藏着叙事,事实中隐藏着事实,就像是最精致的小说,无法从中分辨真假"②。它既像是巫术,又像是历史,其中除了明显的错误之外,传说与事实总是交错不分,这既令人苦恼,又令人深思。作为一个作家,他思考的中心逐渐从历史与旅行书籍转向了文学创作:特立尼达土著人早已消失不见了,但通过一些档案资料,当地的土著又活灵活现了;奈保尔也惊奇地发现了西班牙港市街道的历史,皮克顿等历史人物150年前就曾生活在奈保尔自己生活过的街道上,这使他对自我和历史都有了某种新的、生动的感受。③ 他不再试图去记录或描述历史,而是努力以文学的方式来隐喻历史。面对纷纭复杂的历史谜团,奈保尔采取的方式是,不仅将历史变成故事,故事变成历史,同时还将历史或故事变成新的、另外一个历史或故事。他改变了只写一本导游书的做法,显

---

① V. S. Naipaul, *The Loss of El Dorado*, New York: Knopf, 1970, p. 379.

② Ibid, p. 38.

③ V. S. Naipaul, *Reading & Writing*, The New York Review of Books, 2000, p. 36.

然，导游一类的书籍无法容纳这些内容；而虚构小说的形式，在奈保尔看来，也不适宜表达他从中感受到的那种深厚而广阔的历史感；再者，奈保尔也无意写作一本历史著作，因此，他不再局限于档案资料，而是通过"印象集聚"的文学创作方式，以一个又一个中心人物为叙事对象，从人物的经历与命运中揭示历史的真相；这也成了奈保尔此后 30 多年与旅行结合在一起的文学创作的根本方法和技巧。

历史都是发生在过去年代的人物和事件了，在奈保尔看来，正像我们无法将历史真正还原于当时当地的情景之中，特立尼达的历史也无法复活于海洋、岛屿或是其他的山川景物和场景之中。历史的真实性更多地表现为，使人感受到事件或人物对当下社会和人所造成的不可磨灭的影响，换句话说，历史虽然都是过去年代的事情了，但其意义与价值的产生却与现实有着密切的关系，历史的真实性并不在于还原过去的本来面貌，而在于对现实的启迪。历史并不是静止不动的存在，而是不停地活动着，是每个人根据自我的理解而对过去事件和人物做出的判断和解释，它看似针对着过去，实际上却发生在当下。

从这种意义上说，历史和文学实际上都是对人或事的阐释，只是因为角度的不同，其中表现出来的旨趣也是不同的。历史更多地表现为记事，要求客观冷静的叙述；而文学更多地表现为写人，考察的是人的心理、性格和精神状态。当然，人与事常常是不可分离的，历史与文学之间，也并不是单纯的真实与虚构、纪实与想象的问题，对于特立尼达这样一个"黄金国"来说，情形尤其如此。殖民的故事与新大陆、新世界的历史彼此交织在一起，黄金国的寻找本身是一个神话传说，但新大陆的意外发现却赋予了这一古老的神话传说以现实的意义——海上探险演化成了殖民征服。正是殖民征服使特立尼达奇怪地与印度结合在一起。特立尼达群岛虽然不是真实的印度，但它却阴差阳错地被称为西印度群岛，而现实中的印度也相应地变成了"东印度"，随着殖民主义的发展，西班牙、荷兰、法国、英国等帝国主义列强在特立尼达和印度分别建立贸易公司时，都习惯地被命名为西印度公司和东印度公司。西方的殖民活动使世界连成了一体，东方和西方之间，原来只是一种神话或想象性的联系，而在殖民活动中它却变成了现实的联系：新世界打破了东西方之间固有的平衡，注定要带来一种新型的人类关系，但这种新型的关系却在殖民主义中沦为了奴隶劳工制。

奴隶制原本是人类早期社会的产物，但高度文明的欧洲人却使它在现代世界中重新复活了，并使之变成了东西方之间的关系。暴力不可避免地伴随着欧洲人的海上探险和商业贸易，新世界的历史一方面是罗曼史，另一方面又是血腥的征服史；而从文学的角度也可以说，新世界一方面是如同伊甸园一般美妙的奇情异想，另一方面又是如同地狱一般可怕的深渊，令人不由自主地向下堕落。在奈保尔看来，哥伦布、罗利等历史人物或说是个体“英雄”，多是受到某种诱惑、并在某些事件的推动下而不自觉地参与到历史之中，又因为他们的事迹都近乎传奇，犹如发生在梦幻的世界，因此，历史与这些人物结合在一起时，常常变成了新世界的童话故事。而实际上，无论是奴隶制的产生还是奴隶制的废除等问题，在奈保尔看来，都不是简单的善恶问题，历史并不像教科书那样以简化的方式使一切问题得以纯化或净化；历史看似表现为真实的记录，但实际上任何记录都不可能是全面的，因此，历史也就不可能是真实的。历史是一种善与恶交织在一起的含混形式，在历史的发展过程之中，更多失落的东西常常是美好，更多承袭下来的常常是我们习以为常的恐怖和残忍。

《黄金国的失落》表面上遵循着真实的记录，同时它又超越了历史；而奈保尔虚构的故事，也以档案或历史记录的形式出现，从而使虚构也具有了历史或档案的性质。小说或说是故事与历史之间并不是虚构与真实之间的关系，而是不同角度的叙事的融合，历史与小说在奈保尔笔下合成了一体，奈保尔以此向读者揭示出“黄金国”的真实面貌。“历史学家与小说家都维系于档案或记录，无论是第一手或第二手甚至是创造性的记录，他们都在寻求真实性，哪怕这种真实是一种幻觉。因此，在小说创作中，无论是大事还是小事，也无论是真实或非真实的事件，它们都会被扩展，或者以某种阐释使其意义显现出来。……正是基于历史档案或记录并对其进行复制或改造，使奈保尔成了一个作家。”①

在《寻找中心》《抵达之谜》《作家看人》和《读书与写作》等带有自传性质的作品中，奈保尔反复讲述了他早年的作家梦和奋斗历程，从中可以看出，他对生活（历史）与小说（虚构）之间的关系存极为着迷。通过档案资料，通过历史与文学之关系的深入思考，通过《黄金国的失落》的创作，奈保尔对特立尼达有了新的发现，对自我也有了新的认识。奈保尔创作《黄金国的失落》的里里外外给我们留下了太多的思考，围绕着在特立尼达的旅行而创作的这部作品，不仅是奈保尔对历史的重写，而且也是他对自我的重新塑造。②

---

① Peter Hughes, *V. S. Naipaul*, Routledge, 1988, p. 27.

② Ibid, p. 68.

　　奈保尔曾从西方经验的角度看待特立尼达，认为特立尼达的历史几乎是一片空白，这是一个未曾实现的世界；而今奈保尔却从虚无的历史之中发现了文化的遗迹，正像他将自己对特立尼达歇斯底里的情绪转化为《米格尔大街》的创作一样，他将自己对特立尼达梦想的破灭转化成了他碎裂的人格，他将自己漂泊不定的生存状态与特立尼达的历史有机地联系在一起："椰子树、甘蔗、竹子、芒果、叶子龙和一品红，这些都是当地种植的热带地区的植物。所有这些植物和树种都是后来殖民地居民的到来和开辟的种植园而被引进种植的。"① 尽管这里的历史不过是奴隶与蔗糖的历史，尽管这种历史与这里的绿色植被和景色显得很不和谐，但从中也可以发现特立尼达与世界的密切联系，景物、事件、人物等构成了特立尼达的历史，同时也构成了奈保尔自身的世界，"所以，我的认识和自我意识就是以特立尼达岛为起点的"②。由此开始，奈保尔发现，世界在不停地演化与更生，他也在不停地发现并创造自我，他的文学天地由此而变得宽广而深厚。

---

① ［英］V. S. 奈保尔：《抵达之谜》，邹海仑等译，浙江文艺出版社 2004 年版，第 179 页。
② 同上书，第 171 页。

第四章　性爱、种族与自我

　　本章主要通过奈保尔的性爱经历，结合《效颦者》《游击队员》《河湾》《浮生》《魔种》等作品，分析奈保尔另类的"性政治"："政治"影响了人的性状态、性取舍和性观念，而人们的性无能、性扭曲、性暴力等等行为也折射出"政治"的可怕与盲目；个体自我的性情不仅与自我的个性以及家庭、种族的特性密切相关，同时也烙上了特定的时代、社会以及文化的印记。

　　在奈保尔的文学创作中，"性"与"政治"也是一个相互关联的主题。不过，与女权主义批评家凯特·米利特的《性政治》（1969）不同，奈保尔不是从政治的角度来探讨性问题，而是从性的角度来表现政治。因此，与米利特从性爱中发现高度敏锐的政治问题不同，奈保尔将政治问题回归于与性爱以及性暴力密切相关的复杂的自我以及日常生活之中；"性政治"并不是"压迫"与"被压迫"以及"革命"与"解放"的问题，而是说不清楚的自我与日常生活问题。

　　奈保尔创作小说，并不是基于什么政治或种族问题，而是基于自我的感受，如果说他的创作中牵涉到种族、身份以及政治问题的话，他也是更多地从自我的角度来看待这些问题的：他并不是有意将自我的问题上升到某种政治的高度，而是因为自我的存在总是与现实、与政治联系在一起的。

　　文学与政治的关系，一方面是相互依存——文学实际上离不开政治；另一方面则又是相互对立——文学总是在与政治的对抗中求得生存。奈保尔小说表现的是个体生命的自我，反映出政治对个体自我的影响，个体自我的扭曲恰恰反映出政治的畸形与可怕。

一 《浮生》的自我与性启蒙

《浮生》（2001）是奈保尔晚年创作的一部小说，这部小说与《魔种》（2004）构成姊妹篇，是奈保尔以小说形式对自己一生进行的回顾和总结。小说的题目"浮生"（*Half a Life*）一词有多个层面的意思。字面上看，可以理解为"半生"，这部作品描写的是小说主人公威利从出生直到中年（41 岁）这半辈子的生活和经历。而从人物的种族或种姓身份上看，威利和他的妹妹以及小说中其他主要人物，在种姓或种族上都处于混合或"杂交"的状态，或是高低种姓的混合，或是黑白人种两种成分各半（half and half）的混血儿，虽然他们在婚姻上走到了一起，但在精神与心理上却无法融合。若从人物形象构成所显示的社会意义上说，小说题目也另有寓意：无论是威利，还是他的父亲，他们的生命和生活都是残缺不全的，他们的生活中缺少女人——在印度教社会中长大，他们的婚姻、家庭、个人生活中都回避了性；如果说人的世界或社会是由男人和女人组成的话，一定程度上说，他们过的只是一半的生活，他们拥有的也只是一半的世界。[①]

小说《浮生》的开头，是威利的父亲叙述的自我的故事。虽然他出生于高贵的婆罗门家庭，生活在安逸的环境之中，但由于当时民族独立运动和甘地主义的影响，他的内心处于躁动不安之中，急切地想做出点儿什么惊天动地的事情来；想来想去，也没有什么高招，他便决定"牺牲"自己。不过，他认为自己不能做出无谓的"牺牲"，只有傻瓜或疯子才会从桥上跳入河水之中将自己溺死，或是卧轨自杀，他要做出圣雄甘地式的有意义而且持久不断的"牺牲"。圣雄甘地强烈谴责了种姓制，人们都认为他说得对，但几乎没有什么人在这方面做出实际的行动，种姓之间的通婚依然壁垒森严。于是，威利的父亲放弃了家人为他安排的婚姻——与大学校长的女儿结婚，决定找一个他能找到的最低下的女孩子结婚，这样，他既能使他的家人所有愚蠢而美好的希望完全落空，又能响应圣雄甘地的号召，实现自己的价值。

他在大学里物色到了一个"理想"的女孩子，她不仅出身贱民，而

---

① Gillian Dooley, *V. S. Naipaul: Man and Writer*, University of South Carolina Press, 2006, p. 130.

且身材矮小、皮肤粗糙，黑乎乎的，两颗门牙突出在外。看着那女孩子的长相，他感到恶心，但想起自己的牺牲使命，他又感到浑身激动，他决定在她的陪伴下完成自己的牺牲使命："没有她，我的角色便扮演不下去了，我便不再是我自己了。但我又讨厌她，正像我的父母、校长瞧不起我、为我感到羞耻一样，我也为她感到羞耻，这种羞耻感总是伴随着我……尽管没有与她举办任何结婚仪式，但我认定，我已经与她结婚了，同时我也在内心里发誓禁欲。我要像甘地一样，过禁欲生活，不过在实际生活中，我没有遵守誓言，我失败了，她怀孕了，小威利出生了。"①

威利的出生，是种姓杂交的结果，他这种身份的人，在印度社会中没有任何地位，于是，威利的父亲想方设法将威利送到了国外。在国外，威利后来与一个来自南非的白人安娜生活在一起，他比父亲更进一步——种姓之间的杂交变成了黑白种族之间的杂交了。不过，在婚姻生活中，威利与他的父亲并没有什么本质的区别，虽然他不再像父亲那样过着禁欲的生活，但他发现，自己虽然与父亲是两代人，并且过着不同的生活，但他却走不出父亲走过的老路："我们人人生而具有性冲动，却并非生而具有性技巧，也没有学校可以学。像我这样的人，只能尽可能瞎摸索，等待什么意外给我带来一些知识。我 33 岁了。我所知道的，离开伦敦以后——伦敦的生活，实在算不了什么——只有跟安娜的。在我们刚来非洲时，我们曾经热烈。或说，我曾经热烈。其中应有一些真正的兴奋，一些真正的性发现。但是，十年前的热烈，主要不是来自肉欲或真正的渴望，而是来自我本身的紧张与恐惧。就像小孩子的恐惧，恐惧被丢在非洲，丢在空无中。安娜，即使在那段热烈的时期，也是半畏缩的；而当我更为了解她的家庭背景后，我就更了解了她的畏缩。因此，就某种意义说，我们是相配的。我们互相找到舒服与安慰；我们变得非常亲密，没有想要在对方之外寻找满足。事实上，也不知道其他满足方式的存在。如果不是阿尔瓦洛，我会继续那种生活，在性与欲上，我比可怜的爸爸高明不了多少。"②

《浮生》中描写到，在阿尔瓦洛的诱导下，威利来到一个看上去像是工地仓库的地方，但实际上这是非洲当地的艳情场所。阿尔瓦洛很快便物色到一个对象，去做他自己喜欢的勾当了。威利对这个环境不熟悉，他坐在那里，等着阿尔瓦洛。这时，一个女孩在店老板的训令下，来到威利身边，招呼威利跟随着她，威利便随她而去。那女孩脱下衣服后，虽然瘦小

---

① V. S. Naipaul, *Half a Life*, Alfred A. Knopf, New York, 2001, p. 32.

② ［英］V. S. 奈保尔：《浮生》，孟祥森译，上海译文出版社 2010 年版，第 159 页。

的身体显得更小了，但看上去却很结实，那女孩的眼神显得空茫茫的，威利对她也没有什么欲望，"但是，就在我感到快要不行的时候，她的眼睛中出现了一种奇特的表情，是命令，是挑衅，是需求。她整个的身体紧绷起来，她强有力的腿和胳臂将我紧紧缠住。在那一刹那……我又复苏了"①。

在此，威利好像是沿袭了他父亲的血性一样，基本上是被动的。他虽然不像父亲那样禁欲，相反，他是纵欲，但这种纵欲与禁欲并无二致，因为在纵欲的行为中，他根本没有得到什么乐趣或享受，而像是某种苦行似的，从中更多感受到的是虚无与悲哀，正像他从那非洲女孩的眼睛中看到的那种空茫茫的眼神。所以，威利不仅对那女孩没有什么兴致——这更多表现为精神与心理层面，而且他也深知自己的无能为力——这更多表现为身体或说是肉体的层面，他差不多是从里到外都进入了某种"无能"或说是无法作为的状态。不过，在性爱的最后，在那非洲女孩野性的眼神和原始的身体行为中，他被动地发现了久已经失落了的自我。正是在这一刹那，威利似乎是一下子又复苏了——不仅是体力的恢复，而且是精力的恢复；不仅是身体的苏醒，更重要的是精神的苏醒。这便是威利在非洲和非洲人的舞蹈中感受到的某种神秘莫测的力量：

> 我看着蓝色灯光中的舞者和他们与墙一样高的黑镜子中的影子。我没有看过非洲人跳舞。……女孩儿一开始跳舞，就有一种神宠附身。她们的动作并不夸大，反而可能非常小。当女孩开始跳舞，她便把一切都纳入她的舞蹈中——她跟舞伴的谈话，侧向肩膀对朋友说的一句话，一个笑声。这不只是享乐；而似乎是某种更深沉的灵魂在舞蹈中释放出来。那灵魂，锁在每一个女孩的里面——不管她的外貌或表情如何；你可以感到，那是某种更巨大的东西的一部分。当然，以我的背景，在想非洲人时，难免夹杂许多政治观点。在那仓库中，我开始有一种想法，就是，在非洲人的生命中，有某种东西是我们其余的人所不能窥见的，而且是超乎政治的。②

这里所谓的"政治"或"政治观点"，主要是指人的高低贵贱或种族的等级差异等思想观念，正是这种观念对人的自我或灵魂形成了禁锢。非

---

① ［英］V. S. 奈保尔：《浮生》，孟祥森译，上海译文出版社 2010 年版，第 157 页。
② 同上书，第 156 页。

洲人从舞蹈中释放出来的"更深沉的灵魂",是某种被锁闭的、原始的、野性的力量;在现代文明中,非洲的灵魂好像早已失落了,但实际上这灵魂又无处不在地存在于非洲人身上。在破败的仓库里,在那瘦小的女孩子身上,尽管那是一个无聊的空洞,但跌入空洞之中,威利在刹那间似有所感悟。

因此,从破败的仓库回到舒适的庄园之后,威利的脑海中一直无法排除那一刹那的情景以及其中隐含着的某种说不清楚的东西。在庄园的家中,威利看到妻子安娜睡在她外祖父的雕花大床上,他没有叫醒她,威利觉得自己需要洗个澡,才能躺在妻子安娜的身边。他想洗刷自己身上的不洁,但在浴室里,他从华贵的古董中看到和想到的,都是一些杂七杂八的人和事,他感到若有所失,同时又若有所获:

> 浴室中的古董器物——葡萄牙制的热水器、精巧的莲蓬头、碎瓷纹的浴缸、浴缸中的雕花金属架——仍旧使我觉得是个陌生人。它们使我想到在这雕花大床上睡过的每一个人;安娜的祖父,那背弃了为他生孩子的非洲女人的人;安娜的妈妈——那先后被她的丈夫和情人背弃的人;安娜的爸爸,那背弃了每一个人的人。我不觉得那天晚上我对安娜有什么重要的或最终的背弃。我可以如实地说,发生的事蛮空洞的,我并未感到渴望或真正的满足。但深锁在我心中的,是那女孩以命令的眼神看我的一刹那,是我感到她小小的身体的紧与力的刹那。我想不出有什么理由我会去做我所做的事。但我开始想——几乎是在我心中的另一部分——那一定有某种理由。[1]

从此以后,威利开始对性、对自己的性能力有了一种新的看法,就像他对自己有了新的看法一样。[2] 后来,当葛拉萨,另一个白人女性,对威利投去一个目光时,威利便像一个老辣的猎手一样,很快将葛拉萨俘获了。威利与葛拉萨第一次相见,他们面面相对,威利注意到她的第一件事是她淡然而有点儿骚动的眼睛;威利注意到她的第二件事,便是她看威利的眼神,那只不过发生在一两秒之间——葛拉萨以一种从没有任何女人看过威利的方式看他。威利断定,那双眼睛所看到的威利不是安娜的丈夫,不是一个血源不同的人,而是一个在欢乐场中度过许多时辰的人:"性以

---

① ［英］V. S. 奈保尔:《浮生》,孟祥森译,上海译文出版社 2010 年版,第 158 页。
② 同上书,第 159 页。

种种不同的方式发生在我们身上；它改变我们；而我猜，到后来，我们脸上会带着我们的性经验的性质。那一刻只延续一秒钟。我对女人眼神的领受可能只是幻觉，但对我而言，那还是一种发现；关于女人的、关于我的情欲教育的发现。"[1] 发现了葛拉萨的瞬间，他发现了女人，同时也发现了自己；那是一种性欲，同时也是一个自我的世界——深邃而广阔的世界，而这一切，或许都肇端于威利与那非洲女孩在黑暗角落里的"罪恶"勾当。

在小说的最后，威利离开了安娜，他的离开有点儿不可理喻——好像此事与葛拉萨、与那非洲女孩没有任何关联。但潜在地，我们会发现，当威利重新发现了自己的时候，他离开安娜便是不可避免的事情了；当然，我们也不宜强调那非洲女孩或葛拉萨的"伟大"作用，换个角度来看待问题，无论是葛拉萨还是那没有名字的非洲女孩，确实只是一个瞬间，在瞬息万变的世界，刹那间出现的事件，也会在刹那间消失，世界总是扑朔迷离的，人也是如此，我们从来都无法把握自己，也无法把握世界。在《魔种》中，威利如此回忆他在非洲的那段经历：

> 我当时在非洲，在一个即将撤走的葡萄牙人殖民地。我在那里待了18年。我妻子就出生在那个殖民地。我住在她的豪宅里，靠她的田产过日子。……我没有工作，我就是她的丈夫。有很多年我一直认为自己很走运。远离家乡——印度是我最不愿待的地方——过着逍遥的殖民地生活。你要知道，我是个穷光蛋，真的是身无分文，毫不夸张。我在伦敦遇到我妻子那会儿，我快大学毕业了，学的尽是些毫无用处的课程，我当时根本就不知道该干什么，该往哪里去。我在非洲生活了十五六年之后，开始变了。房子是她的，田产是她的，朋友是她的，没有一样是属于我的。我开始感到，正是由于我的不安全感……我往往会让一些偶然事件牵着走，被这些偶然事件越牵越远，远离了我的本性。当时我告诉妻子，我要离开她，因为我再也不愿过她的生活了，我烦透了。她听了之后，说了一句十分奇怪的话。她说，那并不是她的生活。这两年，我一直在思考她的这句话，现在我想我妻子说的意思是，她的生活其实和我的一样，当时也是一连串的偶然事件。非洲，葡萄牙殖民地，她的祖父，她的父亲。当时，我只是以为她这么说是在指责我，我根本不愿意好好想一想她的话。我那

---

[1]　[英] V. S. 奈保尔：《浮生》，孟祥森译，上海译文出版社 2010 年版，第 166 页。

时以为她的意思是，她和我一起生活，使我获得了力量和精神寄托，使我更了解了世界，所有这些都是她赏赐给我的，而我却用它们毁了她的生活。如果我那时候像现在这样理解她的意思，我就会十分感动，也不会离开她了。可是我想错了。我必须离开她，去面对自己。①

一切都是偶然的，我们也可以用"萍水相逢"来对此加以形容，威利对那个非洲女孩如此，对葛拉萨如此，对安娜也是如此，只是"相逢"的时间有先有后、有长有短罢了。威利的心理、精神状态与他的生活状态联系在一起，处于无根和漂浮之中，萍踪无定，实际上，他注定要离开安娜。

小说家在创作中常常是将自我分裂成各个部分，并使之转化为各个人物角色。②《浮生》虽以第三人称叙事，但这部小说带有较强的自传色彩，威利的形象一定程度上也折射出奈保尔的人格与精神。性与威利的生活复杂地纠缠在一起，生活改变了他的性观念，同时性观念的改变也影响了他的生活；我们不应当过于强调性爱对威利的人格的塑造作用，同时我们也不应当忽略这个话题。与此相应，性爱在奈保尔的现实生活和文学创作中虽然没有占据什么重要的地位，但与性爱相关的话题在奈保尔研究中也是不可或缺的。当然，威利只是奈保尔创作的众多人物形象中的一个，我们无法将一个小说人物与作家本人等同起来，威利只是从一个侧面反映出奈保尔的人格的构成。

二 《世界如斯》中的奈保尔

在《伦敦》（1958）一文中，奈保尔说，他不会写性，他不知道这方面的写作技巧，或说是他在这方面缺乏丰富甚至是必要的经验与感受："因此，在写到性爱场面时，我会觉得尴尬。我的朋友会感到好笑。我的母亲会感到震惊。"③ 按权威的奈保尔传记《世界如斯》的说法，结婚之后，奈保尔从来没有在妻子那里得到过性满足，结婚没多久，奈保尔就拒

---

① ［英］V. S. 奈保尔：《魔种》，吴其尧译，上海译文出版社 2008 年版，第 108—109 页。
② ［英］V. S. 奈保尔：《受伤的文明》，宋念申译，生活·读书·新知三联书店 2003 年版，第 221 页。
③ V. S. Naipaul, "London", *The Overcrowded Barracoon and Other Articles*, p. 9.

绝与妻子发生性关系。一方面，受印度传统文化观念的影响，他认为性欲是低下、可耻的；另一方面，他又以低下、可耻的方式满足自己的性欲——出门嫖妓。像《浮生》中的威利那样，只是到了40岁左右也就是人生过半的年龄之后，奈保尔才从情人身上真正感受到了性和性爱，而这种感受，对他的文学创作也产生了不小的影响。笔者将结合《世界如斯》的有关材料、看法以及奈保尔的相关作品对此进行探讨。

晚年，当奈保尔同意配合帕特里克·弗伦奇为他撰写传记时，实际上他便深刻地意识到将一个真实的自我呈现出来的重要性。奈保尔认为，传记不同于作家的创作，尽管他在《发现中心》等很多作品中都谈到自己的经历与创作之间的关系，但这依然是创作，而不是传记，尤其不同于他人为自己所写的传记。在《世界如斯》的前言中，弗伦奇引用了奈保尔在1994年的一次演讲中说过的话："人们对作家的生活问东问西，这很合乎情理，真相不应该被掩盖。事实上，对一个作家一生的真实叙述，从文化和历史的意义上来说，可能会比这个作家的著作更具有文学性，也更具有启发性。"① 正是基于这样的认识，奈保尔无私地向弗伦奇提供一切可能的资料，将自己赤裸裸地呈现在弗伦奇面前，而弗伦奇通过《世界如斯》也将奈保尔赤裸裸地呈现在读者面前。

奈保尔有个习惯，所有与他本人和他的创作有关的资料，他都小心翼翼地保存着。有一次，他的一些档案被保管员不小心销毁了，奈保尔极其愤怒，这就好像是他自己被人割去了一块肉一样难受，因为那失落的档案里面恰恰有一部分记录着他最令人难堪、见不得世面的东西，奈保尔之所以觉得它们珍贵，是因为它们是事实的组成部分。他崇拜事实，认为任何经过加工或修饰的东西都是可憎的。正是在这种意识的指导下，他将自己赤裸裸地呈现在弗伦奇面前，而弗伦奇通过《世界如斯》也将奈保尔赤裸裸地呈现在读者面前。

奈保尔本来就是一个颇有非议的作家，昔日的好友保罗·索鲁在《维迪亚爵士的影子》（1998）② 一书中曾对奈保尔进行了无情的揭露和批判，认为他的性爱观念和性爱行为都是令人恶心的，他自负，他嫖妓，他冷酷对待伤心欲绝的病妻和死心塌地的情妇，是个残忍的性虐狂。《世界

---

① Patrick French, "Introduction", *The World Is What It Is*Alfred A. Knopf, New York, 2008. 可参阅帕特里克·弗伦奇《世界如斯》，周成林译，中信出版社2012年版。

② Paul Theroux, *Sir Vidia's Shadow*：*A Friendship across Five Continents*, Hamish Hamilton, 1998. 可参见保罗·索鲁《维迪亚爵士的影子：一场横跨五大洲的友谊》，秦於理译，重庆出版集团2005年版。

如斯》（2008）对奈保尔个人私生活的暴露，更使奈保尔背上了"怪兽""背德者""性虐狂"等恶名，奈保尔俨然成了"流氓"作家。

　　不过，无论是《维迪亚爵士的影子》，还是《世界如斯》，也都承认奈保尔是一个伟大的作家。《世界如斯》一方面对奈保尔作为一个伟大的作家表示出真诚的敬意，另一方面也把现实生活中奈保尔的真实面目无情地展示在读者面前——他无情地对待自己的妻子和情人，并多次公开声称嫖妓。常人与作家两个方面是如何合为一体的，这正是《世界如斯》一书竭力想搞明白的问题。当然，作为一部传记，这本书更多侧重的，依然在于展示一个真实的奈保尔，并没有将作家奈保尔等同于常人奈保尔，只是暗示现实生活中的奈保尔与他的创作之间存在着若隐若现的联系。

　　在《世界如斯》中，弗伦奇着重描述了奈保尔一生中两个重要的转折点。第一个转折点发生于 1952 年前后。当时，他默默无闻，不仅在创作上走入了死胡同，而且在精神上也出现了严重的危机，可以说这是奈保尔生命中最无助、最黑暗的时期，是他的女友、后来成为他的妻子的帕特丽莎·黑尔[①]帮助他度过了这段艰难的时日。因此，奈保尔曾经这样写信给她："你拯救了我一次，是你让我能继续生活……我爱你，我需要你。请不要让我失望。请原谅我偶尔会犯的错误：我从心底里知道，在所有我所认识的男人中，我是最杰出的。"[②] 弗伦奇在书中写道，帕特丽莎确实也认为，奈保尔是她所认识的最为优秀男人，因此，她为奈保尔付出了自己的一切，不仅甘心做他的文学助手，而且情愿当他的佣人、厨娘、保姆、甚至是被他迁怒的对象。但这样一位患难与共的妻子，在后来的日子里，却从未得到奈保尔的珍惜与爱怜，他们俩也从未建立起一种真正的两性关系，就像《浮生》中所描写的安娜与威利之间的关系。现实生活中，奈保尔虽然没有遗弃帕特丽莎，但在心理和精神层面，帕特丽莎早已变换了角色，她对奈保尔付出了她所有的母性的关怀，同时也失去了自己作为女人或妻子的意义。在家庭生活中，奈保尔早已禁欲了，与此同时，他公开嫖妓了。他的性生活完全处于扭曲的状态。

　　奈保尔人生的第二个转折点，发生在 1972 年年初。这一年，年届40、早已成名的奈保尔，在布宜诺斯艾利斯遇见了英裔阿根廷女人玛格丽特·默里。玛格丽特当年 30 岁，非常性感，在玛格丽特身上，奈保尔心

　帕特丽莎·黑尔（Patricia Hale），一般称作帕特（Pat），在牛津大学女子学院读历史系时与奈保尔相识并恋爱。

② Patrick French, *The World Is What It Is*, Alfred A. Knopf, New York, 2008, p. 94.

中所有与女人相关的欲望都得到了释放。不过，奈保尔的纵欲，与他在家庭生活中的禁欲一样，也表现为扭曲的形式：奈保尔对玛格丽特非常暴力，他对玛格丽特的性快感总是伴随着无所顾忌的施虐，而玛格丽特也在玩世不恭中享受着受虐的快感，认为奈保尔对她的暴力是真正的性和爱。

也是在 1972 年，特立尼达的黑人民权运动"领袖"迈立克，因为在"革命"中谋杀了一位与他私通的白人女子而成为轰动一时的新闻事件，这引起了奈保尔的极大关注。他在仔细研究了这个案件的卷宗后，创作了著名的小说《游击队员》（1975），在这部小说中，性与暴力结合在一起，受虐与施虐的场面令人触目惊心。

随后，在 1979 年出版的小说《河湾》中，萨林姆与耶维特之间充满了迷人情调和快感的性爱，最终也落得个凄惨的暴力结局："我（指萨林姆）打肿的那只手手背钻心地疼，我的小拇指失去了知觉。"这里的描写，几乎可以对应于《世界如斯》中的相关描述，奈保尔在采访中曾这样告诉弗伦奇："有两天的时间，我对她（玛格丽特）非常暴力，我打她打得我的手都发痛。她一点都不在乎。我完全无法控制自己。我非常能理解那些因为激情而做出古怪举动的人。"

从玛格丽特身上得到的快感，极大地改变了奈保尔，使奈保尔在 20 世纪 70 年代的创作进入最富创造力和想象力的阶段。奈保尔曾非常坦诚地告诉弗伦奇，与玛格丽特在一起的这段经历，对他创作《游击队员》和《河湾》起到了难以想象的刺激作用。

创作《游击队员》和《河湾》的同时，奈保尔自由自在地往返于两个女人之间，对此弗伦奇毫不留情地总结道："家里有个慈母般的妻子，南美有个妓女样的情人。"① 奈保尔将自己的外遇告诉了自己的妻子帕特丽莎，她的心中虽然充满了悲伤，但她依然像善良的母亲那样理解了他，并给他以安慰。当奈保尔将《游击队员》中性爱与暴力结合在一起的场面读给帕特丽莎听并询问她的意见时，她颤抖着离开了房间，但随后她又像一个慈母那样回来了，她对这些描写表示赞叹，并提出自己的建议。奈保尔从玛格丽特那里，享受到了感官的快乐并将之转化为创作，性欲的释放使他有解脱之感，他从枷锁中解放了，而帕特丽莎却不可避免地被奈保尔与玛格丽特之间的关系毁掉了。与此同时，奈保尔也瞧不起玛格丽特，认为她没文化，是个蠢笨无知的放荡女人；对她的来信，他常常懒得拆开去读；玛格丽特曾经三次因奈保尔怀孕并三次堕胎；她也时常因为被奈保

---

① Patrick French, *The World Is What It Is*, Alfred A. Knopf, New York, 2008, p. 328.

尔打得鼻青脸肿而无法出门。1996 年帕特丽莎因患癌症去世后，奈保尔随即也遗弃了玛格丽特，而与小他 20 岁的巴基斯坦女记者娜迪拉·卡奴姆·阿尔维结婚了。

奈保尔在创作中特别强调真实，尤其是细节的真实；而对于传记《世界如斯》的作者弗伦奇，奈保尔也尽量提供事实，并希望弗伦奇能写出真相来。弗伦奇也说，在他采访的所有人物中，奈保尔是最直截了当的，因为奈保尔相信一部遮遮掩掩的传记压根儿就没有必要出版。在有生之年，奈保尔授权这样一部自传出版，并不是出于忏悔的感情或心理，他像自己一贯所表现出来的那样，显得残酷无情，不仅是对他人，也是对自我，更是对世界；他注重的只是事实。

显然，《世界如斯》的出版，对我们认知奈保尔及其创作，有着不可或缺的意义，但从文学批评的角度来说，正像事实不等于真实一样，现实生活中的奈保尔与作家奈保尔也不是等同的。他的创作表现的都是他的自我，这是奈保尔历来的观点，但这个自我却是复杂而多变的，甚至连奈保尔自己也无法把握。19 世纪法国评论家圣伯夫主张通过作家的生活来阐释作家的作品，奈保尔则认为，这是极其荒谬的文学批评，他引用普鲁斯特《驳圣伯夫》一书中的观点，认为文学作品是作家另一个自我的产物，这个自我不同于日常生活中的自我，阅读任何有关作家生平的传记作品，都必须牢记的是，传记可能将作家的生活细节加以细致的描述，但依然无法解开作家创作之谜，因为传记记述的只是作家表面的自我，而文学创作表现的则是作家心灵深处的、隐秘的自我。[1]

笔者在此之所以引用《世界如斯》的材料，并不是为了从"其事"中认知奈保尔"其人"，而是要从其人其事这样一个侧面来认识并分析奈保尔极其复杂的创作：《游击队员》等小说远不是什么道德或不道德所能解释清楚的，同时我们也无法将他的创作归结于什么对世俗道德的超越。

按弗伦奇的观点，奈保尔人生的第二个转折发生于 1972 年与玛格丽特的私通，从玛格丽特身上得到的快感，使奈保尔创作了《游击队员》《河湾》等最富创造力和想象力的小说；奈保尔也曾说，与玛格丽特在一起的经历，对他创作《游击队员》和《河湾》起到了难以想象的刺激作用。但结合奈保尔的创作发展来看待问题时，情形并非如此简单。虽然在20 世纪 70 年代奈保尔创作了《游击队员》与《河湾》等表现性暴力的

---

[1]　V. S. Naipaul, "Two Worlds, Nobel Lecture"（7, December 2001）< http: // www. guy-anaundersiege. com >.

著名小说，但这一切实际上与奈保尔的外遇并没有必然的因果关系。评论界说到奈保尔笔下与性爱相关的女性形象时，常常将《游击队员》中的简、《河湾》中的耶维特与《效颦者》中的桑德拉相提并论，而《效颦者》出版于 1967 年，远远早于奈保尔与玛格丽特的相遇。

三　性爱与性虐

奈保尔说他自己特别喜欢《效颦者》，主要是因为这部小说探讨的是他的自我的问题。① 这部小说的主人公辛赫，无论在现实处境还是精神状态方面都与当年的奈保尔极其相像：

> 受到压抑时，我们无所察觉地跌入某种精神状态之中，只是回过头来时，我们才发现，尽管我们的意识依然完整而清醒，但我们已经深深地被扭曲了。来到伦敦这个伟大的城市以寻求秩序，寻求花环，寻求在明亮的城市中自我应得到的发展，我竭力想抓住一切都是飘逸不定的东西。我曾想使自己成为一个有个性的人，我不止一次地如此尝试着，等待着他人眼光中出现的回应。……但现在我已不再知道我自己了；野心与梦想在一片模糊之后消失了。②

正是在这样的精神状态中，辛赫与后来成为他的妻子的桑德拉相遇了，这类似于现实生活中奈保尔与帕特丽莎·黑尔的相遇，或者是后来的小说《浮生》中威利与安娜的相遇。辛赫早年留学英国，他曾经满怀信心和激情，但随即他便发现伦敦并不是他的世界的中心，他在伦敦迷失了生活的方向，伦敦并没有给他带来什么希望，他的野心与梦想逐渐失落，精神几乎崩溃。他在校园里与桑德拉相遇，桑德拉的自信使辛赫对她产生迷恋之情——他迷恋于桑德拉丰满的乳房，他梦见自己变成了婴儿，快乐地躺在桑德拉的怀里："她的乳房沉甸甸的，柔软而光滑，贴着我的脸颊和嘴唇，使我感到安慰，使我感到力量。"③ 这与现实生活中奈保尔对帕特丽莎曾经的母性式的依恋极其相似。

---

① Selwyn R. Cudjoe, *V. S. Naipaul*: *A Materialist Reading*, University of Massachusetts Press, 1988, p. 99.

② V. S. Naipaul, *The Mimic Men*, Penguin Books Ltd., 1980, pp. 26 – 27.

③ Ibid, p. 43.

　　在现实生活中，奈保尔的父亲多扮演着一个慈父的角色，而母亲则是一个要强的女人，奈保尔从小就缺乏母爱。在《毕司沃斯先生的房子》中，因为生活的颠沛流离，毕司沃斯从来没有在母亲那里得到怜爱和保护；毕司沃斯的妻子莎玛，总是瞧不起毕司沃斯，迫于生活的压力，对自己的孩子也很少流露亲情。在短篇小说《敌人》（收入《岛上的旗帜》）中，要强的母亲被描述成了"敌人"。在后来创作的小说中，桑德拉、安娜、耶维特等女性形象都多少寄托了奈保尔的母爱情结，但与此同时，这种母爱都染上了畸形的色彩，并最终将对性的迷恋演化为对性的厌恶，以及对女性的残酷无情。

　　这些端倪在桑德拉的形象上都有所显示。在母爱情结的流露上，奈保尔笔下的桑德拉虽然相似于现实中的帕特丽莎或《浮生》中的安娜，但与此同时，桑德拉也不同于帕特丽莎或安娜，倒是更类似于《浮生》中的威利所选择的奇丑无比的低种姓女人。《效颦者》中，辛赫对桑德拉是如此描述、如此感受的："桑德拉，你可以想象，在任何人看来，都不会有美的感觉，很少有女人像她那样。但那时她却使我着迷，我知道，她至今依然会使我着迷：她容貌上的不足因力量和明显的成熟性而得到了弥补。她高高的个子，颧骨突出，长方形的脸盘，我喜欢她那有点挺的下巴和下嘴唇。我喜欢她窄窄的额头和她那有点忧郁的眼睛——或许她需要一副眼镜。她的皮肤有点粗糙，这一点也使我着迷，我喜欢她那呈粒状质地的皮肤；对我来说这是某种有点肉欲的符号。"[1]　这里，辛赫对桑德拉的母性式的依恋交织着畸形的性欲，性爱在此不是什么美的享受，而变成了某种"肉欲"，桑德拉因此也变成了"肉欲的符号"。传统文学中，爱与情结合在一起，最终升华为美，而奈保尔笔下的桑德拉，却变成了性与欲的结合体，变成了肉欲的符号，这是某种低下的境界。这种低下的情调有似于后来的小说《孤独的人》（收入《自由国度》，1971）中仆人桑托什与女佣之间发生的一切。

　　《孤独的人》中的仆人桑托什随主人来到美国，举目无亲，他的生活和他的心理都无着无落，备感迷茫和痛苦。在同一楼层的一个黑人女佣，一个大胖女人，宽阔的脸上颧骨高耸，眼珠突出，双唇肥大，先是被桑托什的体味所吸引，[2] 后又被桑托什的矮小和异族模样所吸引，于是，她便

---

① V. S. Naipaul, *The Mimic Men*, Penguin Books Ltd., 1980, p. 43.

② 这种气味其实是桑托什抽乡间烟草的气味，在黑人女佣的感受中，奇怪地代表着肉欲与男人味。体味与性爱，在奈保尔的笔下，常常有着奇妙的联系，下文的论述中还将提及这一话题。

时常很粗野地与桑托什嬉戏。桑托什并不喜欢她以及她这种"爱"的方式。再者，他特别恐惧她的黑皮肤，因为这种肤色在印度被认为是不可接触的贱民的本色，要远远地加以回避，而不小心接触了这种女人，按印度教圣典的说法，来世必定要变成猪、猴等畜生。然而，尽管有如此坚强的心理防线，桑托什还是堕落了，那黑人女佣不仅拥抱了他，还与他颠鸾倒凤了。而桑托什也不由自主地迷上了她丑陋的外貌，她的体味和她使用的香水混在一起，使桑托什感到神魂颠倒，两个人真是臭味相投。那黑人女佣在桑托什老板的典礼用品间模仿着公牛的动作，桑托什被她挑逗得心神激荡："她身上的气味太浓，她的腋窝太露，我倒在了地上。她把我拽到长沙发上，躺在藏红花色的沙发垫上——这是老板最漂亮的一件旁遮普民间织品。我动弹不得，眼睁睁地看着这有辱家门的时刻的到来。在我眼里，她便是迦梨——死亡与毁灭女神；她周身漆黑，舌头殷红，眼珠煞白，生着许多强壮的手臂。我原想她会很野蛮、很猛烈，可她却百般挑逗、耍弄，似乎因我长得矮小、异样，不想来真的，这更使我感到受了侮辱和伤害。她一直笑个不停。我想抽身离去，可事已发生，更已做完。我感到恐惧。"① 事后，桑托什在浴缸里泡了又泡，洗了又洗，可那女佣身上的气味仍附在他的身上，尤其是他那可怜身体上那可怜的部位。桑托什突然想到用半个柠檬去擦洗它。他想到这会极其痛苦的，但这样的"苦行"并没有他预料的那样痛苦，于是，他又加大"苦行"，赤身裸体地在浴室和起居室地上翻滚、号叫。终于，他的泪水夺眶而出，之后他才算是平静下来。小说最后，桑托什既无可奈何又如愿以偿地与那黑人女佣结婚，拿到了绿卡，成为一个美国公民。

《孤独的人》的性爱实际上是以暴力的形式出现的，只不过这种暴力是一个黑人女佣对一个印度男佣实施的，表现为不同种族、不同肤色之间"混杂婚姻的黑色罗曼司"（The dark romance of a mixed marriage）。② 在这里，种族与性方面的禁忌、污染以一种极其荒唐、极其可怕的方式表现出来，奈保尔的笔调虽有点儿幽默滑稽，但却完全不同于奈保尔的早期作品中表现出来的喜剧情调，而是某种潜在的恐惧心理和情绪。③

这种潜在的恐惧心理在《游击队员》中最终演化成了明显的性暴力，性暴力场面在《游击队员》中表现得极为惨烈、可怕。谈到奈保尔笔下

---

① ［英］V. S. 奈保尔：《孤独的人》，见［英］V. S. 奈保尔《自由国度》，刘新民等译，上海译文出版社 2008 年版，第 40 页。
② Peter Hughes, *V. S. Naipaul*, Routledge, 1988, p. 50.
③ Ibid. , p. 82.

的性暴力时，评论家常常要谈到《游击队员》，不过，性暴力的场面在奈保尔的创作中也不是到了《游击队员》中才出现，在奈保尔早期作品里，性暴力的描写已经出现。比如短篇小说《爱，爱，爱，孤独》（收入《米格尔大街》）中的女主角，一个医生的太太，漂亮年轻的白种女人，放弃了她华贵幸福的家庭生活，跟着一个肮脏的醉鬼，生活在肮脏的环境中，整日饱受毒打与折磨，但她却对那醉鬼疼爱有加；而那医生对她却一直痴迷不改，她也深知这一点，但她却不愿回到他的身旁，只是当她"享受"够了醉鬼的折磨之后，她才重新幸福地回到了医生身边，医生也甜蜜地接受了她，她重新过上了一个贵妇人的生活。她之所以离开那医生，跟着醉鬼一起生活，按她的说法是："我对他也不觉得有什么不对劲。我只是无法忍受那讲究清洁的医生身上的气味，它使我感到窒息。"[①]　真是典型的臭味相投——气味在奈保尔的作品，尤其是性爱场面的描写中，总是占据着特殊的意义。[②]　在短篇小说《机械天才》（收入《米格尔大街》）中，巴库对巴库太太的毒打，一点儿也不会使巴库太太失去她对丈夫的自豪感，"巴库仍然是他的妻子的神主和主人"[③]。在《通灵推拿师》和其他早期作品中，也不乏性暴力场面的描写，打老婆常常与性爱的联想结合在一起。但这些性暴力描写与《游击队员》等作品中出现的暴力场面，还是很不相同的，它们多发生在印度教家庭内部，其"暴力"更多地带有游戏的色彩或喜剧的情调，或是如《爱，爱，爱，孤独》这样明显带有性受虐色彩的故事，更多地体现了奈保尔早期创作中歇斯底里式的情绪，与后来作品的性暴力场面中表现出来的恐怖与残酷无情有着本质的区别。

帕拉提·穆克吉曾引用他早期小说创作中的一段话，描述男人打自己老婆的情景，并问奈保尔："在你早期的小说中，你怎样让外国读者明白，打自己的老婆的男主角来自有着打老婆传统的文化？你的读者可能真的不知道怎样对待这样一个打老婆的男主角。在契夫（Cheever）的小说中，如果男主角打自己的老婆，我们知道这是一个坏男人。而对你来说，

---

①　V. S. Naipaul, "Love, Love, Love, Alone", *Miguel Street*, New York: The Vanguard Press, Inc., p. 142.

②　在下文有关《游击队员》的分析中，也涉及与性爱相关的"气味"；现实生活中，1952年，当奈保尔在牛津大学与后来成为他的妻子帕特相遇时，他曾被帕特身上的某种气味所迷醉，在奈保尔有生以来的第一封情书中，他告诉帕特，他感到很奇怪，有时，他似乎嗅到她的气味，那是一种美妙的味道。可参阅 Patrick French, *The World Is What It Is*, Alfred A. Knopf, New York, 2008, p. 89。

③　V. S. Naipaul, "The Mechanical Genius", *Miguel Street*, New York: The Vanguard Press, Inc., p. 162.

这种情形却是不同的，很容易假设这样的一对夫妻是在各自扮演着自己的角色，一切没有什么异常，你暗示，老婆挨打，他们各自完成了自己的角色。我觉得，这种很容易做出的假设……在你的虚构创作中是不再可能的事。"奈保尔回答："确实是这样，绝对是。你不再能够这样做。每一个人，每一件事，都必须非常认真地得到解释……这些事情可能很有趣，但是你不能确定读者会像你一样接受它们。"①

奈保尔早期作品中的性爱描写，相对来说，比较简单，除了《爱，爱，爱，孤独》等个别短篇小说外，性爱以及性暴力基本上不构成创作的主题，而更像是一个"过场"，奈保尔在这方面似乎从来都没有认真过，只是从《效颦者》开始，奈保尔才算是比较坦率地对待性爱的问题。② 这部小说也不同于《毕司沃斯先生的房子》等早期作品，它充满了人物心理的描写，主人公辛赫，像后来的《游击队员》中的吉米一样，也在从事着创作，而且小说有不少部分都以辛赫的创作的形式表现出来，他的回忆录在小说中所起的作用，有点儿类似于吉米的日记在《游击队员》中所起的作用；这部小说也像后来的《游击队员》和《河湾》一样，充满了讽喻和象征，同时梦境、回忆、迷狂的心理与想象也随处可见；最重要的是，这部小说中的女主人公桑德拉，实际上是《游击队员》的简和《河湾》中的耶维特的前身。

桑德拉是一个有野心的女性，但在大学里她的成绩很差，连考试都过不了；她渴望在伦敦出名，但她失败了。她迷恋上了辛赫，想从中寻找到什么出路，为此，她不顾家人的反对，与一个伊萨贝拉③印度人结婚了。不过，当桑德拉随辛赫来到伊萨贝拉之后，她很快便发现辛赫并没有给她带来什么成功的感觉。作为一个来自宗主国的英国女人，她发现前殖民地伊萨贝拉的每一个人都是"三流"的。她与辛赫之间早已没有了性爱关系，他们的婚姻也不可避免地走向了破裂。她茫无头绪地游荡于混乱的伊萨贝拉，最后，在人格上早已变成碎片的桑德拉葬身于大海；而辛赫对她也早已失去了激情，他对桑德拉在伊萨贝拉的各种遭遇包括她的死亡都没有任何感觉，一切都变得麻木不仁。

---

① Bharati Mukherjee and Robert Boyers, "A Conversation with V. S. Naipaul", *Conversation with V. S. Naipaul*, ed., Feroza Jussawalla, The University Press of Mississippi, 1997, p. 90.

② Gillian Doolet, *V. S. Naipaul: Man and Writer*, University of South Carolina Press, 2006, p. 71.

③ 在小说《效颦者》中，伊萨贝拉是主人公辛赫的出生地，是一个岛国，隐喻奈保尔的出生地特立尼达岛国。这个名称来自哥伦布在加勒比地区建立的第一个殖民地。

四　《游击队员》中的性暴力与性政治

在《效颦者》中，虽然没有出现性暴力的场面，但黑人与印度人之间的种族冲突在伊萨贝拉岛国随时都可能演变成暴力，到处都充满了恐惧的气氛；这就像《自由国度》一样，其中虽然没有性暴力，但种族之间的仇杀与暴力却无处不在，连白人鲍比都不能幸免，只是奈保尔没有将这种暴力与性结合在一起而已。这种恐惧的情绪在《游击队员》中得到了进一步的发展，性与种族联系在一起，最终演变成了厌恶女人的暴力行为。

从恐惧的情绪与种族暴力的角度看，《游击队员》显然是《效颦者》的继续。种族的冲突以及前殖民地独立后的种种"无序状态"，在此演化成了"革命"；同时，《效颦者》中个人的迷茫、失落，也奇怪地演化成混乱的"游击战"；性爱的无聊在此也进一步演化成了性暴力。奈保尔曾说："我不喜欢描写性，但在这部作品，我不得不描写。"① 《游击队员》写于 1973 年到 1974 年间，出版于 1975 年，创作对象的特殊性使奈保尔以更为直接的方式描写性与性暴力。

这部作品根据真实的事件与人物写成。现实生活中，某些事件的发生可能具有随意性或非理性的性质，但奈保尔在小说的描写中，必须使事件的发生有其内在的逻辑性——奈保尔在小说中更为注重人物性格和心理的分析。

这部小说并没有将杀人的凶手吉米描写成一个可怕的怪物，相反，奈保尔笔下的吉米令人同情，他是被白人妇女玩弄"革命"、玩弄性爱的对象，一个充满暴力倾向、性格内向、心思复杂的人物。而被谋杀的简，一个白人中产阶级妇女，却被奈保尔描述为一个充满性欲、头脑简单、心灵空虚、愚蠢、自以为是、虚荣、令人厌恶的女人。

简盲目崇拜"革命"和"自由"，并将"革命"与"自由"混为一谈。她起初崇拜革命家罗杰，随即却又迷上了"更加伟大"的吉米，向吉米献身。她是一个充满了性欲的女人，将"献身"等同于"革命"，将"革命"当成性爱热烈地加以玩弄。吉米说："她像是一个女孩子，她什

---

① Mel Gussow, "V. S. Naipaul: 'It Is out of This Violence I've Always Written'", *New York Times Book Review*, September 16, 1984.

么也不知道，她在接吻中寻找着一切。""她的乳房紧贴着他（吉米），贴得那么紧，以至于他几乎感觉不到那是乳房，只不过是肉。"① 她的口张得很大，接吻时，吉米感觉要把他给吞进去似的。她迫不及待地脱衣服，躺在床的中央，脸冷漠朝向墙的一面。吉米看到，她的阴部几乎无毛，或许是剃过了，阴部像个僵硬的、愚蠢的嘴。她渴望着性，但口上却说想要"爱"。饥饿的女人，有过很多情人，但她却还像一个女孩子一样天真；实际上她早已将自己毁坏了，但她不知道这一点。她养成了坏脾气，坏作风，活脱脱一个妓女——在经历了失败和堕落之后，将失败和堕落当作成功加以欢庆。②

"献身"之后，简照例去沐浴了，当她从浴室出来之后，她完全变成了另一个人，恢复了她作为白种女人在黑人面前一贯的冷酷、骄傲。她不知道这使吉米加深了对她的敌意，本来，吉米因为在"性爱"上的无能就有点儿怪心理，她在性爱之后的冷酷使吉米说不清的心理更加阴暗了。

回去的路上，简感觉到有什么不对劲。她的记忆交织着感觉，脑子有点儿乱，她好像是在自言自语，又好像是词语本身开始在她的脑袋里走过："我一直在寻找着什么地方。我寻找着，寻找着。"③ 但她又搞不明白自己在寻找着什么，最后游荡的词语似乎变成了一个没有意义的句子，当她细察时，她吃了一惊："我一直在玩火。"④ 奇怪的词语，如此突然、如此完整地来到她的身边。简在玩弄"崇高"，总以为自己可以随时随地脱身，逃到安全的地带。她对自己行为的结果从来都不愿担负任何责任，她像是一个被惯坏了的孩子一样任性、自私，从来不管自己对他人的伤害。因此，尽管某种不祥的预兆打破了她的安全感，但是她却在虚荣心理的驱使下，忽视了她的感觉和本能，她推迟离开这个是非之地，只是无法抵御她与吉米的最后一次冒险与诱惑。她有一个弱女子所具有的残酷与冷漠，她是一个最没有道德和羞耻的人。⑤

在第二次性爱场景的描写中，吉米当面将简称作是一块"腐肉"（rotten meat），⑥ 他还以"蛇"的气味，暗示简身上的性味是一种腐臭，

---

① V. S. Naipaul, *Guerrillas*, Penguin Books, 1975, p. 77.

② Ibid, p. 78.

③ Ibid, p. 83.

④ Ibid.

⑤ Gillian Doolet, *V. S. Naipaul*: *Man and Writer*, University of South Carolina Press, 2006, p. 73.

⑥ V. S. Naipaul, *Guerrillas*, Penguin Books, 1975, p. 239.

阴沟中散发出来的浓重的腐臭味。① 但简对这一切暗示都浑然不知,她只是想在黑人面前扮演一个白人女奴的角色,从受虐和性暴力中寻找刺激和快感,这样她便实现了自身"革命"的价值。当吉米向她口中吐唾液并逼她吞咽下去(这意味吉米对她的唾弃)时,她的手却搭在吉米的背上,说着"爱,爱"②。当吉米对她实施粗暴的肛交时,她难受地尖叫,过后又觉得全身上下都软绵绵的。吉米内心里已把她当成了间谍,要杀了她,但她却还不自知地觉得自己在为"革命"献身,并没有觉得恐惧,也没有什么反抗,最后,她以被动、受虐的方式被残酷无情地谋杀并被活埋了。

表面上看,是吉米玩弄了简,但小说自始至终,都显示是简在玩弄吉米,结果引火烧身,葬送了身家性命。这部小说的性暴力令人震惊,但小说却以极其平静的语调和叙述将一切以非常简约的方式展示出来,并没有什么气氛的渲染;也许是它的简约和节制,反而更见出其中的恐怖。

小说中的性和暴力的场面显示出人性极度的黑暗,越轨行为表现出的对人性的侵犯,超出了一般的伦理与道德,但奈保尔却说,这是一本道德的小说。③ 女主人公简将"革命"这样本来是严肃的事业儿戏化、庸俗化,由此,奈保尔将简是描述成一个受害者的同时,也没有对她表现出什么同情,并认为,她的被谋杀,也不是吉米的不道德,而是简自身心理和行为的不道德造成的。当然,由于小说牵涉种族、性虐待、黑人、白人、殖民、革命等问题,我们已经很难说清楚其中的严肃与嬉戏、庄严与低下、崇高与卑微了。

自《效颦者》开始,奈保尔小说常常涉及不同种族之间的婚姻与性爱;再者,也是从《效颦者》开始,与早期小说在性爱描写方面流露的既含蓄又滑稽的喜剧情调形成对照,奈保尔的创作开始直面残酷的性爱以及性爱中隐藏的说不清楚的东西。他竭力避免将这种描写沦落为艳情小说的俗套,对性爱场面的处理小心谨慎,尽量简约,以远离通俗文学的商业性质。这部小说有两句名言曾被评论界广为引用,一是政治性的:"痛恨压迫者,惧怕被压迫者";二是有关性爱的:"私通,是亵渎,是自我的亵渎。"两句名言合在一起,也可以奇妙地构成"性政治"。因此,评论界也常常将小说主人公辛赫与桑德拉的婚姻以及辛赫与情人斯黛拉之间的

① V. S. Naipaul, *Guerrillas*, Penguin Books, 1975, p. 241.

② Ibid, p. 237.

③ Bharati Mukherjee and Robert Boyers, "A Conversation with V. S. Naipaul", *Conversation with V. S. Naipaul*, ed., Feroza Jussawalla, the University Press of Mississippi, 1997, p. 86.

纠葛解释前殖民地与宗主国之间的隐喻。

　　与评论家注意到《效颦者》的性政治意义相类似，布鲁斯·金从种族的角度分析《游击队员》，认为简作为一个白种女人，象征着"白"，而吉米则象征着"黑"，黑白之间不仅是某种种族关系，而且也是历史关系（主人与奴隶），以及现实的东西方之间种种政治、经济、文化关系的隐喻。① 显然，这也是从性政治的角度对《游击队员》的解读，不乏创意。不过，这样的解读不仅消解了小说中弥漫的恐惧，而且在将小说寓意深化的同时也有点儿泛化了。

　　性政治批评，实际上存在侧重点的不同，是侧重于"性"还是侧重于"政治"，不仅是批评角度的差异，同时也会得出不同的结论；再者，"性"的本质到底是表现为一种"自我"还是"社会"的属性，也是性政治批评中值得深思的问题。奈保尔创作小说，并不是基于政治或种族问题，而是基于自我的感受，如果说他的创作中牵涉种族、身份以及政治问题的话，他也是更多地从"自我"的角度来看待这些问题的：他并不是有意将"自我"的问题上升到某种政治的高度，而是因为自我的存在总是与现实联系在一起的，自我的梦想与"政治"的野心也总是如影随形。因此，《游击队员》虽然与"革命"、种族问题有关，但评论界一般都不认为这是一部政治小说。"政治"在此主要表现为背景或环境，在这种背景中活动着的依然是人物，是奈保尔的自我，是奈保尔的良心和道德，因此，奈保尔认为这是一部关乎道德的小说。这里的"道德"，正如奈保尔的自我一样，是一个复杂难解的谜团。之所以说它是一个谜团，是因为这里的自我与道德，与"政治"联系在一起，远远超越了私生活的范畴与意义。奈保尔曾说，他自己特别喜欢《效颦者》，主要是因为这部小说探讨的是他的自我的问题；他的自我处于痛苦和分裂的状态，无论是特立尼达，还是英国，一切都混乱无序，奈保尔试图摆脱这种无处归身的状态，试图在无序之中寻找秩序和精神的归宿，结果却是进一步的失落与迷惘。《游击队员》虽然牵涉种族、政治、革命的问题，但这种小说与《效颦者》一样，并不是从社会政治的角度来表现革命问题的，社会的混乱也并不表现为大规模的社会动荡或革命场景，而是看似不存在但又无处不在的自我的"游击战"；再者，这种游击战，与其说是外在的，不如说是内在的；与其说是一种恐惧行为，不如说是四处弥漫着的恐惧心理或情绪。因此，无论是《效颦者》，还是《游击队员》，与其说它们描写的是社会、

---

① Bruce King, *V. S. Naipaul*, Palgrave Macmillan, 2003, pp. 106 – 107.

种族以及政治的无序与失衡，不如说是人自身的混乱与堕落。

五　《河湾》：性政治与性自我

《河湾》（1979）也是通过人自身的混乱与堕落来揭示社会政治的无序状态。比起《游击队员》来，这部小说的情节与主题都显得比较复杂，其中牵涉流亡、家园、种族、非洲的重建等等。评论界多认为，《河湾》是一部政治小说，这并不是因为它牵涉非洲的"大人物"等政治角色，而是因为这部小说主要描写的是政治对日常生活的影响；再者，在《河湾》中，政治与性结合一起，在奈保尔笔下，并不表现为深刻的社会问题，而是更多地化于个人的日常生活，明显地带有个体和自我的色彩。

《河湾》中的暴力，尽管总是威胁着要发生，但并没有惨剧的具体描写，而多是来自远方的报道和流言；而小说中唯一描写到的暴力场面却是萨林姆对耶维特的性暴力。① 因为性爱和性暴力场面，评论界常常将《游击队员》中的简与《河湾》中的耶维特相提并论，但简与耶维特实际上是奈保尔笔下很不相同的女性形象，如果说简更多与革命或政治的盲目性结合在一起的话，那么耶维特则多多少少地隐含日常生活或说性爱中的说不清楚的美感，尽管简与耶维特最终都被"政治"毁坏了；再者，在性暴力场景的描写方面，《河湾》也远不像《游击队员》那样令人感到阴森恐惧，与《游击队员》的性暴力的悲剧色彩形成对照，《河湾》的性暴力描写反而具有一定的喜剧情调。②

性暴力之后，萨林姆在自我怜悯中自嘲："我打肿的那只手手背钻心地痛，我的小拇指失去了知觉。我手上的皮肤青一块，紫一块——这也成为遗迹了。"③ "遗迹"（relic）一词，在奈保尔的作品里经常出现，在此，一方面它表现出这件事已经成为过去，如小说中因达尔所说，"你不再为过去感到伤心。你只会把过去看成仅存在于大脑中的东西，而不是存在于现实生活当中。你践踏过去，你把过去踩烂。一开始，你感觉像是踩在花园里，到后来，你就觉得好像踩在大路上一样"④。我们已经习惯于践踏

①　Gillian Doolet, *V. S. Naipaul*: *Man and Writer*, University of South Carolina Press, 2006, p. 76.

②　Bruce King, *V. S. Naipaul*, Palgrave Macmillan, 2003, p. 125.

③　［英］V. S. 奈保尔：《河湾》，方柏林译，译林出版社 2002 年版，第 234 页。

④　同上书，第 117 页。

过去，就像践踏花园一样，起初我们会感到惋惜，后来便习以为常，没有感觉了，花园变成了遗迹；另一方面"遗迹"一词也表明，事件虽然过去了，但某些东西还是留下了印记，"手背钻心地痛"是某种可以感觉到的肉体意义上的"痛"，而失落之后的空虚则是看不见、捕捉不到的更深的心灵上的痛：

> 天亮的那一刻，我突然觉得晚上的事全成了过去。窗户上刷油漆的刷子留下的纹路已经开始显露出来。在此时，在沉重的伤痛之中，我突然悟出了一些东西。到底是什么东西，我无法用言语表述，用言语说不清楚，而且言语会让我的感觉瞬间消失。我隐约感到人生来就是为了变老的，是为了完成生命的跨度，获取人生阅历。人活着是为了获取人生阅历；阅历在本质上是无形的；快乐和痛苦——主要是痛苦——都没有什么意义。感觉痛苦和寻求快乐一样，都没有任何意义。这感悟很快消失了，稀薄而虚幻，仿佛是一场梦。但我记得我有过感悟，记得我认识了痛苦之虚幻。①

如此，他对耶维特的迷恋、对耶维特的性爱也与他对耶维特的性暴力一样，在瞬息之间，没有了差别，因为一切都已变成了"遗迹"，一切都不过是一种人生的阅历与体验，无论是快乐还是痛苦，无论是享有还是放弃，都不过是一场虚幻的梦。

与此同时，在遭遇了一场性苦难之后，耶维特很快给萨林姆打来电话：

> "刚走的时候，我把车开得很慢，但一过了桥，我就开得飞快，目的是回来打电话给你……"
>
> "你想不想让我回来？路上没什么人。我只要二十分钟就能赶到。哎，萨林姆，我的样子惨死了。我的脸惨不忍睹，这样子好多天都出不了门。"
>
> "在我的眼中，你永远是那么美丽。这你是知道的。"
>
> "看到你的样子，我应该给你一些安定片才对。不过我忘了。回到车上才想起来。你应该想法睡着。煮点热牛奶，想办法入睡。喝点热饮料会起作用的。让墨迪给你煮点热牛奶。"

---

① [英] V. S. 奈保尔：《河湾》，方柏林译，译林出版社 2002 年版，第 235 页。

这一刻，她的口气如此亲密，如此像个妻子！①

与萨林姆施虐之后的冷漠形成对照，耶维特在受虐之后，反而如此急切地打来电话安慰萨林姆，这样的描写多少有点儿像一般的艳情小说一样，或许其中寄托了作家奈保尔的某种情思，或许生活中也确实不乏其事，但无论如何，奈保尔并不愿自己的创作落于艳情的俗套，耶维特与萨林姆的情爱在此好像是回光返照似的，此后，耶维特便在萨林姆的生活中消失了。

在遇到耶维特之前，《河湾》如此描写到，萨林姆的性幻想都停留在妓院里，那种"征服"是女方的心甘情愿，是一种诱惑，同时也是堕落，甚至是罪恶，既伤身又伤神。因此，萨林姆早已"不愿意和这些花钱买来的女人发生真正的性关系，只允许自己从她们身上寻求辅助性的性满足。和多个女人产生这种关系后，我开始鄙视她们提供的性满足"②。迷上耶维特之后，萨林姆在全新的体验中吃惊地发现了自己的变化："世上有一半是女人，我本来想我已经达到了不为女人裸体所动的境界。但现在，我感觉到所有体验都是新的，我仿佛第一次见到女人。我一直痴迷耶维特，但我发觉有很多东西我太想当然了。她在床上的裸体仿佛是女子身体的完美绽放，让我无比惊奇。我真不明白为什么衣服——即使是耶维特以前穿的比较勾人的热带衣服——会掩饰这么多的东西，为什么会把身体分成不同部分，让我无从联想到一个整体的魅力？"③ 从耶维特身上，萨林姆的妓院式幻想似乎已不复存在，他渴望赢得这种美，占有耶维特的身体，这种渴望战胜了自我情欲发泄的欲念，那不再是征服，而是与美合为一体，是对自我的新发现，并使他认识到自己以前逛妓院是多么的堕落。

但萨林姆随后便发现，他对耶维特的迷恋不过是跌入了新的幻想之中。原来，耶维特通过雷蒙德而和非洲的"大人物"（总统）联系在一起，因此，她生活在她所期望的权力的光环和幻觉之中；而通过耶维特，萨林姆先是与雷蒙德拴在一起，进而好像也与"大人物"联系在一起，因此他开始关注起政治，并有了某种政治焦虑感。如此，耶维特、萨林姆、雷蒙德三人奇特地联系在一起，他们的命运、他们的生活都取决于"大人物"对他们的态度。不幸的是，雷蒙德被"大人物"抛弃了，耶维

---

① ［英］V. S. 奈保尔：《河湾》，方柏林译，译林出版社 2002 年版，第 235 页。
② 同上书，第 182 页。
③ 同上书，第 183 页。

特因此也受到了打击，继而萨林姆的生活也受到了影响，处于莫名的烦恼与不安之中，萨林姆与耶维特彼此都成了天涯沦落人，凑到一起只能互相安慰。耶维特对雷蒙德早已失去了兴趣，她在到处寻找"猎物"，以使自己有个依靠和生活的目标；萨林姆"就像一个温顺的父亲，或者丈夫，甚至像个女友，眼睁睁看着她为了情人而梳妆打扮"①。一切都像是一场春秋大梦，随着雷蒙德的失败，萨林姆与耶维特都陷入焦躁不安和恐惧之中。萨林姆发现耶维特"变成了一个失败者，困在了镇上，她厌恶自己，厌恶自己日渐衰败的肉体，就如同我厌恶我自己，厌恶我自己的焦虑"②。最终，他将自己对耶维特、对自我郁积的厌恶以性暴力的形式爆发出来——那即是对自我的伤害与污辱，也是对他人的伤害和污辱。在此，性爱与生活的迷惘、政治的焦虑、人性的残酷联系在一起，男人的性无能和女人的性放荡、施虐和受虐以报复或攻击的形式转化成了暴力，与此相应，整个民族、整个社会都处于施虐与受虐的状态之中，假如没有个人的条件或社会的土壤，蒙博托一类的政治"大人物"以及与之相伴的政治暴力与专制是无法产生的。

政治影响到日常的生活，同时，日常生活也在塑造着政治，这既是个人的问题，也是集体或社会政治的问题。③ 奈保尔关心政治，关心前殖民地的民族独立与发展问题以及种族问题，我们可以将他小说中的性爱、性暴力问题与种族、政治联系在一起，但他的小说创作更多地与他的个人生活和命运联系在一起，换句话说，他关心的是政治、种族、民族等对个人生活的影响以及个人的生活对政治、社会所能起到的作用，因此也不宜过于强调他的小说创作中的性爱与性暴力的政治寓意。再者，正如他的小说创作反映的是一个不断变化的世界一样，他在性爱和性暴力的展示上也不是一成不变的，《游击队员》明显地将性暴力与种族问题联系在一起，但在《河湾》中，性与种族看似相关，但性暴力与种族问题并没有本质的关联。

奈保尔本人并没有什么明确的政治理念，如果说他的创作涉及政治，那么这种政治更多地表现他的某种直觉，而非什么信仰；在这方面，他更多地受到印度传统文化的影响。比如他说，他崇拜的印度英语作家阿·克·纳拉杨便是远离政治的作家，没有任何政治信仰；他的父亲专心于文

---

① ［英］V. S. 奈保尔：《河湾》，方柏林译，译林出版社 2002 年版，第 229 页。

② 同上。

③ Bruce King, *V. S. Naipaul*, Palgrave Macmillan, 2003, p. 125.

学，也没有任何政治信仰。① 在现实生活中，奈保尔始终远离政治和政治权贵，以免自己受到政治的影响与束缚，他像纳拉杨一样，善于以幽默的情调化解现实的残酷、以辛辣的笔调调侃社会与政治的荒唐、以冷漠的态度对待生活的辛酸与遗憾。

评论家彼特·休斯独辟蹊径，从婆罗门出身的角度分析奈保尔的文学倾向："生为印度教徒，或更准确地说，生为婆罗门意味着什么，只是在奈保尔的创作中或隐或现、逐步展开的一个中心问题，这与当代人的身份、民族等问题复杂地纠缠在一起，奈保尔的政治、宗教、性爱观念都与他的婆罗门出身有一定的关联。"② 从《毕司沃斯先生的房子》等作品中，我们可以看出，即使远在特立尼达，婆罗门种姓在印度教社区依旧具有特殊的优越性和自豪感。婆罗门种姓不仅对奈保尔的生活留下的深深的印度文化烙印，而且也潜在地影响到他的创作。

在《效颦者》中，小说主人公拉尔夫·辛赫在伊莎贝拉讲的语言（代表着民间语言）与他在英国贵族中间讲的语言（代表着政治或官方语言）有很大不同，而他心灵深处的语言却像梦幻一般发生在古老的雅利安世界，他痴迷于自我想象中的雅利安人身份（代表着高贵的婆罗门种姓），将自己想象成古老而优秀的雅利安种族的代表，只不过是暂时流落于伊莎贝拉这样的小小的岛国，成了落难的英雄。"受污染""被玷污"是奈保尔描写辛赫的生活与理想时经常出现的词汇；辛赫总是思考着自己的婆罗门身份在当代社会有什么意义，生为一个高贵的婆罗门应该如何实现自己的价值等问题。③《效颦者》主人公辛赫对古老雅利安人的迷恋，并不意味着他想找回什么雅利安种族的优越感，而是在深思自我生命的意义和价值。奈保尔也是一个婆罗门，辛赫对婆罗门意义的思考也反映出奈保尔对自我的思考，辛赫的形象一定程度上也折射出奈保尔的性格与心理。

虽然奈保尔是一个理性主义者，但他身上具有婆罗门种姓的天性和习性。从天性上说，他像传统的婆罗门一样，对于求知、学问、哲理思考有着浓厚的兴趣。学界常常从"虚假面具"的角度来看待奈保尔在生活和创作中所表现出来的冷漠与孤傲，但从潜在的心理上说，他的冷漠面具也是真真假假，难以说清的，其中既有对现实的规避与鄙视，也有雅利安人

---

① V. S. Naipaul, "Two Worlds, Nobel Lecture" (7, December 2001) < http: // www. guy-anaundersiege. com >.

② Peter Hughes, *V. S. Naipaul*, Routledge, 1988, p. 77.

③ Ibid, pp. 70 - 71.

或婆罗门式的高贵气质与优越感。而从习性上看，我们可以从婆罗门种姓有关洁净、纯洁、有规律的生活和社会秩序等方面的看法中觉察出奈保尔的生活作风与复杂的文风。他对于性、性爱、种族、奴隶、佣人阶层、革命行为的鄙视和他对秩序以及帝国的迷思都与他的婆罗门观念有着潜在的联系。他认为"被压迫者"有着天生的劣根性，其"革命"的结果常常是打乱社会秩序的同时也带来了社会的混乱。他对女性的歧视，他对性爱的规避与"放纵"，也与传统婆罗门洁身自好的习性以及种姓的禁忌观念有一定的联系。

奈保尔生性孤傲、自闭，追求精神生活，鄙视世俗，渴望理想的社会秩序。就像雅利安人征服了印度，创造了辉煌的印度文化一样，奈保尔在当今无序、混乱的世界中不仅探求而且迷狂于古往今来的"帝国主义"——能够带来秩序、和平、安全与智性的帝国精神，而不是什么狭隘的民族主义。虽然奈保尔反对婆罗门的宗教仪式主义，但他对印度古老的宗教仪式有着强烈的怀旧心理；虽然他反对种姓制，批评婆罗门的堕落，但他念念不忘自己高贵的婆罗门种姓，婆罗门意识可谓根深蒂固。[①]不过，这一切都以潜流的形式隐现在他的创作中，我们无法将他的创作与印度的种姓和婆罗门意识直接挂起钩来，而且他生活在当今复杂而充满变化的世界之中，其人格与心理的构成有着多方面的因素，指出其婆罗门出身，只是提供一个认识问题的角度。

本章的最后，我们需要指出的是，奈保尔作品中的性爱描写与性暴力常常不会给读者带来什么阅读上的快感，相反，有时会让人觉得不可思议，甚至不乏某种厌恶的感觉。也许这是奈保尔刻意追求的阅读效果，他并不愿意读者陶醉于什么性爱或性爱的享受，至少从他的创作意图方面看，他竭力避免通俗与艳情，以免读者落入俗套和庸俗。通过性爱的描写，奈保尔表现的依然是自我和自我的发现。不过，在自我和自我的发现中，女人到底扮演着一个什么样的角色，却是颇可深思的。在奈保尔晚年创作的《浮生》中，罗杰对威利说："我厌烦她（指女友帕蒂塔），厌烦她之前之后的女人。女人的内在真贫乏。她们的美，是神话。那是她们的负担。"[②] 笔者认为，奈保尔对女性确有歧视或厌恶，这或许与他本人的经历和他对世界、对社会的感受有关，或许与他息息相通的印度教文化有关——他违背自己家人的意愿，与白种女人结婚，对自己的种姓与文化都

① Bruce King, *V. S. Naipaul*, Palgrave Macmillan, 2003, p. 15.
② ［英］V. S. 奈保尔：《浮生》，孟祥森译，上海译文出版社 2010 年版，第 74 页。

是一种极其彻底的背叛。我们不去深究其中的原委与结果，只是想指出一个基本的事实，在一次访谈中奈保尔说："有人写了篇文章，说我有孩子。这不是真的……不，恰恰相反，我对目前的自己非常满意，我不想让任何人使用我的名字或者携带我的基因。不，一点也不想。"① 这是对世界的弃绝，甚至可以说是对人类的弃绝，一切都源于他对自我、对世界的彻底的悲观，在奈保尔这种悲观的情绪之中，女性变成了尤其不幸的角色。

---

① ［英］罗伯特·麦克拉姆：《傲慢与偏见——记奈保尔》，孙仲旭译，《译林》2010 年第 2 期。不过，现实生活中，奈保尔曾经有过与情人玛格丽特生子并由自己的妻子领养的打算，可参阅 Patrick French, *The World Is What It Is*, Alfred A. Knopf, New York, 2008, p. 313.

第五章　两个世界之间：革命的问题

在西方，"两个世界"的理论主要源于柏拉图的哲学思想。柏拉图认为理念世界（理想世界）与感性世界（现实世界）是相互对立的，理念世界体现了秩序，而感性世界则表现为无序，两者之间不仅形成了对峙，而且保持着必要的张力：理念世界总是在审察、反观、批判感性世界，并推动着哲学家、政治家不断地思考并改造着社会的结构。

奈保尔的"两个世界"，并不是源自柏拉图的哲学理念，而是基于现实生活的感受，是现代多元文化社会中的产物。在奈保尔笔下，"两个世界"指代的主要是东方和西方，也可以表述为传统与现代的矛盾与冲突，奈保尔通过南美、非洲以及世界范围的"革命"问题充分表现了两个世界的复杂纠葛。两个世界并不是非此即彼的对立或统一，而是复杂地纠缠在一起。这既是一个历史问题，也是一个现实问题。革命实际上是两个世界此消彼长的问题，它生发于对殖民主义的历史反抗，并一直延续到我们当下生活的世界。从对立、张力以及批判上看，奈保尔有关两个世界的感受与分析充分体现了西方文化的精神自由，帝国主义、殖民主义打破了原有的世界秩序，现代人类社会的发展与变迁势必使柏拉图所谓的两个世界问题变得更为复杂、更为扑朔迷离。

一　革命：从历史到现实

2001 年 12 月 7 日，在诺贝尔文学奖获奖感言《两个世界》中，奈保尔说："从孩提时代起，我就有两个世界这样的感受，高高的波纹铁门之外的世界和家里的世界——或说是我祖母的家庭世界。残留的种姓意识使我们排斥外在的世界，将自己封闭起来。在特立尼达，作为新来者，我们的社区没有什么优势，排外的意识是一种自我保护，它使得我们能够暂时——只是暂时——按我们自己的方式和习俗生活，生活在那个正在失去的印度世界里，这使我们变得极端地以自我为中心。我们向内看，我们过我们的日子；外面的世界存在于某种黑暗之中，我们对它毫不关心。"①孩提时代的奈保尔虽然感受到了两个世界的存在，但受印度教传统文化和家庭的影响，他基本上是将自我封闭于狭小的印度教社区，对外面的世界所知甚少。不过，海外印度移民社区毕竟不同于传统的印度教社会，虽然社区居民依旧保留着自己的传统习俗和生活方式，但它已经脱离了原来的文化土壤，并在各种外来因素的侵袭下不断地萎缩，早已不再是什么纯正的印度教世界了。因此，奈保尔强调自己"只是暂时"地生活在这个世界；此话意味着，一方面，他依然受到印度传统文化的深刻影响，另一方面，传统的印度教社区很快就会失去，奈保尔也将离开这个世界。

像大多数的特立尼达人一样，奈保尔虽然生活在印度教社区，但他对自己所在社区并不满意，对自己生活周围的黑人社区或穆斯林社区更没有兴趣，他心驰神往的是遥远的西方世界。经过努力，奈保尔以出色的学业成绩获得了到英国留学的机会。伦敦是一个热闹非凡的大都市，不过奈保尔却发现，伦敦是由一个又一个不同的社区和生活圈子构成的，他无法融入任何一个圈子，在焦虑和不安中，他好像走进了一个巨大的迷宫："伦敦倒是一个让人迷失的好地方。没有人真正认识它、了解它。你从市中心开始，一步一步向外探索，多年后，你就会发现你所认识的伦敦，是由许多个社区乱七八糟拼凑而成的城市，社区与社区之间，阻隔着一片又一片阴森森、只有羊肠小道蜿蜒穿过的神秘地带。在这儿，我只是大城市中的一个居民，无亲无故。时间流逝，把我带离童年的世界，一步一步把我送进内心的、自我的世界。我苦苦挣扎，试图保持平衡，试图记住：在这座由砖瓦、柏油和纵横交错的铁路网构筑成的都市外面，还有一个清晰明朗的世界存在。神话的国度全都消退了，隐没了；在这座大城市里中，我困居在比我的童年生活还要窄小的一个世界里。我变成了我的公寓、我的书桌、我的姓名。"②"社区"的观念，是他从小在特立尼达的生活中形成的，他渴望摆脱自己所在的社区，但真正逃离、摆脱了自己原有的社区之后，他却发现，自己并没有进入一个更为广大、更为明亮的空间，相反，他的内心变成了更加狭小的空间，令人压抑，令人窒息。

童年时代的印度教社区虽然狭小，但那是奈保尔熟悉的世界，而伦

---

① V. S. Naipaul, "Two Worlds, Nobel Lecture" (7, December 2001) < http://www. guy-anaundersiege. com >.

② ［英］V. S. 奈保尔：《幽暗国度：记忆与现实交错的印度之旅》，李永平译，生活·读书·新知三联书店2003年版，第29—30页。

敦，虽然他在书本上、小说里早已熟知，但当他置身其中时，他梦想中的一切却都消失不见了。他曾竭尽全力忘掉过去的世界、融入眼前的伦敦，但在热闹的伦敦，他却变得越来越孤独，最终只是在创作中回归于童年时代的社区生活时，他才重新找回了他的自我和他的世界。

按理说，现代社会，都是由多元文化构成的；现代都市，无论是伦敦，还是特立尼达的首府西班牙港市，也都是由一个另一个社区构成的。不同社区的出现，显示出多元文化的共同存在；同时不同社区之间的交往与冲突，也构成了多元文化的碰撞与发展。与奈保尔同时代的其他特立尼达作家作品，多表现各种族（社区）之间的矛盾、冲突、融合以及交流，而奈保尔早期创作却不是如此，虽然其中也出现了不同的社区，但也只是点缀性的，他的早期小说表现的多是比较单一的特立尼达印度教社区移民的生活世界。显然，这既是他早年生活经历的局限，又反映出他所生活的印度教社区传统的封闭性与排外性。

1960年，完成《毕司沃斯先生的房子》之后，奈保尔受时任特立尼达和多巴哥自治政府首相的邀请，回到加勒比进行为期七个月的考察，从而开始了《中途：西印度及南美洲五种法国和荷兰社会之印象》的写作。这部作品的创作，不仅是奈保尔旅行创作的初次尝试，也使奈保尔的创作视野得到了拓展。殖民与自治、过去与现在、西方与东方交织在一起，使奈保尔对特立尼达原本狭小的社区世界有了新的、更为深厚的认识。

像康拉德、E. M. 福斯特、D. H. 劳伦斯、赫胥黎等作家一样，奈保尔有了旅行考察的经历，但他深知，他与这些来自宗主国的作家不同，他没法像他们那样去写作。他们的创作是将宗主国的某种品格转化成了某种浪漫的异国情调，而奈保尔则是一个在"新世界"种植园中出生的殖民地人，重归故里，并不是他个人的什么荣耀，而他熟悉的家园对他来说更谈不上什么异国情调，他只不过是在"新"世界生活过一段时间之后重新回到了"旧"世界，带着"新"世界的目光来重新审视那早已被人遗弃的社群，这不仅是经历和知识的延伸，更是自我某种复杂情感的延伸。

尽管《中途：西印度及南美洲五种法国和荷兰社会之印象》的创作属于奈保尔旅行创作的尝试，奈保尔本人也认为这部作品存在着种种不足，但通过对当时加勒比地区贫穷、混乱的社会现状的考察，奈保尔从历史、文化、种族等各方面深刻地认识到"文明"与"奴役"的问题。假如没有西方世界，特立尼达以及奈保尔从小所生活的印度教社区生活便不存在了，特立尼达是西方殖民主义奴隶制和劳工制的产物；奴隶制虽然早已废除了，但特立尼达人的命运并没有发生根本的变化。不仅特立尼达，而且所有的前殖民地或半殖民地，在奈保尔看来，都处于相似的困境之中：他们试图以民族主义来解救自己，但民族主义本身又是一个悖论：表面上回归于亚洲和非洲文化，内心里却对此又加以拒绝；表明上反叛欧洲，但骨子里却想融入西方，如何回归？奈保尔个人从特立尼达逃离到伦敦而又回到特立尼达的现实经历与感受，有机地融入了更为深厚的现代人类的生活背景之中。

从《中途：西印度及南美洲五种法国和荷兰社会之印象》开始，奈保尔的创作发生了变化，他的文学创作虽然没有侧重于表现种族的矛盾、社会的冲突，但他结合自己的经历和感受，更多地从历史、文化等更为宽广的角度来看待自我与世界了。无论是特立尼达的印度教社区还是更为遥远的印度，作为一个旧的世界早已成为了过去，而在现代世界，奈保尔的心灵该归属何方？就像《效颦者》（1967）的主人公辛赫一样，奈保尔在特立尼达和伦敦之间不停地游荡，总也找不到归属。伦敦是一个世界，特立尼达是另一个世界，奈保尔在两个世界之间不停地游荡、漂泊，悬挂于、困于两个世界之间，始终无法在两个世界里寻找到平衡或归属。这是某种失去了一切但又发现不了什么新价值的精神状态：过去的一切都成了废墟，现在的一切都在发生着变化。奈保尔深刻感受到了这种变化，但他对此却琢磨不透，殖民与反殖民时代过后，世界各地风起云涌，革命的烈火四处蔓延，历史是一种革命，现实也处于革命之中，但结果都是在混乱中进一步走向混乱。

沿着非虚构作品《中途：西印度及南美洲五种法国和荷兰社会之印象》所开创的道路，《黄金国的失落》（1969）进一步从历史和文化的角度探讨了特立尼达社会现状的成因。值得注意的是，在这部作品里，出现了革命家米兰达的形象。这里的革命问题发生在早期殖民主义时代，与奈保尔后来作品针对现实而揭示的革命问题多有不同。不过，奈保尔自己对于现代社会和现实生活的感受与认识，实际上早已存在于历史人物米兰达的革命意识之中：米兰达生活在早期的殖民环境中，常常有失落之感，他渴望外在的世界，而进入了外在世界之后，他又有了新的、更深的失落感，他不知道自己到底失落了什么，他必须不断地重新创造自己、改变自己，为此他总是处于焦躁不安之中：不革命，便是非自我。[①] 他的革命更

---

① 参阅孙妮《V. S. 奈保尔小说研究》，安徽人民出版社 2007 年版，第 313 页。

多地变成了狂乱的梦想，他不由自主地被种种革命事件推着走，终将自己葬送于革命之中。当然，从革命的虚无性、荒诞性等角度看，米兰德这一形象也昭示了奈保尔后来作品中出现的革命主题：诞生于混乱之中，将引来更大的混乱。

进入 20 世纪 70 年代之后，奈保尔写下了《迈克尔·X 与特立尼达黑人民权运动导致的杀戮》《艾娃·庇隆归来》《刚果新国王：蒙博托和非洲的无政府状态》《刚果日记》等一系列著名的文章，记录、分析发生在南美和非洲等地的游击战、革命、动乱等社会现象。发生在前殖民地社会的革命，来自前殖民地的混乱局面与无序状态，常常使奈保尔感到震惊、恐惧，并令他不断地思考革命问题。

这些文章的产生都与当时的社会政治环境有着密切的关系。1970 年，黑人民权运动兴起，西班牙港市每天都发生黑人反政府的示威游行，革命的传单到处都是，甚至出现在学校里。再者，特立尼达的黑人与印度人之间的政治斗争常常演变成种族之间的冲突，这使奈保尔担心种族之间将要爆发战争。70 年代发生于阿根廷的游击战，也使奈保尔有某种恐惧感，为此他写下了《阿根廷的恐怖》一文。

由南美的革命问题开始，奈保尔进一步考察了非洲以及印度、伊朗等亚洲国家的社会问题，在虚构与非虚构作品中，从现实生活与历史文化、宗教等各个角度对与革命问题密切相关的现代社会的深刻变化做出了不同程度的描述与思考。

二　迈克尔·X

1972 年，因谋杀英国白人妇女加尔·安·班森，特立尼达黑人领袖迈克尔·X 被处以绞刑。这一事件引起了奈保尔的极大兴趣，在查阅了大量卷宗，对案件进行了详细的调查和研究后，奈保尔写作了长篇文章《迈克尔·X 与特立尼达黑人民权运动导致的杀戮》（1973），后收入《埃娃·庇隆归来》（1980），1975 年，奈保尔又据此创作了长篇小说《游击队员》。小说《游击队员》中的主要人物吉米·阿赫迈德的生活原型，便是《迈克尔·X 与特立尼达黑人民权运动导致的杀戮》的迈克尔·X。[1]

迈克尔·X 原名迈克尔·德·弗瑞塔斯（Michael de Freitas），他是一

---

[1]　参阅孙妮《V. S. 奈保尔小说研究》，安徽人民出版社 2007 年版，第 220 页。

个葡萄牙店主和巴巴多斯黑人妇女所生的混血儿。他原本是生活在特立尼达首府西班牙港的半文盲式的无业游民，但在 1957 年，作为一名水手从特立尼达来到英国之后，他便开始发迹了。起初，他混迹于伦敦，是诺丁山的一个恶棍。与此同时，他也善于钻营，逐渐使自己变成了一个混世魔王。一方面，这是他的野心，另一方面，这也是英国社会对他的"伟大塑造"。在英国，有人告诉迈克尔，他应该是一个作家，甚至是一个诗人。于是，他便努力使自己成为一个作家，尽管他没有受过正规的教育。也有些英国人说他应该是一个黑人领袖，于是，他阅读关于领袖的书籍，甚至写出了一篇相关论题的文章。迈克尔是英国造就的"英雄"，是英国白人自由主义者和黑人新闻媒体用大话和空话吹捧出来的黑人领袖。迈克尔肤色看上去并不像是一个真正的黑人，但在伦敦，白人需要他是一个黑人的代表，于是迈克尔便有意将自己变成了黑人。他努力将这个角色扮演得极其成功，并对此极其陶醉。他知道，在英国，无论是对左翼还是右翼，种族都是一个颇可玩味、颇有学问可搞、颇有戏可演的东西。他是一个成功的表演者，他成了一个 X，什么也不是，同时又可以什么都是，他是所有人的黑人，而不是黑人的黑人。"革命，变革，体制：伦敦的话语，伦敦的魅力，迈克尔将它们借过来，可以赋予它们表达他想表达的任何意思。"①

迈克尔一直将自己看成是一个不断上升的人物：最初是西班牙港的半文盲的无业游民，而后变成了船员；在英国，他先是伦敦诺丁山的一个恶棍，而后在伦敦他便成了无所不能的 X，在 37 岁时，他便成了"整个西方白人世界最著名的黑人"。他不仅自认为是一个革命家和黑人领袖，而且陶醉于自我的成功。他开始发表演讲，反对白人，后来还成立了公社——黑人之家。结果，他受到了警察的注意，并发生了冲突，这使他在英国的戏演砸了，他再也无法在英国混下去了。

不过，他认为，无论在什么地方，只要自己继续革命，他便会继续上升。于是，他改名迈克尔·阿卜都尔·迈利克，于 1971 年回到特立尼达："'我来到这里不是为了开辟事业，'他对特立尼达《快报》说，'一切都已经准备好了'，他相信他能够'促成'。'我对选举一类的事不感兴趣，我知道的唯一的政治是革命的政治——变革的政治，完完全全的新体制的政治。'"② 他在西班牙港市郊开办了第二个公社——克里

---

① V. S. Naipaul, "Michael X and the Black Power Killings in Trinidad", *The Return of Eva Peron with The Killing in Trinidad*, Andre Deutsch, 1980, p. 22.

② Ibid. .

斯蒂娜花园，经营农业，在他看来，"没有土地就没有革命"。他好像是在进行土地革命，但实际上他根本不知道什么是土地革命，他只是借用了这个名词而已。

1972 年，年近 40 的美国黑人运动领袖哈基姆·加马尔来到了公社。随同他前来的还有 27 岁的英国中产阶级妇女加尔·安·班森，对革命极其向往。但因为有了在英国革命的经验教训，迈克尔变得谨小慎微，班森越是表露出革命的热情，迈克尔越是怀疑。最终，他认定班森是英国派来的女特工，与手下一起将班森谋杀并掩埋了。班森遇害后不久，迈克尔被抓捕归案，并在西班牙港市被处以绞刑。

在《迈克尔·X 与特立尼达黑人民权运动导致的杀戮》一文中，奈保尔说："目睹对他（指迈克尔）的审判，人们极其幽默，甚至快活。没有人讥笑。他不是什么事业的殉道者……对于特立尼达的大众而言，迈克尔已经成为一个'角色'，一个狂欢节中的人物，一个在受难节上一路挨打的'犹大'。在伦敦，他也是这种角色，甚至在他作为 X 而名满天下的伟大时日里，他也是这样一个角色：他的激进只是一种表演，他是一个领袖，但没有人追随，他是一个黑人权力人物，但他既没有任何权力，又不是黑人。他甚至不黑，他是一个'皮肤白净的人'，有一半白人的血统。用特立尼达人的话说，这是迈利克玩笑中最令人心醉的部分。"①

在《游击队员》里，奈保尔将迈克尔·X 转换为吉米·阿赫迈德，一个有着中国人和黑人血统的混血儿，双性恋者，同时也是从英国回来的黑人民权运动的"领袖"。他在南美某个岛国建立了人民公社"画眉山庄"，进行着所谓的土地革命，如通往画眉山庄的道路上到处出现的口号所显示的那样：一切为了土地和革命。小说的不少内容是由吉米所写的像日记又像是小说的文本构成，主要展示吉米内心复杂而黑暗的世界，评论家常常称之为这部小说的潜文本；真正的故事并不复杂，小说的主要情节由吉米与简之间的两场性爱以及由此所导致的谋杀场面构成。

在《迈克尔·X 与特立尼达黑人民权运动导致的杀戮》一文中，奈保尔将游击战称为"肮脏的战斗"，与游击战联系在一起的革命多表现为内乱。他探寻游击队员的本质和动机，以及他们与古老的革命观念之间的联系与区别。游击队员和军人大多都来自移民家庭，他们既不是地

---

① 　V. S. Naipaul, "Michael X and the Black Power Killings in Trinidad", *The Return of Eva Peron with The Killing in Trinidad*, Andre Deutsch, 1980, pp. 22 – 23.

主,也不是工人阶级,他们没有祖国、民族观念,没有历史和传统观念,打破了一切。游击队员想要的是什么?革命的目标是什么?各种社会原因使他们感到绝望,他们是政治、经济和文化困境的产物,相互埋怨对方使自己的梦想破灭了。正是游击战的漫无目标和游击队员的神出鬼没,使小说《游击队员》的题目徒有虚名,而无任何关于游击战或游击队员的直接描写,这在一定程度上恰恰真实地反映出与游击战斗联系在一起的革命的本质,它似乎根本就不存在,但又好像是无处不在,这是某种潜藏的暴力和恐惧。具体到《游击队员》,这种潜在的暴力倾向与种族、权力、政治畸形地结合在一起,使革命在吉米身上演变成了奇怪而可怕的性暴力。

吉米与简之间存在着革命的关系,简对吉米的投怀送抱,不单是某种寻求刺激的男女关系,它发生在革命的背景之中,难免染上革命的色彩:"这本书的恐怖是不可避免的。它写的是身处不同世界、不同文化之间的人的谎言和自欺欺人。"① "不同世界、不同文化之间"也可以表述为"两个世界",当吉米与简分成两个世界之后,其中的革命关系显然已经混乱了。政治不仅是国家的策略,同时也是人与人之间的现实关系和生活关系,当吉米与简革命的欲望中将两个世界重叠在一起时,这不仅是虚幻的,而且是扭曲的关系,革命不仅没有消除敌意,反而在扭曲之中充满了厌恶。在这种情形下,性暴力虽然看上去显得很奇怪,但从本质上说,却又是自然和平常的。这是某种对他人同时也是对自己的疑惑和恐惧,所以当吉米谋杀了简的同时,实际上,他也从内心里将自己谋杀了;简在被杀的过程中,一点儿也没有反抗,实际上这也是她对自己来去自由的革命所进行的不自觉的谋杀。这种革命虽然是一种幻觉,不仅自欺,而且欺人,但虚妄的革命,正如奈保尔在《游击队员》中所说的那样,也"如同清水一般洗去了黑暗"②。这既是一种愿景,又是一种虚妄。

三 庇隆与蒙博托

关注与游击战联系在一起的革命问题的同时,奈保尔也深入研究了与

---

① Bharati Mukherjee and Robert Boyers, "A Conversation with V. S. Naipaul", *Sagmagundi*, 54 (Fall 1981). From Bruce King, *V. S. Naipaul*, Palgrave Macmillan, 2003, p. 100.

② V. S. Naipaul, *Guerrillas*, Penguin Books, 1975, p. 42.

革命问题密切相关的庇隆主义。《艾娃·庇隆归来》分析了对现代阿根廷社会产生重要影响的庇隆主义，探究了庇隆主义为什么会在阿根廷根深蒂固，这不仅是阿根廷的问题，也是前殖民地国家面临的一个共同问题。

在夫人艾娃的支持和帮助下，庇隆于1946年登上总统宝座，他要在社会主义和帝国主义之间走出第三条新路：消除贫困和饥荒，公平地分配社会财富。庇隆夫人，也就是艾娃·庇隆，进一步扮演了富人的敌人和穷人的保护者这样的角色。她将国库里的钱财分发给百姓，一时间她成为盛开在每一个阿根廷人心目中最为鲜艳的玫瑰，俨然是权力、正义和复仇的化身。不过，庇隆夫人的"公平"和"正义"，很快便使原本富足的阿根廷变得国库空虚，"公平"也将走向尽头——使人人都变得贫穷起来。但在真正的危机爆发之前，也就是1952年，只有33岁的艾娃·庇隆却恰逢其时地走到了生命的尽头，阿根廷举国上下沉浸于悲泣之中，这种社会的悲伤冲淡了国家经济的不景气。庇隆夫人生前说过的话——"如果我为阿根廷而死，请记住：阿根廷，不要为我哭泣"——不仅在阿根廷广为流传，而且传遍了世界。根据这句名言改编而成的歌曲——"阿根廷，别为我哭泣，事实上我从未离开你，即使在我狂野不羁的日子里，我也承诺不离开你"——经由美国歌坛巨星麦当娜的演唱，更是红遍了世界。至今，在去世半个多世纪之后，艾娃·庇隆依然是阿根廷人心目中的偶像，阿根廷政治家在竞选总统时，未来的第一夫人也还会以自己要成为"庇隆夫人"为口号来为自己的丈夫赢得选票。庇隆夫人早已成为阿根廷的神话，相当程度上左右着这个国家的历史轨迹。

1952年，失去了夫人的庇隆，其执政也陷入了困境，庇隆夫人的神话勉强支撑着庇隆政府，但是由于国库空虚，阿根廷原本雄厚的经济逐渐趋于崩溃。结果，1955年，即使是庇隆夫人神话的光环也笼罩不住庇隆政权了，庇隆被赶下了总统的宝座，他先是被投放到监狱，后来又被流亡海外。但17年后，也就是1972年，庇隆又回到了阿根廷。阿根廷比以前更加混乱，人们不知道这种混乱最初的根源在于庇隆夫人，相反他们依然怀念庇隆夫人的"公平"与"正义"，并将对庇隆夫人的怀念情绪转化到庇隆身上，结果，在强大社会力量的推动下，回到阿根廷的庇隆很快又被大多数人拥上了总统的宝座。在幅员辽阔、资源丰富的国家，到处都是通货膨胀、贫穷、暴乱、游击战。庇隆靠军事政变起家，是一个军事独裁者，最后也是被军人推翻的，为什么人们在赶走了他17年之后又选择了他？难道仅仅是因为庇隆夫人神秘的光环？奈保尔将自己的书名之为《艾娃·庇隆归来》，庇隆夫人借助于庇隆而还魂复活，庇隆成了人们的精神领袖，他们迷狂地将庇隆这个独裁者当成了他们的"圣人"[1]。表面上看，这是庇隆夫人阴魂不散的结果，但从更深的文化层面上，奈保尔也给出其解释：阿根廷作为一个前殖民地国家，缺乏历史和传统、没有祖国和人民的观念，这使阿根廷人在国家的政治、经济、文化陷入困境时，在迷惘、空虚、没有着落的现实生活中渴望某种说不清的东西，这类似于宗教崇拜；这种崇拜原本是虚幻的，但与现实结合在一起时，它便产生了可怕的后果，这便是制造"神圣"，正是基于对"神圣"的崇拜，使阿根廷人欢迎庇隆归来，"领袖"与"专制"由此产生。

"奴隶""革命""游击战""种族冲突"等词语昭示着社会的风暴，为此，奈保尔总有某种恐惧不安的感受，南美是这样，非洲也是这样。非洲在获得了民族的独立与自由之后继续革命，相比于南美的游击战和种族冲突，非洲的社会矛盾与社会动荡更加剧烈；与此同时，与阿根廷的庇隆主义相呼应，非洲的扎伊尔出现了蒙博托主义。在《刚果日记》中，奈保尔写道："扎伊尔的蒙博托，中非共和国的博加萨（Bokassa），加蓬的邦戈（Bongo），肯尼亚的肯雅塔（Kenyatta），乌干达的阿明（Amin），马拉维的班达（Banda），坦桑尼亚的尼雷尔（Nyerere），这是多么奇怪的情形：其中最为突出的是，每一个国家只产生一个广为人知的人物，领袖，领袖，其他人都不存在。"[2] 这些领袖都是军事独裁者，他们使用宣传、迷信和谎言来稳固自己的统治。

《刚果新国王：蒙博托和非洲的无政府状态》（收入《艾娃·庇隆归来》）、《刚果日记》以及小说《自由国度》《河湾》写的都是奈保尔在东非国家扎伊尔（即前比利时殖民地刚果，1971 年至 1997 年在蒙博托统治下称为扎伊尔，之后又改为刚果）的见闻、经历和感受。在《刚果新国王：蒙博托和非洲的无政府状态》一文中，奈保尔描述了蒙博托其人。

1960 年，刚果独立时，蒙博托 30 岁，只是刚果国民军的一名中士，但到了 1965 年，随着一系列军事政变和叛乱，他成了国民军的将军，并夺取了政权。1973 年，蒙博托将所有外国人包括希腊人、葡萄牙人和印度人经营的商业和种植园一律国有化，并将它们分给扎伊尔人。国有化将外国在扎伊尔的一切都摧毁了，这只是一种毁坏而不是什么创造，是对他人的伤残，同时也是对自我的伤残，它使扎伊尔变得更加混乱了，恐惧和

① Lillian Feder, *Naipaul's Truth*: *The Making of a Writer*, Rowman & Littlefield Publishers, Inc., 2001, p. 108.

② Ibid., p. 115.

不安的气氛四处蔓延，穷富之间发生着冲突，到处都是烧杀抢掠。人们无所适从，从贫穷的状态转入混乱的状态，除了毁坏，还是毁坏，这不仅是外在世界的毁坏，同时也是人的心理和精神世界的灾难，既没有道义，也没有责任。蒙博托主义将世界简单化，将人简单化，将责任与道义等一切都简单化，认为没收了有钱人的财产，将它们分给穷人，这样就可以实现公平和正义了。

将外国人在扎伊尔的一切收归国有之后一年，蒙博托又以革命的姿态向国内的新资产阶级宣战："我给他们一个明确的选择：他们要是热爱人民的话，就应该将一切都还给人民，跟随着我。"① 蒙博托将自己等同于人民；他所领导的人民的革命，不过是要人们一切都听命于他，为他卖命。

在文化上，蒙博托也是旗帜鲜明地反对西方，要回归非洲。他威胁说要关掉电影院和夜总会，晚上六点之后禁止公众场合的活动。他要回归于古老而纯粹的非洲，而不是基督教的世界，回归于非洲的传统和真实性之中，归于非洲古老的舞蹈和音乐之中，回归于非洲的生活节奏和生活韵律之中，回归于非洲古老而淳朴的仪式和信仰之中，重整人民的道德观念，重振非洲人的精神和尊严。蒙博托自认为是非洲的灵魂，而他的母亲则被奉为圣女。蒙博托的妻子也积极地扮演着一个热爱穷苦人的高尚角色，就像艾娃·庇隆一样。

正是由于西方的殖民统治打破了非洲的传统，使现代非洲变得无所适从，非洲好像什么都不是，但又什么都是，蒙博托本人便成这样一个混杂的矛盾体，他既是总统，又是酋长；既是国王，又是革命家；既是一个自由的非洲战士，又是一个独裁者；他控制着意识形态，他让臣民忠诚于他，不准有任何疑问；他让人们敬畏他，既爱他又怕他。这就是他的蒙博托主义：只崇拜蒙博托一个人。②

小说《河湾》中的"大人物"即总统，隐喻的便是蒙博托，通过因达尔之口，小说写道：

> 总统是伟大的非洲酋长，同时也是群众的一员。他一方面搞现代化，另一方面也是一个非洲人，一个要找回自己非洲灵魂的非洲人。

---

① V. S. Naipaul, "A New King for the Congo: Mobutu and the Nihilism of Africa", *The Return of Eva Peron*, New York: Knopf, 1980, p. 176.

② Ibid, p. 200.

他有保守的一面，也有革命的一面，他无所不包。他既回归传统，又勇于前进，要在 2000 年前把这个国家变成世界大国。我不知道他这样是出于偶然，还是有高人指点。不过他这种杂七杂八一锅煮的方法还真奏效，因为他一直在变，不像有的家伙那样一条路走到黑。他是军人，却决定成为老式的酋长，宾馆女佣生的酋长。这些背景成就了他的一切，也被他发挥到极致。①

　　蒙博托体现了当代非洲的矛盾与困境，一方面，非洲需要现代化，更多的非洲人需要填饱自己的肚子，另一方面，非洲要觉醒，要摆脱西方，他将西方工业化社会看成是一种堕落和腐败，非洲要远离其腐蚀。在奈保尔看来，殖民主义之后的非洲，在民族革命的洗礼下，进一步倒退了，不仅政治无序、经济崩溃，而且传统被破坏之后，社会的动乱、种族之间的屠杀使非洲人的信仰与精神也处于黑暗之中。

　　奈保尔对非洲的悲观和他在作品中对非洲的负面描写，多招致非议，但也有学者指出:"问题在于，现实沿着这本书（指《河湾》）走得更远:这本书出版的 1979 年，小说中写到的东非和中非，就开始了 20 年的动荡:乌干达总统阿明驱赶印裔阿裔人，屠杀 30 万人;然后是索马里内乱不止;此后是卢旺达种族大屠杀，死亡达 107 万人，400 万人流亡;1998年，这场大动乱终于波及刚果。蒙博托的统治，比奈保尔预料的要长，但是至少几十万人死于刚果的内乱、政变与暗杀，余波至今未息。"② 如果我们联系当下非洲的现实，不难发现，这种情形依然在可怕地延续着:专制与暴乱相互交替，不断地上演着一幕又一幕的悲剧。

四　革命:从非洲到印度

　　晚年，奈保尔创作了《浮生》和《魔种》两部小说，对自己的毕生经历和感受进行了小说化的分析与总结，与两个世界密切相关的"革命"问题，依旧令奈保尔困惑不解。

　　在《浮生》中，小说主人公威利发现，各种社会问题与种族、政治结合在一起，正变得越来越复杂，即使在伦敦，不断的种族骚乱也让他震

---

① ［英］V. S. 奈保尔:《河湾》，方柏林译，译林出版社 2002 年版，第 144 页。
② 赵毅衡:《谁能为奈保尔辩护?》，《中国图书商报》2002 年 8 月 22 日。

惊不已。为了安宁，他随妻子来到非洲过着平静舒适的庄园生活，但这里的安宁，威利深刻地感受到，不过是一种表面现象："我常常回想到我第一天到达时的恐惧——柏油路和两边行走的非洲人总是历历在目——惊叹于这片土地怎么会变得这么温驯，人们怎么能在这了无生机的地貌上建筑起这么按部就班的生活，就似乎是从石头里榨出血来。"① 威利预感到，非洲将发生剧烈的社会动荡，只是生活在庄园之中、过着安逸生活的外来贵族（安娜的家庭便属于这样的贵族）都不会也不敢相信："钢筋水泥的世界有一天会被草屋世界完全冲毁。"②

某个星期天，威利与安娜一起去海边一家简陋的餐厅吃饭，看到一个砖瓦工正在给餐厅辅瓷砖，瓷砖以蓝色与黄色为基调构成的阿拉伯图案令他们大为惊叹。但不知什么原因，葡萄牙店东却对砖瓦工又叫又骂。每骂一声，那长着明亮眼睛的工人便把头垂下一次，像是遭到了击打，店主的叫骂他全不回嘴，但事实上他只要轻轻出手，店主就会应声倒地。他只是继续工作。小说写道：

> 安娜和我谈到了那天的情形。安娜说："那瓷砖工是私生子。他的妈妈可能是非洲人。他的爸爸几乎可以确定是葡萄牙的地主……"
>
> 但无论何时，当我想到那眼睛发亮，汗流满面的大个子男人，像烙印一样带着他的生身标记，我就会想："谁来救这个人？谁来为他复仇？"
>
> 不久，这种情绪就跟其它的感觉相混。不过那影像却存留不去。对于即将来临的事，存在于我的猜想之中。之后第三年，当大陆另一侧发生了大事的消息泄漏到我们受管制的报纸中时，我心里已经有所准备。
>
> 那消息太大了，无法压制。政府一开始可能想叫人不要声张。接着又采取了正好相反的措施，炒作起这则恐怖消息来。某一地方发生了暴动，在乡村地区屠杀葡萄牙人。两百、三百甚至或许四百人已经被杀，被非洲大砍刀砍死……
>
> 但是我们周遭的非洲人似乎没有听说过什么事情。他们的态度没有什么改变。当天没有，次日没有，下一个星期没有，下一个月也没

---

① ［英］V. S. 奈保尔：《浮生》，孟祥森译，上海译文出版社 2010 年版，第 126 页。
② 同上书，第 139 页。

有。在好几个银行存款的柯里依亚说，这种不动风声隐藏着危机，某种可怕的农民暴动正在酝酿。但是那一年剩下的时间依旧一直纹丝不动，而且似乎会持续下去。①

由葡萄牙店主与砖瓦工之间的对立，《浮生》进一步描写到葡萄牙人与非洲人之间的对立，不过，在这种对立最终演成了可怕的暴力之前，威利及时地逃离了非洲。

承接着《浮生》的结尾，《魔种》叙述威利逃离了即将发生动乱的非洲，投奔到生活在德国的妹妹萨洛姬妮那里。萨洛姬妮及时地向威利讲述了两个世界的奥秘：

> 一个世界秩序井然，按部就班，这里的战争已经结束。这个世界没有战争，没有真正的危险，人已经被简化了。他们看看电视，找到了自己的生活圈子；他们的饮食都很安全；他们能掌握自己的钱。而在另一个世界里，人就疯了似的。他们拼命想挤进那个简单有序的世界里。但是当他们待在外面的时候，一百颗爱国的忠心、古老历史的残余将他们牢牢牵制住；一百场零零碎碎的战事激起了他们的仇恨，耗尽了他们的经历。在西柏林，一派自由而忙碌的气氛，一切都显得那么闲适。可不远之外就是一道人为的分界线，在分界线的那一边，是压制和束缚，是另一类人。高楼大厦的废墟场上，荒草滋生，偶尔还有些杂树；随处可见弹片弹壳深深嵌入了岩石和水泥中。②

妹妹萨洛姬妮的话，不仅使威利认识到现实生活中并存的两个世界，而且威利也清楚地知道他自己属于哪个世界。妹妹每天对他灌输革命思想，他开始反思自己在印度和伦敦的生活，反思他在非洲的岁月以及自己的婚姻，他忽然有某种悲怆和崇高的感受了。原来，他接受了妹妹的革命思想。于是他有生以来第一次体会到了发自内心的自豪；伴随这种自豪感而产生的，是一种意想不到的愉悦和兴奋，他满怀激情，觉得以前所有的经历都是为现在即将到来的革命做的准备。他充满信心地回到了印度，加入了游击队的战斗活动之中。

但革命和游击队的生活，并不像他所想象的那样浪漫。尽管威利做好

---

① [英] V. S. 奈保尔：《浮生》，孟祥森译，上海译文出版社 2010 年版，第 140—141 页。

② [英] V. S. 奈保尔：《魔种》，吴其尧译，上海译文出版社 2008 年版，第 9 页。

了受苦受难甚至是牺牲的心理和思想准备，但他发现，游击队的生活，除了无聊还是无聊，一切都没有任何意义，他一点儿也不明白这到底是为了什么。望着林间空地和操场上忧伤的白晃晃的日光，威利发现："这里的日光否定一切，否定美。否定人的潜力。"① 显然，对于前殖民地国家所发生的革命斗争，奈保尔的感受，不仅是心理的迷乱，而且是价值的毁灭，一切都是虚妄。

在小说《魔种》的卷首语即"写在前面的话"中，奈保尔颇有寓意地向我们描写了孔雀和孔雀的叫声。孔雀是美好的象征，但它的叫声却极其凄迷，让人迷茫于某种强烈的反差之中：人人都渴望着美好和辉煌，革命的起因便在于此，但经历了漫长的革命性的黑夜之后，一切似乎都像是一场梦；梦醒之后，一切美好的东西都失落了。我们是生活在真实还是幻觉之中，进一步说，真实抑或幻觉是某种经历还是某种激情，再进一步说，经历了激情之后，我们的智力，我们的精神，我们的人格为什么失落了，而且不知失落在什么地方了：

> 后来——在柚木林里，在第一个营地里，当他第一次在夜间站岗时，他发现自己在那个时候只是想哭，天亮时分，远方传来孔雀凄迷的哭泣，这是孔雀在清晨第一次饮用了林中水池里的水之后发出的哭泣声，那种哭泣的声音本来应该代表着世界的更新或新生，但看来却好像是经历了漫长而可怕的黑夜之后，人、鸟、树林、世界等一切都失落了，接着，营地生活成了一种浪漫的记忆，在游击队的几年岁月里，在树林、村庄、城镇里，身穿伪装四处游荡的日子，看上去常常是自己结束了，大多数的日子里，他们会忘记自己为什么要伪装打扮，他感到自己在智力上的衰退，人格破碎成一片一片。……他从真实世界里，逐步走向了各种非真实之中。②

受妹妹萨洛姬妮"两个世界"理论的启发和鼓舞，威利回到印度参加革命，他曾随游击队来到了一个村子。这个村子和一般的村子完全不同，它以前可能是一个封建小地主的宅院。过去那些命运悲惨的村民都要向地主交纳 40 种到 50 种税款，附近二三十个、甚至更多的村庄实际上都归这个地主所有。如今这幢大房子空着，没有人敢住进去，也许是忌惮于

---

① ［英］V. S. 奈保尔：《魔种》，吴其尧译，上海译文出版社 2008 年版，第 49 页。
② V. S. Naipaul, *Magic Seeds*, Vitage International, 2005, p. I.

宅子主人往日的威严，或者是害怕有妖魔鬼怪作祟：

> 　　一幢两层楼高的房子，白白的外墙。门厅的地面较底，两侧都有一个两三英尺宽的高平台，一直延伸到厚厚的墙壁里，形成一个凹室。以前，门卫就是在这间凹室里看门、睡觉、抽水烟，一些无关紧要的访客也是在这里等候主人的召唤。房子的这种格局——院落和房间重重相隔，正中串起一条走廊，这样站在前门就能顺着这条光影交织的通道一直看到后门——房子的这种格局是当地传统的建筑模式。很多农民家的房子都是这种格局的简化。这表明一种文化依然故我地存在着。至少在这方面如此；而威利，站在这幢杇了大半、腐臭弥漫的大宅子里，竟被这突然出现在眼前的景象深深触动了，这小小的一角令他感受到了自己的祖国。过去是如此可怕；过去必须被消灭被抹去。但过去仍然是那么完整。①

　　在离开这个村子的路上，威利开始意识到，印度是一个巨大的乡村世界，这个世界自古以来都没有什么真正的变化，农民辛勤劳动却深受压迫，这是不合理的现象，必须改变。不过，这种革命思想只是一种空洞幻想，付诸现实时，反而使乡村原有的一切都乱成一团：在他们于行军途中解放、然后放弃、然后有幸在某一天再次解放的村子里，一切价值和秩序都不存在了，罪恶四处滋生，恶棍无处不在。② 革命并不能消除褊狭、凶恶、残忍，相反，被解放的村庄、被解放的农民，对游击队员总是避而远之。他们深知，自己的解放只是暂时的，之后会有更深的灾难伴随着他们。因此，他们害怕解放，害怕革命。

　　威利像中了邪一般投入到革命之中，而在热情消磨殆尽时，他像是从魔咒中解脱出来一般，迅速结束了自己的革命生涯。不过，他并没有像妹妹萨洛姬妮那样从一个极端走向另一个极端——看破红尘，弃绝世界。他认为参加革命与放弃革命都不过是一种选择，无所谓正确或错误。他回到了他曾经生活的伦敦，对伦敦的感受也是既熟悉又陌生，对伦敦的感受也像是他对自我的感受一样，他活了大半辈子，依旧不知道自己到底是一个什么样的人。

---

① ［英］V. S. 奈保尔：《魔种》，吴其尧译，上海译文出版社 2008 年版，第 111 页。
② 同上书，第 120—121 页。

五　两个世界杂交而生的"魔种"

在《魔种》中，回到伦敦的威利反思自己在印度的革命，他变得极其冷漠，一切该发生的都会发生，一切都无所谓对错："如今在印度的很多地方这是个重大问题，他们称之为种姓大地震。我认为这比宗教问题更加重要。某些中层阶级地位上升，某些上层阶级则被流落到了底层。我参加过的那场游击战争正反映了这一变革。不过是反映，仅此而已。很快印度就将以一副不可捉摸的面孔展现在世界面前。这不会好到哪里去。人家不会喜欢的。"①

在印度，革命主要源自于低种姓，是下层人民对上层阶级的反抗。《魔种》中的革命家约瑟夫说："各个低等种姓之间的仇恨是最强烈的。穆斯林入侵之后，经历了四百年苛捐杂税和残酷统治，这里的人们越来越相信这就是他们永恒的生存状态。他们就是奴隶。他们毫无价值……这正是导致我们神圣的印度式的贫穷的根本原因，这样的贫困可以说是印度对世界的贡献。希望有一场将一切统统扫除的革命。"②

不过到了晚年，奈保尔不再像《游击队员》《自由国度》那样去描写什么令人毛骨悚然的冲突场面了，他的心境也变得如"废墟"一般平静了，《浮生》《魔种》好像是又回到奈保尔早期作品所表现的现实主义式的虚构小说的世界之中，但这两部作品却早已不再"歇斯底里"了，作家像是回到了人类的童话或神话故事的世界之中，轻松、愉快并充满智慧地向我们描述着这个世界和我们的生存情境。③ 虽然一切都发生在眼前，但一切又都像是古老的历史遗迹了。

威利的妹妹萨洛姬妮所谓的"两个世界"的说法，看似荒唐，但实际上，我们每一个人，都生活在矛盾重重的两个世界之中，不过，两个世界，并不像萨洛姬妮所表述的那样分明地存在着，而常常是重叠在一起，无法分出彼此。按照"两个世界"的理论，威利的朋友罗杰显然应归入那个"简单而有序的世界"，但实际上，他的生活并不是如此。罗杰向威利谈到西方社会存在的种种问题：高额税收必然导致通货膨胀，通货膨胀

---

① ［英］V. S. 奈保尔：《魔种》，吴其尧译，上海译文出版社 2008 年版，第 195 页。

② 同上书，第 36 页。

③ Farrukh Dhondy, "Interview with Naipaul", *Literary Review*, No. 9, 2001.

必然破坏家庭和家庭观念；是家庭观念而不是家庭，将我们共同的价值观念代代相传，并使整个国家团结在一起；这些价值观念的失落则会使一个国家分裂，加速其全面衰落。尽管罗杰是从经济的角度谈到家庭的观念，与威利的经历看似没有什么联系，但威利却深深地感受到，罗杰在伤悲之中落下的眼泪，一方面是为他自己而流，另一方面也是为威利、为我们每一个人而流。

威利与罗杰从两个世界谈到社会与家庭问题，并不自觉地谈论起他们的朋友马科斯的故事。在《浮生》中，马科斯便出现了，他是在重返非洲的运动中回到西非定居的特立尼达人，后来成了一名颇有成就的外交官。马科斯说："18世纪时，英国有大约一百万黑人。他们全都消失了，消失在当地人之中。他们在繁衍过程中不见了。"这便是不同种族之间通婚的伟大性，它似乎将最棘手的种族与文化身份问题以家庭的方式圆满地解决了。因此，马科斯一生的伟大梦想便是找一个白人女子结婚，而后，他的儿子也像他一样，与一个白人女子结婚并组成家庭，这样，子子孙孙，两个世界的问题便自然解决了。

但这只是马科斯对世界简单化的一种方式。实际上，世界远没有如此简单，两个世界在不停地变化着，有时这种对立会消除，有时则会以某种新的形式重新对立起来，即使在伦敦这样现代化的大都市之中，罗杰也在平静的生活中发现了某些说不清楚的东西。曾经有一度，相当数量的人口从事家政服务。这在当时并不是什么问题。两个世界井然有序，富人们常常能够随心所欲地丢下他们的房子，出去游上好几天甚至好几星期。是佣人的存在给了他们这样的自由。但是，现在，佣人阶层已经消失。没人知道他们演变成了什么。但有一点可以肯定，罗杰对威利说，我们没有失去他们，他们仍以不同的方式存在于我们的身边。现在的每一个城市或较大城镇，都附设有专为穷人而建的住宅区。这种成片的社区，即使在飞驶而过的火车上也能一眼认出。拉丁文里的"附属"（Ancilla）一词，意为"保姆""女奴"或"侍女"，指代的是一个低下的阶层，而如今这个低下阶层的含义复杂化了，伦敦等大都市中都有贫民区一类的附属的市建住宅区，原是为了照顾穷人，使穷人获得一定的独立，尤其是居住权，但它很快便演化成罪恶的滋生地。①

在《孤独的人》中，桑托什发现，黑人发起暴乱，放火烧了华盛顿好几个地区。桑托什希望这场火能蔓延到整个城市，让城里的一切，甚

---

① ［英］V. S. 奈保尔：《魔种》，吴其尧译，上海译文出版社2008年版，第234—235页。

至他住的破地方和他自己，都被大火毁灭。但这只是他心中郁积的怒火而已，外在的一切依然如故：革命忽冷忽热、忽来忽去，让人摸不着头脑。革命者虽然是怒火中烧，但革命的激情却在现实之中无法释放，因为找不到谁是敌人，革命也没有什么说得清楚的目标。他们常常是自身处于恐惧或失落之中，制造出类似于零星游击战一般的社会骚乱；《魔种》中也描写到这种社会骚乱。现实生活中，在美国、英国、德国、法国等西方国家，经常会出现破坏性的暴乱，其可怕之处在于它常常只是某种破坏，至于破坏的目的何在，却是说不清楚的，一切似乎只是某种说不清楚的情绪，正像吉米对简的残酷谋杀一样，一切都无头绪可言。

　　毕竟，个别骚乱现象的出现，对西方社会并不构成真正的威胁，在西方多元化的社会环境中，黑人与白人的界限早已打破了。所以，《魔种》的最后，马科斯陶醉在他所期待的一场胜利者的婚礼的气氛之中。马科斯唯一的人生理想（除金钱之外）就是生一个白人孙子，能牵着孙子的手在众目睽睽之下旁若无人地散步。他成功了，他的儿子林达赫斯有一半英国血统，非洲的痕迹已经从他身上抹去了一大半，如今他身边那位长相平平、平庸得都令人奇怪的新娘也是一个白人，而且是纯种的白人。他们虽然还没有结婚，但已生出了两个孩子——一个是黑皮肤，另一个是白皮肤；白皮肤的女孩儿跟着新郎，黑皮肤的男孩儿跟着新娘，黑白总是形成鲜明的对比，又总是结合在一起。

　　婚礼上，来自马科斯出生地特立尼达的阿鲁巴—库拉索乐队开始演奏了。小说描写道，那个黑人鼓手坐在高高的鼓架子边。起先，他全身放松地坐在椅子里，双手手腕靠在鼓架边上，仿佛正要吃饭或者写信。但接着，他的上半身绷紧了不动，一双大手却如同装了铰链一般敲击起来。他击打着，用手掌根部，用整个掌心，用手掌根部，用手指，连同指尖一起猛力敲击着。接下来，这支来自荷属安德列斯群岛的乐队用其他金属乐器的敲击声进一步掩盖了鼓手的击打声，而在这所有声音之上，是扩音器里嘹亮的歌声，唱的全是荷属安德列斯群岛的土语，在场的没有一个人能够听懂。在这样可怕的喧闹中，偏偏有几个一身新衣的白种女人，摆动起她们纤细的小腿，仿佛她们能听出节拍，仿佛那音乐美得使她们无法抗拒地摇曳起自己的身子。罗杰对威利说，这种场面让他想起17、18世纪在苏里南的荷兰奴隶种植园里演奏的音乐："星期六、星期天晚上奏上一段，好让奴隶们到了星期一早上能安安稳稳地干活，也可以让某位来访的荷兰画家领略一番种植园的夜景。这样的绘画我曾经见过的。"①

　　整个晚上，威利都能听见那乐声。它侵入他的睡梦，融入了其他往事之中："不该抱有理想的世界观。灾祸正是由此而生。解决也是由此发端。"② 在《幽暗国度：记忆与现实交错的印度之旅》中，奈保尔通过拉蒙之口，说出我们是"不肖的子孙"的话，在《游击队员》中，奈保尔通过吉米之口说出我们是"地狱之子"，在《魔种》中，奈保尔暗示我们是两个世界杂交而生的"魔种"。

　　奈保尔一生不断地出入于东方和西方两个世界之间，在对两个世界的感受越来越深刻的同时，他也越来越悲观。在奈保尔笔下，东方和西方两个世界并不是非此即彼的对立，而是复杂地纠缠在一起，既是一个历史问题，也是一个现实问题。革命实际上是两个世界此消彼长的问题，它生发于殖民主义和对殖民主义的历史反抗，并一直延续到我们当下生活的世界。在革命和继续革命之后，一切问题都变得越来越复杂难解，让人看不出任何的头绪来。伴随着殖民主义和帝国主义的西方现代文明开拓了世界，给世界带来了巨大的变化，但同时也使世界变得灾难重重；现代文明是一种解放性的力量，同时也是一种灾难性的力量。目前人类社会文明所遭遇的绝不是东方或西方的问题，而是现代资本主义将世界打成一片但又无法整合世界的危机，在真与假、美与丑、善与恶、身体与灵魂、正义与邪恶等二元对立的结构被消解之后，世界越来越混乱的同时也变得越来越虚妄、无望了，人与人、人与自然、人与社会、人与世界等各个方面都出现了新的难以解决的问题。

　　尽管我们可能会对奈保尔有关革命的各种看法心存狐疑，但从文学的角度来看，他对现实的精致描述与分析、他对问题的深入考察与探究，都会促使我们思考，并在思考之中深化我们的认识，从而使两个世界的问题不再被简单化。

---

① ［英］V. S. 奈保尔：《魔种》，吴其尧译，上海译文出版社 2008 年版，第 275 页。
② 同上书，第 276 页。

第六章　谁是敌人

当代文学批评越来越理论化，与文学创作的实际越来越远。一方面，理论试图外在于文学而自成一体；另一方面，理论又将文学批评的范围无限地扩大化。奈保尔虽然对于各种理论没有什么兴趣，但他的作品对于理论所关注的问题常常具有重要的启迪意义。

伴随着帝国主义和殖民主义的武力征服，现代世界在殖民与被殖民之间充满了战争，世界以东方和西方为基本的格局，逐步演变成了二元对立的形态，复杂的世界常常被一分为二，如果他者或"敌人"消失的话，二元对立的结构便不存在了。谁是我们的敌人？谁是我们的朋友？这是革命的首要问题。但恰恰在这个首要的问题上，我们是永远也搞不明白的，因为这个问题存在的前提类似于战争问题，而战争的正义性与非正义性永远是说不清楚的。虽说殖民征服的时代早已成为了过去，但我们人人都是历史的产物；从文学批评的角度看，虽说结构主义已经被解构主义所取代，但二元对立的思想实际上对我们依然有着深刻的影响。V. S. 奈保尔作品中出现的"敌人"的问题，便是对我们生存现状的真实而具体的思考。

本章主要通过《毕司沃斯先生的房子》《自由国度》《游击队员》等作品的分析，讨论奈保尔创作于20世纪六七十年代的小说中出现的"敌人"的问题，分析"敌""我"之间的二元结构在当下是如何变化的、如何消解的："敌人"的问题由外在转化内在，变成极其隐秘、极其可怕的心理存在了；敌人似乎根本就不存在，但又无处不在，只有消灭了敌人，自我才能在精神上进入自由的状态；而一旦如此，自我实际上已不复存在。

一　早期小说中的"敌人"

西方"现代思想与现代实践两个方面的中心结构就是对立，更准确地说，就是一分为二"①。这种对立性的中心结构渗透到现代西方各种意识形态之中，比如在 20 世纪西方文学批评中占据着重要地位的叙事学，便深受二元对立性的结构主义的影响："结构主义认为，不论在自然的范畴还是在社会的范畴里都存在着二元对立，例如常见的男/女、昼/夜、阴/阳等，在人类思想中，如主体/客体、天使/魔鬼、正义/邪恶等。在结构主义看来，二元对立似乎是无所不在的，它是人类认知与交流的基础，也是语言的基础。因此，'在处理文化现象时，重要的是从多元关系中找出基本的二元对立，作为文化价值的架构或意义的来源'。"② 对立的二元并不是一种平等的关系，而是支配与被支配、统治与被统治的关系，被支配、被统治、被压迫者常常被看成是另类或他者，但如果他者消失的话，二元对立的结构便不存在了，因此，这是对立而又统一的关系；社会的秩序便建立在所谓的社会正义的基础上：找出二元对立的关系，以善良来抑制邪恶。但这只是一种堂皇的理论，运用于实践之中时，对立的二元并不总是分明的，而常常是扭曲的，社会的正义、道德等美好的东西也常常变为某种虚假的存在。

笔者从有关《毕司沃斯先生的房子》（1961）的一些批评观点说起。国内和国外学界都曾将《毕司沃斯先生的房子》中的图尔斯家族的哈奴曼大宅看成是敌对力量的代表，进而将之演化成"奴隶社会"的代表或大英帝国的象征：

> 《毕司沃斯先生的房子》寓言性地将特立尼达再现为一个政体，一个国家，图尔斯家族代表专横的殖民力量……有些评论家对这种关系提出了更加激进的看法：哈奴曼大宅被认为是一个"奴隶社会"，丈夫们被招募来干活，并且使他们相信，他们是自愿选择这种依赖和被剥削的生活——他们没有其他需求或选择。毕司沃斯是一个反抗的奴隶。西印度群岛大学教授戈登·罗莱赫指出："要理解毕司沃斯的

---

① Zygmunt Bauman, *Modernity and Ambivalence*, Polity Press, 1991, p. 14.

② 罗钢：《叙事学导论》，云南人民出版社 1995 年版。

反抗就必须了解哈奴曼大宅的社会结构。……哈奴曼大宅不是作为一个有凝聚力家族的重建，而是作为由图尔斯太太和赛斯建立起来的一个奴隶社会，他们需要工人来重建他们的摇摇欲坠的帝国。"……毕司沃斯在图尔斯家族所处的困境可以被看作是殖民地状况的隐喻，毕司沃斯离开图尔斯家，可以被看作是殖民地人民或者特立尼达人企图摆脱帝国，争取独立的象征。的确，奈保尔对图尔斯家族的描写就像是在写处在末日的大英帝国。①

奈保尔是一个典型的后殖民作家，他的创作确实反映了西方的殖民主义对世界留下的种种后患，如果将奈保尔放在后殖民理论框架之中，从二元对立的角度去看待问题时，上面对图尔斯哈奴曼大宅的分析确实有其道理。

不过，当批评被理论化、政治化之后，文学也常常被主观化甚至是机械化了，"最糟糕的是，这样的批评使奈保尔非人性化了：他们剥离了奈保尔的矛盾与含混、他的不确定性，剥离了他对生活的直观和感受，剥离了奈保尔的变化，同时也剥离了世界的变化，他们重新创造了一个奈保尔，好像他是他们自己批评架构中的产物"②。理论常常要在政治与文学之间寻找平衡，它不同于文学，也不同于政治，更无法抹平文学与政治之间的差异；当理论趋同于政治，像政治一样对世界、对社会、对人做出正确与错误、左翼与右翼，殖民与反殖民等区分时，这实际上是将复杂的问题僵化、简单化了。正是由于世界充满了太多的引导人们思想的、看似权威的陈词滥调，奈保尔基本上不关心批评家对他作品的评判，他说他不喜欢争辩，只喜欢观察，他害怕自己被消解、被吞没于理论的平庸与无聊之中。他不阅读人们对他作品的评价，哪怕是正面的赞美性的评价，但他希望，读者只要不带任何偏见地读他的作品，便会有更为广阔的阐释空间。③

我们回到《毕司沃斯先生的房子》这部小说本身。毕司沃斯糊里糊涂地入赘于图尔斯家族之后，他在图尔斯家族中其实没有什么地位，他依靠着图尔斯家族生存，委曲求全，心中总不是个滋味，他不甘心过寄人篱

---

① 孙妮：《V. S. 奈保尔小说研究》，安徽人民出版社 2007 年版，第 154—155 页。

② Lillian Feder, *Naipaul's Truth: The Making of a Writer*, Rowman & Littlefield Publishers, Inc., 2001, p. 5.

③ Gillian Dooley, "Intraduction", *V. S. Naipaul: Man and Writer*, University of South Carolina Press, 2006.

下的生活，总想独立，但又找不到什么出路。因此，他决定对图尔斯家族进行一点儿反抗，以便为自己争取一点儿权利。图尔斯家族内部关系错综复杂，毕司沃斯不仅势单力薄，而且不知道如何寻找同盟，他琢磨来琢磨去，最后物色到自己的连襟格德温，鼓动格德温与他一起反抗图尔斯家族。没想到格德温不仅没有与他结成同盟，反而将他出卖了。很快，他便受到图尔斯太太和赛斯的责骂和嘲讽。受了屈辱之后，正当他与妻子莎玛大吵大闹，愤怒地要离开哈奴曼大宅时，格德温的妻子琴塔来了，又是悲伤地号啕，又是真诚地乞求：

> 琴塔到楼上来乞求，表明正是她丈夫格温德去向赛斯汇报了毕司沃斯先生背后的咒骂；同时她也宣布了格德温的胜利。毕司沃斯知道，当丈夫之间有了冲突，安抚失败的丈夫往往是获胜一方的妻子的职责，而失败一方的妻子的责任就是不显露任何愤怒，但要巧妙地暗示出她对双方的丈夫的不快是平等的。莎玛在琴塔来了之后，就已经扮演了一个失败一方的妻子，开始了扮演这个艰难的角色的值得赞扬的第一步。
>
> 没有什么办法可以反抗这样微妙的蒙耻。在那个时候之前，毕司沃斯先生从来没觉得自己有敌人。人们只是对他很冷漠。但是现在他有了一个敌人，这个敌人已经公开宣战了。他决定不能退缩。
>
> 在下了决心之后，他觉得他已经赢得了胜利。于是他以一个胜利者的姿态，慈悲地看着琴塔和派德玛。①

毕司沃斯本来是要联合格德温，反抗以图尔斯太太和赛斯为代表的权威（不过也并没有将他们认为是敌人），但却阴差阳错地将格德温当成了敌人。他好像是一个战败者，下定决心准备迎接新的战斗。但只是因为下了决心，他便觉得自己好像已经从一个弱者变成了强者，从一个失败者变成了一个胜利者，并且以胜利者的姿态慈悲地看着琴塔——他的敌人格德温的妻子。毕司沃斯的瞬息万变，一方面表明所谓的敌人根本就不存在，一切只不过是他的情绪变化而已，而这种情绪的变化不过是他的生活处境的真实映照。毕司沃斯在这里的言行，既表现出人与人之间关系的错综复杂，又表现出生活的混乱与迷惘。作家在这里的描写，既包含着对毕司沃

---

① ［英］V. S. 奈保尔：《毕司沃斯先生的房子》，余珺珉译，译林出版社 2002 年版，第109—110 页。

斯的同情，又展示出了他的滑稽与可笑——人的困境与人之独立的尴尬。

"敌人"是奈保尔作品里常常出现的主题或说是情结，它表现了奈保尔对世界、对人的复杂性的思考，他对所谓的敌人并没有什么谴责或愤恨，他对被压迫者或说是朋友也没有什么赞美或同情。他只是将人的处境或心理真实地展示出来，将说不清楚的同情与憎恨化于人可怜的生存状态之中，进而化于虚无之中。这既是他对人、对社会的模糊不清的态度和看法，也是某种超越了一般道德之上的大慈大悲式的情怀：他对任何事情、对任何人似乎都没有什么慈悲或同情，与此同时，他似乎敌我不分，对敌人也充满了哀伤的情怀。这种情怀是某种超脱了现实的精神自由的状态，不过这种精神却是从痛苦不堪的现实生活中衍生出来的，表现在作品中，在奈保尔笔下，这种崇高或自由的境界也表现为日常生活的虚无与无奈，既是"敌人"的喜剧，又是"自由"的悲剧。

奈保尔的处女作《米格尔大街》将真实的细节描写与人物行为、心理、性格的夸张性表现完美地结合在一起，以一个与母亲生活在一起的小孩子的眼光和口吻将多个故事串联起来，各个故事中的人物都显得有点儿畸形或怪诞，但"这不是什么个人的失败，而是陷入某种文化真空状态的困境"①。在这部作品的最后一个故事中，面对母亲的责备，"我"毫无感觉，直到有一天晚上，"我"喝得酩酊大醉，连续两天都醉呼呼的，清醒过来之后，"我"发誓再也不抽烟不喝酒了，"我"对母亲说："这真的不是我的错误。这是特立尼达之错，在这里，人们除了喝酒，还能干什么呢？"小说主要表现生活的无聊和无意义，这里的"敌人"被确定为"特立尼达"，所以小说最后，"我"庆幸自己终于逃离出了特立尼达，再也不愿回到特立尼达了。

但成功逃离了特立尼达之后，奈保尔好像是跌入一个更大的怪圈之中，他好像是进入了两头都被堵死了的隧道之中，无论他逃到哪里，都摆脱不掉看不见但同时又无处不在的"敌人"。

《岛上的旗帜》（1967）收入了奈保尔于1955年创作的一个短篇小说《敌人》。这个短篇故事一定程度上，寄托了作家本人对自己父母的情思。故事的叙事者是一个孩子，他的父亲有点儿敏感、神经质，但他对自己的孩子很慈爱，父子之间亲密无间。而孩子的母亲却与父亲形成了对照，所以，故事一开始，叙事者便说："我一直把这个女人，我的母亲，

---

① Purabi Panwar, Ed., "Introduction", *V. S. Naipaul: An Anthology of Recent Criticism*, Pencraft International, Delhi, 2007.

当作敌人。"① 父亲死于一场暴风雨之后，孩子回到母亲身边，但母亲显得更加不讲道理，不仅不信任他，还时不时打他。有一天，他在一次事故中受伤并失去了知觉，醒来后，他发现母亲在失声痛哭，他忽然感到母亲是一个孤独不幸的人，心中有说不出的滋味："那时我真希望自己是一个长着两百只胳膊的印度教神灵，我愿意以两百只胳膊都失去的代价，仅仅为了享受那一刻，仅仅为了再次看到母亲的泪水。"这样富于感伤的情调，在《米格尔大街》等早期小说中是难寻踪迹的，可以说是昙花一现。作为"敌人"的母亲的泪水，在后来作品的相似情境之中也是流个不停：生活常常使人们在不知不觉中变得残酷甚至是残忍，人与人之间的不信任使人充满了仇恨、创伤甚至是谋杀。我们很少信任，我们很少关怀，我们极其冷漠，而在这一切背后，我们又是那么脆弱，我们像孩子一样，内心里多么需要安抚——在短篇小说《敌人》中，我们还能在母子之间找到这种抚慰，而在《效颦者》《自由国度》（1971）《游击队员》（1975）等作品里，作家好像是从辛酸的童年走进了残酷的成人世界，他在进一步的困惑和迷惘之中变得更加深沉、更加冷漠。

二　谁是敌人

在奈保尔看来，历史并不是不断发展的线性过程，而是周而复始的轮回，就像四季的变化一样，帝国主义与殖民主义之后，"文明"与"进步"演变成了混乱与衰败，这不仅是一种外在的混乱，更重要的是内在的、精神的衰败。我们失落的到底是什么？奈保尔痛苦地感受到，他的创作承载着传统小说创作无法承担的任务，因为传统社会的必然衰亡导致传统小说也会必然衰亡，小说创作不再表现崇高的信念，而是无序与混乱，尽管我们生活的世界总是处于新奇与变化之中，但正如生活的目的与意义早已变得模糊不清，小说也变成无形的游魂。

在《效颦者》中，主人公辛赫阅读《雅利安人和他们的迁移》（The Ayran Peoples and Their Migration），梦想自己是一个征战的雅利安战士，② 他总想着自己是优秀的雅利安人的后裔，要从事某种伟大的事业，但他却被抛弃在小小的伊莎贝拉岛国，一事无成，他总是在内心沉思这样的一个

---

① 参阅孙妮《V. S. 奈保尔小说研究》，安徽人民出版社2007年版，第201—202页。
② "辛赫"这一名字本身的意思是"狮子"或"战士"。

问题："为什么总是在寻找敌人？为什么不去立即杀死敌人？"[1] 这是一个如同谜一样的问题，不仅总是萦绕在辛赫的心头，而且一直围绕着辛赫的故事。辛赫在现实生活中成了一个失败者，他沉迷于内心世界，逐步丧失了"雅利安人"的崇高感和使命感，他没有"杀死"任何敌人，反而杀死了自我：青春、美丽和理想丧失于无尽的堕落之中，他在梦中一直处于深渊和下坠的感觉之中。正是由于辛赫更多地生活于内心的世界之中，所以《效颦者》的叙事表面上看似不复杂，实际上却很难理解，主人公辛赫的故事中套着故事，不断变化的思想意识像暗流一般不停地涌动。小说中不断重复的问题——"为什么总是在寻找敌人？为什么不去立即杀死敌人？"——不仅变成了辛赫的臆想，而且像是一个失去魔力的古老咒语，读者很难理解其缘起和目的，但与此同时，这一古老咒语在辛赫的故事里，似乎又潜藏着某种古老而神秘的力量，既促使作家奈保尔由当下向着古老过去而追寻，也激发读者思考：我们真正的自我到底迷失于何方？正是在这种追寻与思考中，辛赫的故事变成了隐喻，历史也由此变成了神话。[2]《自由国度》《游击队员》等作品，在自我的迷失与追寻以及敌人等问题方面，可以说成是《效颦者》的变奏。

《孤独的人》是收入《自由国度》中的一个中篇小说，其中的主角桑托什是一个仆人，随主人到了美国。他的一系列经历，在奈保尔的笔下，富于深刻的讽喻性和明显的喜剧效果。起初，他像大多数印度教徒一样瞧不起黑人，对黑人充满了种族的偏见，但后来，身材瘦小的他却尴尬地与一个身材几乎是他两倍的黑人女仆结婚了。奈保尔以极其简约的笔调叙述桑托什的经历，将他的生活与他的命运联系在一起。他莫名其妙地来到美国，糊里糊涂地在美国生活，虽然他认为自己是个微不足道的人，但他又总是觉得生活在美国不对劲。他想回归于原来的生活，但又不知道该怎么办，他的生活已经改变了，一切都已经无法逆转，他对自己造成的恶果也只好吞食下去："我眼里充满了泪水，我真希望整个世界都化作泪水。"他离开了带他来到美国的"老爷"，投靠了一家饭店的老板普利亚，普利亚成了他唯一可以倾诉的对象。不过，桑托什又不知道该对普利亚说什么，于是，他糊里糊涂向老板普利亚说他不想再干厨师了。他说这话，只是想从普利亚这里得到安慰。谁知普利亚并不吃惊，而是问他想去哪里。他以为老板不要他了，因此他很快便决定不能再有什么眼泪了，并胡乱说

---

① V. S. Naipaul, *The Mimic Men*, Penguin Books Ltd. , 1980, p. 81.

② Peter Hughes, *V. S. Naipaul*, Routledge, 1988, p. 72.

道："老爷，我有冤家对头。"这使得普利亚觉得好笑：他一个微不足道的人，会有什么"敌人"？而桑托什确实也说不出什么冤家对头来，于是他向普利亚说了他过去的"老爷"、他买西装的荒唐事等，好像是在忏悔，但这一切在普利亚看来却是再正常不过了。于是，桑托什下了狠心，向普利亚说出了自己心中最大的秘密，也是最大的耻辱——与那黑人女佣之间发生的见不得人的事情。他原以为普利亚要大骂他一通，实际上他渴望着普利亚这样做："如果他骂我，说明他还在乎我的名誉，我还可以倚靠他的帮助，我也还有救。"但普利亚却鼓动他与那黑人女佣结婚，这样他自然就成了美国公民，他也会因此而获得自由。桑托什大感意外："这是让我一辈子孤苦伶仃啊。"他又说自己在印度的山村里有妻子和孩子，但普利亚却说这儿才是他的家，和那黑人女佣结婚，只要他愿意就行，没有什么人会在意他的过去，因为这是在美国。他觉得普利亚的话不无道理，尽管他感到空虚，但"精神空虚并不意味着哀伤悲怨，却意味着心灵的宁静，或曰舍弃"。他"解脱"了，从此，他获得了自由，但这种自由，除了使他变成一个行尸走肉之外，什么也不是："自由使我认识到，我有一张脸，一幅躯体；我必须在若干年内给这幅躯体饭吃，给他衣穿，直至它消亡。"[①]

　　身份、自由、悲伤、焦虑、恐惧等都是某种看不见、摸不着的东西，在印度时，桑托什对这些没有任何切身的感受，是美国的生活使他感受到了这些，他的眼睛里充满了泪水，但那又好像不是他的眼泪，而是世界的眼泪。他莫名其妙地将具体化为抽象，但却无法将抽象再还原于具体之中，他想在普利亚面前大哭一场，这样，他便能找回自己。谁想他刚一开口，普利亚的一句问话便使他下定决心不流什么眼泪了。悲伤只是虚无的存在，所有的泪水在现实、在他人面前都显得那么不合时宜。桑托什一时间好像失去了东西南北，糊里糊涂地对普利亚说道自己有"冤家对头"，但普利亚对此的嘲笑使桑托什自己也觉得荒唐起来。模糊感觉到"不对劲"的东西原本如影子一般地紧跟着他，但当桑托什意图反击时，他根本找不到任何具体的目标，一切都是抽刀断水一般地徒劳。最后，他一点儿一点儿地失去了自己的天性。一方面我们可以说他获得了自由和重生，另一方面我们也可以说，他失去了自我，活着的同时已经死去了。他好像是生活在多重世界重叠在一起的梦境之中："餐馆是一个世界，华盛顿的公园和绿树成荫的街道是另外一个世界；每天晚上，其中的几条街会把我

---

　　① ［英］V. S. 奈保尔：《自由国度》，刘新民等译，上海译文出版社 2008 年版，第 65 页。

带到第三个世界——那儿有烧毁的砖房，倒塌的藩篱和杂草丛生的花园；此外，在两幢宅子高大的砖墙间有一块平地，那是一块很有品味的儿童操场，但黑人孩子从不去那儿玩；当然，还有我眼下居住的这幢黑糊糊的房子。……我是一个陌生人，我不想了解什么，我的头脑对英语已经关闭，不看报，也不看电视……有一次，人们传言还要失火（指社会骚乱。——引者注），不知什么人在我家外面的人行道上用白漆刷了几个大字：'黑人兄弟'。我懂这几个字的涵义，可我还是纳闷：谁的兄弟？又为了什么？"① 桑托什似乎同时在几个世界中过着不同的生活，他早已不再想过了。他觉得一切都很怪诞，他受到了美国"文明"的教化和熏陶，成了一个自由人，但在美国花花绿绿的世界中，他却过着弃绝一切的生活，他没有敌人，也没有朋友，他好像是陶醉在印度教的虚幻世界里，进入崇高的精神境界，但实际上他早已不再有印度教徒的自律、信仰和追求了。

《告诉我，杀了谁》也是收入《自由国度》的一个中篇小说，故事的主人公兼叙事者出生在特立尼达。他觉得特立尼达如此平庸，平庸得简直没有任何生活价值可言，一切都毫无意义。他在特立尼达已经荒废了，他对弟弟戴约疼爱有加，不愿再让弟弟像他一样待在特立尼达荒废自己的一生，他决心送弟弟去伦敦深造，将来成为专业人士，出人头地。他费尽周折，将弟弟送往伦敦。随后，为了照顾弟弟在伦敦的生活和学习，他也来到了伦敦。他同时干两份活，吃尽了苦头，不过，一切都是为了弟弟，吃苦受累也就算不得什么了。但没想到的是，弟弟在伦敦根本就没有心思学习，而且养成了好逸恶劳的恶习。最后，弟弟放弃了学业，并且违背印度教的传统，与一个白人女子结婚了，这使他感到十分气愤，但他还得去参加弟弟的婚礼。

故事的主要情节是"我"和朋友一起去参加弟弟婚礼的情景，其中交织着主人公大量的内心独白，"我"的思绪在特立尼达和伦敦之间不断地游荡。"我"将自己的一切希望都寄托在弟弟的身上，但是到了最后，弟弟却"堕落"了。"我"想把他带回家去，但这已不可能，他早已经自甘堕落，自甘毁灭了，这使得"我"在精神上彻底崩溃了："我就像个无能而认输的人。我来时一无所有，现在一无所有，离去时也一无所有。……整个下午，我一直在走着，感觉自己像个自由人。我嘲笑我所见

① ［英］V. S. 奈保尔：《自由国度》，刘新民等译，上海译文出版社 2008 年版，第 64—65 页。

到的一切。下午过去了，我已走得筋疲力尽，可我仍在嘲笑；我嘲笑公共车、售票员，嘲笑这条街。"① "我"知道自己继续待在伦敦、继续进行抗争已经毫无意义：

> 我爱他们。他们抢走了我的钱，毁了我的生活，还分离了我们。然而，你不能杀了他们。噢，上帝！告诉我谁是敌人。一旦你发现了谁是敌人，你就能杀了他。然而，这里的人让我困惑，是谁伤害了我？又是谁毁了我的生活？告诉我，报复谁？我花了四年时间积攒了那笔钱，我当牛做马，日夜干活，我弟弟本应读书，做个体面人；然而，这就是我们的结局——在这间屋子里，和这些人一起吃饭。告诉我，杀了谁。②

　　叙述者在此交替地使用"我"和"你"这样的人称，实际上指的都是叙述者自己，表明叙述者自我已处于精神分裂的状态。"我"在幻觉之中，曾手持一把尖刀，愤怒地向门外走去，但是一出门，"我"的眼前浮现的却是弟弟戴约的面孔，"我"顿时觉得浑身无力；那帮人毁了"我"的生活，使"我"和戴约分离了，尽管在婚礼上，弟弟眼睛湿润地对"我"说："我爱你。""我"知道他这话出于真心，但也知道过后不久他就会忘记一切的。在痛苦和迷惘之中，"我"不知所措，"我"想发泄痛苦和失败的情绪，但"我"根本不知道谁是"敌人"。弟弟要走了，"我"失落于完全的"自由"之中：没有亲人、没有朋友、甚至也没有敌人；没有家庭、没有社会、甚至也没有国家。实际上，"我"不知道，其他人当然也不知道，几年来，"我"其实就是一个死人。③
　　这部小说以碎片的形式表现人物的复杂而破碎的心理和情结，语言有点儿跳跃，并且呈断断续续的状态。主人公好像是一个同性恋者，也好像是一个有着严重种族偏见的畸形人，正像他无法搞清楚谁是敌人一样，他也无法搞明白自我，他处于流散之中，一切都错乱了，这不仅是他的生活，而且更重要的是他的心理状态：他想反抗，但却找不到反抗的对象；他心中潜藏着愤怒的情绪和暴力的倾向，但也只是潜藏着，从来没有爆发，想爆发都爆发不出来。

---

① ［英］V. S. 奈保尔：《自由国度》，刘新民等译，上海译文出版社 2008 年版，第 112 页。
② 同上书，第 119—120 页。
③ 同上书，第 120 页。

三　自由与敌人

《比雷埃夫斯的流浪汉》是《自由国度》的"序曲",它被作家说成是"日记",但实际上是一个精致的短篇小说,描写从希腊到埃及的游船上发生的富于暴力性质的"趣事"。流浪汉在英国文学传统中常常是独立不惧的自由精神的象征,但在这篇小说中,来自英国的流浪汉老头只是将自由和无所畏惧变成了伪装和做作,内心里他极其恐惧,行为上极其猥琐,这一切都是因为他在"自由"之中糊里糊涂地变成了"敌人"。

小说描写道,游船非常拥挤,船上的希腊服务人员显得很不耐烦,他们的希腊语就好像是嘎吱嘎吱被绞起的锚链,听了让人钻心地难受。环境的恶劣使游船上的人们个个都脾气暴躁:"大家都把希腊人的文明礼貌扔在了岸上,或许只有当人们悠闲自得、无所事事,抑或身处田园、心如止水时才会讲究文明礼貌。"① 晚上,那"自由"的流浪汉与两个黎巴嫩人睡在一个船舱中不同的铺位上,结果,流浪汉睡觉的打鼾声搞得另外两人彻夜不宁。第二天起来,两个黎巴嫩人都疲惫不堪,他们设计了一个圈套,狠狠地教训了流浪汉。流浪汉想以哭泣来换取他们的同情,结果丝毫不起作用,最后他撒腿跑进了一间盥洗间将自己锁在里面。很长时间后,他从盥洗间偷偷摸摸地出来了,但一见到黎巴嫩人,他的"眼里顿时露出恐惧的神色,刚才脑袋的扭动变成了全身的扭动。只见他一只脚后跟一转,另一只脚重重地踏在地上,撒腿就跑。他从进门、迈步、罗圈腿旋转,甚至最后撒腿逃跑等一系列运作紧凑连贯,一气呵成。"② 他又躲进另一间盥洗间将自己锁起来,连午餐也不敢吃了。表面上看,这是日常生活中人与人之间习以为常的矛盾与纠纷,不过,结合着人物的身份,我们也可以从隐喻的角度来体会这个故事,殖民时代西方人到东方的旅行、探险行为,在后殖民时代演化成了滑稽与荒诞。黎巴嫩人将流浪汉当作"敌人",对他进行袭击,并没有任何"政治"意义,它更像是一场猫捉老鼠的恶作剧,袭击一个标榜"自由"的流浪汉,这种带点儿暴力的行为既不道德,也无意义。整个事件起因荒诞,结果也荒诞,显示出现代人精神世界的猥琐。

① ［英］V. S. 奈保尔:《自由国度》,刘新民等译,上海译文出版社 2008 年版,第 2 页。
② 同上书,第 14 页。

　　《自由国度》也描写到可怕而荒诞的暴力，同样，"敌人"与"自由"的问题也是结合在一起的。英国人鲍比因为同性恋丑闻而逃避到非洲东部某个国家，在这里，他好像是进入了"自由国度"，他在当地中央政府的一个部门工作，有地位、有权力，对非洲充满了美好的感受，对非洲人也充满了同情，但在现实中，他却遭遇了与"序曲"中的流浪汉相似的经历。

　　这部小说主要描写鲍比与另一位政府官员的妻子琳达驱车四百多英里从首都返回南方公署区一路上的所见所闻。他们刚一上路，就听见一架盘旋在上方的军用直升机发出的阵阵轰鸣声：雅克—雅克—雅克—雅克。最初，他们并没有意识到什么危险，也没有什么恐惧感，俩人一边欣赏着非洲的景色，一边海阔天空地谈论着非洲、英国和各自的生活经历等。但是越往前走，他们越发现自己处境的危险与可怕，一辆军用卡车恶意地要将他们从公路上挤下去，尽管他们成功地逃离了险境，但他们的心里变得紧张起来，鲍比与琳达之间的谈话也陷入窘态，两人甚至吵起架来，以至于琳达下了汽车，自己走了一段路。快要到达目的地时，在一个检查站，鲍比下车接受检查，检查车辆的士兵开玩笑地说，鲍比是不是想把自己的手表送给他们，鲍比说不愿，结果他被重重地扇了一个耳光。鲍比威胁他们说，自己是个官员，他要揭发他们的罪恶行径。这话使他进一步惹火烧身，那些士兵让他受尽了污辱。他本以为他们只是要污辱他一下、将手表抢走便会完事，谁知除了用靴子对着他的身体狠命地乱戳乱踢之外，他们并没有抢他手表的意思。这让鲍比害怕了，认为他们要杀死他。他想哭，但又不敢哭。他躺在地上装死，最后失去了知觉。他清醒过来后，小心翼翼地逃离，有个士兵看见了他，便说给身旁的士兵，于是所有的士兵都将目光移向他，鲍比只好任由他们审视，他们并没有管他，继续吃着自己的饭，鲍比逃脱了。

　　这里发生的一切都说不清来由，鲍比的挨打以及他的逃脱都显得有点儿无厘头。在这里，不知道人们为什么发火，搞不清人们何时何地会发泄愤恨与不满，也搞不清他们的怒火何时会突然熄灭。"这就是非洲。……这里的人不存在好与坏。他们不过是非洲人而已。"这是长期生活在非洲、曾是殖民地军队上校的年迈的老人说出的话，这话看似荒唐，但也有着荒唐的道理：这便是"自由的国度"，好坏不分、价值毁灭，人们无所适从。古老的非洲，辽阔的大地，象征着原始的恒定与安宁，但在现代社会中，一切都在分崩离析。或许，正是不断恶化的外在大环境促成了一些荒诞不经的生活小细节，正是"自由"演化出了"敌人"。

小说《自由国度》开头描写道："地处非洲的这个国家有一位总统，还有一位国王。他们分属不同的部落。部落之间结怨已久，随着各自的独立，彼此之间的摩擦愈来愈严重。国王与总统均与各地白人政府的代表们有来往；白人受到两边的讨好，就感情而言，他们更喜欢国王，但是总统实力雄厚，他还有一支来自他的部落的、新式的军队，因此，白人便决定支持总统。于是本周末，总统终于派出军队攻打国王。"① 这样的开头，笔调像是在讲述一个古老的童话故事，鲍比与琳达驱车行走在辽阔的非洲大地上，他们边走边谈，像是在感受迷人的非洲美景和非洲的风土人情，一切都显得很有诗意。但接下来的血腥现实正好与童话的天真和浪漫形成了强烈的对比，读者再也感受不到什么诗意与童话了。

童话故事，一般都有一定的道德寓意，而且善恶分明，善有善报，恶有恶报。而在这个故事中，国王与总统只是对立的两派，善恶在此根本无法分辨，一切都已变得面目全非了，在白人的支持下，总统派出军队四处搜捕国王，并对国王的部落进行种族灭绝性的大屠杀，内战给当地人带来了巨大的灾难：生灵涂炭，村庄被烧毁，生存变成了灾难，连白人鲍比也不能幸免。童话色彩与现实主义交织在一起的冷酷笔法，使读者深刻感受到，非洲古老的神话和古老的价值都荡然无存了，到处都只是憎恨、怀疑、挫折、暴力、奴役。② 西方人看似处于局外，实则是幕后的黑手，殖民入侵破坏了有着古老传统的部落忠诚和传统信仰，打破了一个旧的世界，创造出来的却是某种连西方人也觉得不可理喻的世界。

不过，我们也无法将这一切的混乱归罪于西方的殖民入侵，因为它发生在西方殖民者行将撤出非洲之时。非洲获得了梦寐以求的自由和独立，但部落间的相互残杀却使"敌人"的问题更加复杂化了，社会动荡的原因既源自外部，更源自非洲社会内部自身，古老的、传统的非洲注定要失落了，一切都没有了头绪。不仅纯粹的非洲不存在了，而且殖民帝国如英国也都处于崩溃之中，人人都不再单纯地生活在一种文化之中，人们同时生活在多重世界里。因此，谈论西方殖民入侵破坏了古老非洲的传统与信仰，恢复本来的非洲等，没有什么实际的意义，在奈保尔看来，所谓的传统与西方本身就是一个伪命题。③ 在现代世界，人们在精神上都处于自由

① ［英］V. S. 奈保尔：《自由国度》，刘新民等译，上海译文出版社 2008 年版，第 121 页。

② Richard Kelly, *V. S. Naipaul*, New York：Continum, 1989, p. 110.

③ Purabi Panwar, ed., "An Area of Awakening：V. S. Naipaul in Conversation with Dileep Padgaonkar（1993）", in *V. S. Naipaul：An Anthology of Recent Criticism*, Pencraft International, Delhi, 2007.

的流动状态，人人都在迁徙之中，人人都被连根拔起，既不属于"这里"，也不属于"那里"，一切都充满了敌意。在迷惘之中，人们的心中积聚了某种说不清楚的暴力倾向，受到创伤的人们又总是在不停地对他人构成创伤。

由此看来，鲍比的挨打看似没有任何头绪可以厘清，但又是情理之中的事。"自由国度"也可以理解为一切都没有了章法的国度，这不仅是一种外在的混乱，更是一种内在的精神错乱。人人都在自由中变得麻木了，同时也更加冷酷、残忍了，这种社会的灾难导致人们在心理上处于盲目的状态。这不仅是一个社会问题，更重要的是个人情感、心理、精神的丧失；奈保尔更为关心的显然是后者，他曾说："我怀着最为深沉的同情创作每一个人物。"① 在文学创作中，奈保尔总与大规模的社会冲突或暴力保持着相当的距离，不去直接描写，而将笔触更多深入的则是个体生命的生存环境和心理状态，因为这是造成当下社会矛盾和社会冲突的根本原因。

四 我们人人都是游击队员

《游击队员》（1975）描写的也不是种族或社会的冲突，而是人们潜在心理中的敌人。这部小说的扉页题词是："当我们每一个人都想战斗时，可以为之战斗的东西便成了虚无。每一个人都想进行他自己的小小的战斗时，人人都是游击队员。"这一段话也出现在《游击队员》的正文，以吉米写作的形式表现出来，变成了吉米的话："这整个地方都要爆炸了，现在我不知道怎样控制这场革命。当我们每一个人都想战斗时……"② 这部小说取名《游击队员》，但究竟谁是游击队员，我们读完全书也莫名其妙。在小说中，罗彻曾经指责吉米在画眉山庄里窝藏游击队员，简在内心也一直以为吉米是游击队员的首领，但小说并没有点明吉米就是游击队员（首领），也没有有关游击队员的描写。从扉页的题词中，我们可约略感知，这部小说中没有真正的游击队员，但人人又都是游击队员，这是吉米的真实感受，同时也是他内心的幻觉。我们也可以说，"游

---

① M. Banning Eyre, "Naipaul at Wesleyan", *The South Carolina Review*, 14（Spring 1982）. From Bruce King, *V. S. Naipaul*, Palgrave Macmillan, 2003, p. 100.

② V. S. Naipaul, *Guerrillas*, Penguin Books, 1975, p. 87.

击队员"是一个隐喻，它基于现实，与现实交错在一起，好像无所不在，但同时又是某种虚幻的存在。这种潜在的暴力倾向，在《游击队员》里并没有演变为某种可怕的革命或大规模的流血冲突，但它却以吉米个人对简的施暴这种形式被演变到了极致的地步——这也可以看成是一场非常怪异的游击战。

其怪异之处，不仅表现为让人找不出头绪的"游击"性质，更在于这种"游击"居然与性奇怪而密切地结合在一起。1981 年秋，在接受帕拉蒂·穆克吉采访时，奈保尔说："你知道，这部小说悬置于两个性爱场面之间。第一个场面昭示了第二个场面；描写第一个场面之前，我感到非常的焦虑不安。第二个场面使我感到惊骇……这本书的恐怖是不可避免的。它写的是身处不同世界、不同文化之间的人的谎言和自欺欺人。……这是一本有关道德的书。"① 评论界一般都认为，《游击队员》是奈保尔创作的情节最为复杂、内容最为惊世骇俗的作品。小说中的女主人公简，是对吉米极其崇拜、对革命深有感情的英国中产阶级妇女，她对吉米投怀送抱，但最后却被吉米以性暴力的方式残忍地、令人毛骨悚然地谋杀了。

吉米实际上生活在幻觉与现实两重世界之间，小说以两种文本的形式表现吉米生活的两个世界，一个是现实层面的、以叙事的方式表现出来，在小说中以正体的文字印刷，相对完整；另一个是吉米的写作，以斜体字印刷，呈片断的形式。两个文本讲述的虽然是同一个故事，但呈现的风格却截然不同。吉米的写作基本上处于幻觉或幻想世界之中，主要表现他的焦虑、疑惑、梦想以及他感悟出来的某些神秘而怪诞的东西；而小说正文叙述的故事中的吉米，则是心狠手辣、生性多疑的"革命者"，他阴暗的幻觉世界既是现实生活的折射，同时也反过来影响到他的现实生活，最后，他在挫折、焦虑、狐疑和恐惧之中将自己的同道简谋杀了。

显然，《游击队员》的复杂性主要表现吉米的复杂，而吉米虽然是一个极其复杂的怪物，但他也并不是一个纯粹的恶魔。相反，他充满幻觉色彩的写作，反映出他处于深刻的焦虑之中："毁灭性的冲动不时地产生于我的心中，这就好像是：我想看到到处都燃烧着大火，当我停下来，想到创造性的劳动没有任何指望得到赞赏时，一切都无所谓了。某天晚上，我觉得我要为世界哭泣，为那些自我得不到任何保护的人哭泣。当想到我曾对自己的生活充满了多少期待而这些期待转瞬之间便已死亡时，我感到悲

---

① 　Bharati Mukherjee and Robert Boyers, "A Conversation with V. S. Naipaul", *Sagmagundi*, 54 （Fall 1981）. From Bruce King, *V. S. Naipaul*, Palgrave Macmillan, 2003, p. 100.

伤，而当我想到那些再也没有任何期待的人们，我尤其悲伤。我们是地狱之子。"① 正如小说扉页的题词所揭示的那样，他只想战斗，某种暴力深深地潜藏在他的内心，但他并不知道自己为之战斗的东西是什么，甚至找不到真正的敌人，结果，他将同路人简当作间谍，将他心中积聚的暴力情绪全部倾泻于简。

不仅吉米生活在两重世界之间，小说中的简、罗彻等人都具有两重性。比如，简将自己对革命的同情变成了性的奉献的同时，实际上她是将严肃的政治儿戏化了，她在玩政治、玩革命，她原以为自己可以随时随地从危险的游戏之中安全脱身，但结果适得其反，她不自知地引火烧身，失去了身家性命。一切都处于虚幻之中，革命完全变成某种茫然，神圣完全变成了庸俗，当简在自由的心理状态中，颇感自在地玩弄神圣的时候，她不由自主、糊里糊涂地成了革命的敌人。

"敌人"的问题，不仅是奈保尔作品中表现的一个重要主题，同时也是他在现实生活中经常碰到的问题。1971 年，奈保尔在接受采访时曾说，他早年曾经发誓，再也不为任何东西卖命（工作）了："这使得我摆脱他人，摆脱纠缠，摆脱对手，摆脱竞争。我没有敌人，没有对手，没有主人，我谁都不怕。"② 这话听起来似乎有点儿唐突，好像人人都要与他纠缠、与他形成竞争或对手似的，但实际上，此话也不是奈保尔的无病呻吟。因为他的创作常常遭到各类指责，这使他深感烦恼甚至是恐惧，因此，他在多种场合都反复阐明他的主张，他在创作中追求的只是真实，不应将他作为一个作家的身份与他作为一个常人的身份混为一谈。

文学批评总是试图让奈保尔的创作纳入某种体系或某种话语之中，但奈保尔却不愿使他的创作纠缠于任何理论或政治之中，他只想专注于自己的文学创作，不管什么文学的服务对象等问题。奈保尔对人、对世界有着自己的体验。在他看来，好的文学必须有道德感，与此同时，道德又不是什么大是大非的问题，而是正确与错误交织在一起的复杂的问题，因此，作家应与人、与社会对话，表现他对世界的感受和反应，而不是表达自己的什么"真知灼见"。再者，好的文学应该是有趣的，当然，也必须有所创新。有趣或创新并不表现于情节，不能以情节取胜，而要更多地关注于叙事；叙事建立在作家对人、对事物、对世界的观察和感受之上，所以情

---

① V. S. Naipaul, *Guerrillas*, Penguin Books, 1975, p. 42.

② Patrick French, "Introduction", *The World Is What It Is*, Alfred A. Knopf, New York, 2008.

节（故事）是小事，叙事（细节）是大事。① 他的文学创作从来不注重于表现种族的矛盾与冲突等社会或政治方面的大问题，而只是结合自己的个性、思想和经历，从历史、文化、社会等角度来思考自我与他人等问题。

从观察和叙事的角度看，对于当代世界的无序和衰败、对于当下社会中人的盲目感和虚无感，奈保尔有着自己独特的认知。尽管他常常受到批评家的指责，也得罪了不少读者，尤其是那些生活在前殖民地国家的人，他们认为自己受到了嘲弄，觉得自己在奈保尔的笔下变成了盲目的迷信者。但实际上，这些看法忽视了奈保尔这种认识产生的复杂根源以及其发展的过程。

奈保尔是一个文化流浪者，在东方和西方、过去和现在（包括未来）、传统与现代之间，他总是处于游荡和漂泊的状态之中，无法找到归属，他一直无法在自我与他人之间寻找到平衡，既没有敌人，也没有朋友，既不痛恨压迫者，也不同情受害者。他失去了一切，并试图发现新的东西，但却总是处于混乱和迷惘之中，认为人类的过去和现在都是混乱，将来会走向更加的混乱和无序。

---

① Gillian Dooley, "Intraduction", *V. S. Naipaul*: *Man and Writer*, University of South Carolina Press, 2006.

第七章　"印度三部曲"：甘地、种姓制与印度社会的变迁

　　"印度三部曲"指的是奈保尔反映印度当代社会生活的《幽暗国度：记忆与现实交错的印度之旅》《印度：受伤的文明》和《印度：百万叛变的今天》这三部作品，这是奈保尔旅行创作的重要组成部分。这三部作品的创作时间前后跨越将近 30 年，奈保尔对印度的看法前后发生了一定的变化，写作风格也有变化；再者，这三部作品通过旅行考察，涉及印度社会、生活、文化的方方面面，思想内容上也比较驳杂。不过，从三部曲中我们也可以发现，甘地主义、印度的种姓制以及现代印度的社会变迁是奈保尔始终关注的中心问题，这可以说是印度三部曲不变的主题之一。

　　奈保尔对印度社会变迁的考察与分析，与种姓制和甘地主义密切联系在一起。种姓制和贱民制是甘地考察和剖析印度社会的切入点——这是印度社会构成的关键也是印度社会的症结所在。甘地反对的，实际上并不是印度的种姓制，而是从属于种姓制的不可接触制度即贱民制，他试图废除种姓制中不合理的成分，而不是废除种姓制。

　　本章结合"印度三部曲"，通过奈保尔对甘地、种姓制以及社会变迁的看法，进一步分析奈保尔对待革命的态度及其变化。在 1962 年写作《幽暗国度：记忆与现实交错的印度之旅》时，奈保尔以为甘地主义在当代印度已经名存实亡了，他重提甘地，认为甘地的思想在当时依然有现实意义，而印度人却并不理解甘地思想真正的现实意义，为此他不无悲哀地说道："印度毁了甘地。"但到了 1975 年，在印度"紧急状态"的新形势下，奈保尔突然发现甘地主义以最不可思议的方式鲜活地存在于印度社会中，这使他大为诧异，因此，与"印度毁了甘地"的说法适成对比，奈保尔转而认为，是甘地毁了印度：甘地主义早已成为历史，它是过去年代发生的事；进一步说，即使在过去的年代里，甘地主义复兴印度的方式也是要回归到更远的过去，因此，甘地主义是过去的过去，从本质上说，甘地主义实际上是拿过去来扼杀未来。到了 20 世纪 80 年代末创作《印度：

百万叛变的今天》时，奈保尔对印度的看法发生了变化，与此同时，他对印度的种姓制问题和甘地的看法也发生了变化。在《幽暗国度：记忆与现实交错的印度之旅》和《印度：受伤的文明》中，奈保尔一直试图对印度文明进行一个彻底的颠覆，而在《印度：百万叛变的今天》中，奈保尔则认为，一场颠覆性的革命不可能发生于印度：试图让印度一下子赶上美国或日本，如果说在经济生活中不可能，那么在政治生活和社会结构的变化中同样也不可能，而且，即使印度社会在不断的渐变中发生了质的变化，印度社会依然会保留属于自己的信仰和信仰的表达方式，等等；种姓制在现代印度注定要瓦解但又没有完全消失，其反映的正是这样一个过程，极其现代与极其传统的东西常常奇特地共生共存。

一 印度的种姓制和甘地的相关看法

种姓制度已有两千多年的历史，它是印度社会中存在的一个极其复杂的问题。传统印度教认为，种姓制度起源于神，这种说法与印度现存最古老的宗教典籍《梨俱吠陀》中一首诗有密切的联系，这首诗说，印度的四个种姓是由生主（创世者，也被称作大梵天）创造的，生主死后，他的嘴和头部化成了婆罗门（主宰人们的精神生活，是知识的化身），他的双臂化成刹帝利（代表着武力与王权，武士阶层），他的双腿化成了吠舍（以商人、手工业者为主的阶层），他的双脚化成了首陀罗（最低下的种姓，社会的最底层）。但学者们大多认为，这首诗并非产生于原始吠陀时期，而是后来的婆罗门将它添加到《梨俱吠陀》本集的。从历史研究的角度说，种姓制是印度进入阶级和国家社会后才产生的，起初，种姓制中并不存在贱民，但到了吠陀后期，贱民即不可接触者才出现，主要是一些被征服的原始部落，后来凡是违反婚姻或印度教教规的高等种姓者也多沦为贱民。种姓制认为，一个人的种姓是天生的、固定不变的，他的职业、婚姻、社会交往、饮食习惯、生活方式等都只能局限于自己的种姓，不得越雷池一步，否则就会被驱除于种姓和宗教，就会被社会所抛弃，而被种姓和宗教所抛弃的人不仅在现实中没有任何权利，而且还要在生死轮回中不断受到惩罚，成为地位更卑贱的人或牲畜。种姓制既是一种经济分工体系，也是一种社会组织形式，它将印度社会上下各个阶层相互隔阂开来，形成一个封闭但稳定不变的阶级结构。

尽管自种姓制出现以来，印度教以外所有的印度宗教教派（如佛教、耆那教、伊斯兰教等）都反对种姓制，但每一次反对却反而进一步稳固了种姓制，直到英殖民主义者的到来，印度种姓制的社会基础才开始动摇。

英国的殖民入侵和殖民统治，使近代印度发生了天翻地覆的变化。按马克思的说法，英殖民统治破坏了印度传统的经济基础，它必将使"带着种姓划分和奴隶制度标记"的印度社会发生一场真正的社会革命，使印度整个社会结构发生重大变化。[①] 事实也确实如此，正是英国的殖民统治以及由此引发的社会变革，使印度进入了现代化的历史进程之中，但在这样的历史进程之中，种姓制的问题却始终是印度社会中存在的难以解决的问题，它并没有随着印度进入现代社会而销声匿迹，相反它却成为印度现当代社会中越来越复杂的问题。

罗姆莫罕·罗易（1772—1833）是近代印度启蒙思想运动的先驱，受到自由平等、民主和法制等西方思想和观念的影响，他开始重新思考并认识印度的社会、宗教和生活，为了使印度教现代化或说是西方化，他积极配合英殖民政府对印度进行的改革政策，猛烈抨击印度教的童婚、寡妇殉葬和种姓制等陈规陋习。他认为，印度的种姓制与宗教蒙昧主义、封建专制主义结合在一起，是导致印度社会分裂、落后的一个根本原因，他从西方"天赋人权"的思想观念出发，谴责种姓制对人所进行的机械分类以及由此所导致的地位差异和身份歧视。他说，神并没有制定各种姓之间不平等的法则，是印度人自己将社会分裂为许多等级森严的种姓，印度教在两千多年来的宗教仪式中不断巩固和发展了种姓制，使它成了一种根深蒂固的社会习俗和宗教信仰，严重阻碍了印度社会的发展，应当彻底废除种姓制。为此，罗易于1830年将他所创办的梵社庙堂对外开放，不分种姓和信仰的差异，只要信奉大梵（一种无形无体的、纯粹的精神象征），均可不受任何歧视地加入其中。尽管罗易创造的梵社在当时的印度社会产生了广泛的影响，但在有生之年，他常常受到印度教正统教派的攻击，被斥为印度教的异端邪说。在他身后，尽管他受到印度社会的广泛尊重，被誉为现代印度之父，人们也接受了他关于印度宗教和社会改革的许多思想，但在至关紧要的种姓制问题上，他的后继者们并没有沿着他开辟的道路走下去，相反，在种姓制的问题上罗易还常常受到无端的指责。

辨喜（即维韦卡南达，1862—1902）是现代印度宗教改革运动后期

---

① 马克思：《不列颠在印度的统治》，《马克思恩格斯选集》第二卷，人民出版社1976年版。

的一个代表人物，他继承了罗易关于印度传统的精神主义的说法，却篡改了罗易关于种姓制的思想。罗易认为，种姓制是印度教宗教仪式的产物，应当废除，但辨喜却认为，种姓制只是一种社会习俗和社会结构，它不存在于印度教之中。他将罗易对种姓制的批判改换成了对贱民制度的谴责，并认为贱民制度不属于印度教，而是一种传统的迷信，是一种精神疾病，是非宗教和反宗教的，它导致了印度的分裂和不团结，使印度人变得自私、懦弱、无知。在辨喜生活的时代，印度社会关于种姓制产生了广泛的争论，辨喜认为这些争论毫无意义，因为从根本上说，没有一个国家没有种姓，人不是孤立的人，他总要生活在一定的社会圈子之中，无论你走到哪里，都会碰到等级或阶级；印度的种姓制正是基于这种普遍的社会原则基础之上，它是一种自然的秩序，它的存在使人们各司其职，保持着印度社会的稳定。他认为取消种姓制的说法无疑是一派胡言，但对种姓制作出适当的调整却是必需的。解决种姓制问题并不是要推翻高种姓的婆罗门，相反，他认为，要想解决种姓制的问题必须依靠婆罗门，因此，他特别强调婆罗门的职责：追求精神生活的崇高性，提升自己周围非婆罗门的精神生活，以服务的行为使大梵的精神充满印度大地。印度之所以沦落到今天这样悲惨的境地，主要是因为婆罗门的精神衰败了，而婆罗门精神衰败的必然结果便是整个印度精神的衰败。①

以辨喜为代表的印度现代思想家关于种姓制的看法直接影响了甘地对种姓制的态度和思想，而甘地关于种姓制的思想至今仍在影响着印度社会和生活。按奈保尔的说法，印度今天的一切实际上是甘地早在 20 世纪初就已经预见到的：

> 就像一个小说家往往把自己分割开来，灌输到各个角色中去，无意识地建立了一种和谐共存，给予其主题一种封闭的紧凑感，多面向的甘地也扩散于现代的印度。他是隐匿的……不为人知的；但印度今天上演的这一幕一幕，是他在 60 年前就已经安排好了的，那时候他结束了在南非的种族斗争，刚刚回国。创造者不必了解他执迷的根源，他的责任是将局面调动起来。甘地给印度带来了政治，又唤起了古老的宗教情感。他令两者互为助益，产生了觉醒。但在独立的印度，这一觉醒的元素却令两者相互否定。没有政府能依靠甘地的幻想生存；被甘地转化为一种民族主张的灵性，那被征服人民的慰藉，已

---

① 见 http://www.dlshq.org/messages/caste.htm。

经明显变质，成了一如从前的虚无主义。

……如果他（指甘地）为印度规划出另一种生存法则，他就可能给印度留下一种意识形态，有了它，印度可能已产生真正革命性的变化，产生大陆的种族意识和印度人特有的归属感，甘地全部的政治目标可能已经借此实现，甚至实现得更多：它们不但动摇"不可接触者"制度、淹没种姓制度，而且唤醒个人，让人在一种更广义的认同中自立，建立起关于人类之卓越的新概念。

如今，曾为他而争执的人不知为什么而争执；不论甘地还是老印度都没有解决当前危机的办法。他是老印度最后的表达；他把印度带到了路的尽头。①

种姓制和甘地主义是奈保尔在"印度三部曲"中反复涉及的话题，这里所引的一段话出自《受伤的文明》，写于1975年至1976年间。奈保尔在此所说的60年前，指的是甘地45岁时从南非回到印度的时间，意思是说，甘地此时虽然刚刚回国，但他的思想实际上在南非时已经形成了。说得更为具体一些，我们也可以将甘地思想的形成追溯到更早一点的1909年，因为在这一年甘地写成了《印度自治》，甘地的思想在这本小册子中已经形成了基本不变的框架，以后只不过是向这个思想框架中不断地添加材料而已。

甘地在南非生活达20年之久，其中的经历和感受极其复杂，非三言两语所能说清；再者，甘地的思想也从来不成什么体系，而是开放性、分散性的，甘地自己曾说："我的言论是格言式的，它缺乏精确性。因此可能有多种解释。"② 在这种情形下，我们要想对甘地对当时印度社会所做出的设想进行分析并不是一件容易的事情。即使是在当代，在"庶民研究"（Subaltern Studies）领域颇有成就的学者帕尔特·查特吉对甘地的著作进行了仔细的研读之后，也只是说："尽管《甘地全集》已编了厚厚的80多卷，但其中很少有文本能被理解为系统地阐述他关于国家、社会和民族的思想。最早也许是最详尽的一本书名为《印度自治》，于1909年

---

① ［英］V. S. 奈保尔：《印度：受伤的文明》，宋念申译，生活·读书·新知三联书店2003年版，第211—212页。

② 《与Dharmadev的讨论》，《甘地全集》第53卷附录3，第485页。转引自刘健芝、许兆麟选编《庶民研究》，中央编译出版社2005年版，第79页。

以古吉拉特语写成……它包括了对甘地政治思想的大部分基本内容的陈述。"[①] 虽然《印度自治》较为集中地表达了甘地思想的基本内容，但《印度自治》的批判矛头更多指向现代西方文明，对印度的贱民制则基本上没有什么涉及；换句话说，《印度自治》在印度如何才能自治的问题上显得比较空洞，只是在回到印度之后，他才发现自治的问题远不是他在《印度自治》一书中所设想的那么简单。因此，在认识到问题复杂性的同时，甘地的思想也进一步复杂化，如果说《印度自治》尚表现出甘地思想体系的大致特征的话，他回到印度之后的思想则是在不停的变化中呈现出开放、分散的特征——不是什么定型的结构或体系，而是在不停地变化、吐纳。

甘地于 1915 年从南非回到印度之后，在对印度社会进行了一年左右的考察之后，他便在贝拿勒斯和马德拉斯分别发表演讲，强烈反对从属于印度种姓制的贱民制度。甘地回国后不久，便在贱民制问题上大做文章，这是个颇令人深思的问题。种姓制和贱民制是甘地考察和剖析印度社会的切入点——这是印度社会构成的关键也是印度社会的症结所在。对于种姓制的分析，实际上是对印度社会各阶层力量的分析，正是为了最为充分地调动起印度社会的力量，甘地才在种姓制和贱民制问题上大做文章。按照奈保尔的说法是，印度人在甘地之前，并没有真正的种族意识，是甘地首先使印度有了种族意识，而甘地思想中种族意识的形成又与他在南非的经历密切相关，正是南非的经历使甘地发现了印度社会结构的奥秘以及其中蕴含的意义。

我们不妨依然遵循奈保尔的说法，寻找一下甘地在南非的经历与他对印度社会的观察、剖析之间的联系。奈保尔认为，甘地在南非受到的最大刺激或说是对他心灵产生创伤的是白人的种族歧视政策，而心灵上的这种创伤是甘地思考印度问题的原动力和出发点。这种说法不无道理，从《甘地自传》[②] 中，我们也可以发现，正是南非的种族歧视促使甘地进行斗争，并在斗争中形成了自己的思想；与此同时，南非的种族歧视也很自然地使甘地联想到印度的贱民制：

　　　有一些对于我们的社会具有最大贡献而被我们这些印度教徒认为

---

① ［印］帕尔特·查特吉：《甘地及其对市民社会的批判》，载刘健芝、许兆麟选编《庶民研究》，中央编译出版社 2005 年版，第 83 页。

② 《甘地自传》是从 1925 年 12 月开始在甘地主编的《青年印度》周刊上连载的。

"不可接触"的阶级，都被赶到远远的一个城镇或乡村去住，这种地方古吉拉特语叫做"德瓦度"（dhedvado），含有侮辱之意。就是在基督教的欧洲，犹太人也曾一度被当作"不可接触者"，而划给他们住的地区也有一个讨厌的名称，叫做"隔度"（ghettoes）。同样地，今天我们也成为南非的不可接触者了……

古时候的犹太人自认为是上帝的选民，以别于其他一切民族，结果呢，弄得他们的后代遭受了一个奇异的甚至是不公平的报复。印度教徒差不多以同样的情况自认为是雅利安人，即文明的人，而把自己的一部分同胞当作非雅利安人，即不可接触者，结果呢，不但在南非的印度教徒遭受一种奇异的或者是不公平的天谴，就连穆斯林和波希人也受到同样的歧视，因为他们同属于一个国家，同他们的印度教兄弟有着同样的肤色。

……我们在南非得了一个臭名声，叫做"苦力"，"苦力"这个词在印度是指挑夫或雇工说的，但在南非，它有侮辱的含义，就像我们所指的不可接触者的意思一样，而划给"苦力"居住的地方便叫做"苦力区"。①

在此，甘地特别指出，犹太人这个曾自认为是"上帝选民"的民族在现代欧洲却变成"不可接触"的阶级，这是因果报应式的天谴；而古代印度雅利安人，也曾自诩为"文明的人"，并将被征服的印度土著变成了"不可接触者"，结果却使整个印度民族在现代世界中都变成了"苦力"；西方现代种族主义者也自认为肩负着"白人"的使命，是上帝要他们征服并统治其他种族，谁知道他们会不会受到天谴？不过，甘地这段话除了谴责西方的种族主义政策之外，尚有更深一层的意义：它以悖论的形式显示出，印度贱民制将一部分印度人视为不可接触者，而在南非种族主义者的眼中，整个印度民族都被看成了贱民，在这样的视野之中，贱民制的荒唐与可悲自然是不言自明了。在南非，"苦力"（coolie）一词的原意渐渐失去了，它成为对所有印度人的一个普遍的带有侮辱性的称呼，就像非洲黑人被称为"黑鬼"（negro）一样。与历史上对犹太人的歧视不同，现代西方的种族歧视多表现为肤色的歧视，尽管穆斯林（自称是阿拉伯人）、波希人（自称是波斯人）不是印度教徒，但因为肤色相同，又同是

---

① ［印］甘地：《甘地自传——我体验真理的故事》，杜危、吴耀宗译，商务印书馆1995年版，第250—251页。

印度人，所以他们被统称为"苦力"。有意思的是，印度的"种姓"
（"瓦尔那"，Varna）一词，其原意恰恰是"肤色"，在印度最古老的典籍
《梨俱吠陀》中，雅利安人自称是"雅利安瓦尔那"，雅利安人被认为是
与波斯人、欧洲人同源的白种人，"雅利安瓦尔那"就是白种人的意思，
他们将被征服的当地黑皮肤印度人称为"达斯瓦尔那"，"达斯"意为
"奴隶"。所以从起源上说，印度的种姓制与现代欧洲的种族歧视可谓如
出一辙，而且比起印度的贱民制来，欧洲的种族歧视甚至会显得相形见
绌：印度的种姓制、贱民制不仅历史悠久，而且残酷至极。

　　英国的种族歧视使整个印度民族受到了不公正的待遇，而印度的种姓
制则又使约占印度人口 1/4 的贱民受到了极不公正的待遇，按常理说，就
像反对英国的种族歧视政策一样，甘地也会反对印度的种姓制，但甘地反
对的却并不是印度的种姓制，而是从属于种姓制的不可接触制度即贱民
制，他试图废除种姓制中不合理的成分，而不是废除种姓制。因此，我们
可以简单地做出这样的推论，在甘地看来，种姓制的存在有其正当性，但
贱民制却在毁坏这种正当性，如此便出现了甘地式也可以说是印度式的关
于种姓制和贱民制的矛盾思想："贱民阶级一旦清除，种姓制度就会净
化。"此话强调的是对种姓制的净化而不是废除，而实际上无论如何净
化，只要种姓制存在，贱民阶级就不可能消除，否则便不是种姓制了。

二　奈保尔对甘地的矛盾看法

　　针对甘地关于种姓制和贱民的看法，后来学者可谓众说纷纭，莫衷一
是。大多数的学者认为甘地在种姓制的问题上自相矛盾甚至是自欺欺人，
但是，也有不少学者认为他反贱民制而不反种姓制实际上是一种高明的政
治策略。典型的是奈保尔，他在这个问题上像甘地一样摇摆不定。

　　在写于 1962 年至 1964 年间的《幽暗国度：记忆与现实交错的印度之
旅》中，奈保尔说：

　　　　"贱民阶级一旦清除，种姓制度就会净化。"乍听之下，这句话
　　仿佛是甘地式或印度式的矛盾思想，甚至可以被理解为承认种姓制度
　　的正当性。但事实上，它是一种革命性的评估和看法。土地改革并不
　　能说服婆罗门阶级，他们可以把自己的手放在犁上，亲自耕田，并且
　　不会丧失他们的尊严……把政府的职位保留给贱民，对谁都没有好

处。这样做，不啻是将重大的责任交由不适任的人承担；出身贱民阶级的公务员，很难安于其位，因为一般民众对他们早已存有成见。需要改革的是制度本身；应该被摧毁的是种姓阶级心态。所以，甘地不怕别人嫌他唠叨，一再提到印度人到处丢弃的垃圾和粪便，一再提到厕所清洁工的尊严，一再提到服务精神和勤劳工作的重要性。从西方的观点来看，甘地的讯息不免显得过于狭窄、琐碎，甚至有点怪诞，但事实上，他是透过一个在西方殖民地长大的印度人的眼光，把西方的一些简单理念应用于他的祖国。①

仔细阅读这一段话，可以看出，至少从言辞上说，奈保尔远并没有像甘地那样对贱民怀有同情之心，他对贱民实际上是很不放心的，因此，他觉得将政府的职位（公务员）保留给贱民是一种不负责任的表现。他放心的实际上依然是婆罗门，但他又对婆罗门的失职和缺乏服务精神、丧失勤劳品质感到痛心，他认为印度并没有理解甘地的良苦用心，实际上甘地反贱民制而不反种姓制是使印度发生革命性变化的有效策略：通过取消贱民制而得到改造种姓制的目的，并最终摧毁各种姓阶级的心态。因此，甘地反对贱民制并不是一种机械的行为，并不是要将多少公务员名额分配给贱民这样一个简单的比例问题。但可悲的是，印度却使甘地变成了一个悲剧性的人物，"身为印度人，甘地不得不跟象征打交道。于是乎，清扫厕所变成了一种神圣仪式，因为它受过'圣雄'——伟大的灵魂——的赞许，但厕所清扫工人还是跟以前一样被人轻视、践踏"。这有点像是中国成语"买椟还珠"所表明的意义一样，甘地清扫厕所的行为就像是制作了一个华贵的匣子，而这种行为所寓含的意义则是无价的珍珠，但印度人从甘地那里学到的却恰恰是无意义的象征性的仪式，至今他留给印度的只是一个崇高而缥缈的名字，在当代印度社会中，虽然他还是不断地被人提起，但他对印度现实生活似乎早已没有任何意义了。奈保尔不无悲哀地说，是"印度毁了甘地。他变成了'圣雄'。印度人敬仰他的人格；至于他一生所传达的讯息，则无关紧要"②。在《幽暗国度：记忆与现实交错的印度之旅》一书中，奈保尔对肮脏、不卫生的印度进行了不厌其烦的描写，其用意实际上并不在于揭露印度的丑陋、阴暗，而更多、更深的意

---

① ［英］V. S. 奈保尔：《幽暗国度：记忆与现实交错的印度之旅》，李永平译，生活·读书·新知三联书店2003年版，第94—95页。
② 同上书，第95页。

义实际上恐怕还是在重复甘地数十年前的良苦用心。

十多年后，当奈保尔创作《印度：受伤的文明》时，他免不了还要对甘地主义、种姓制、贱民制问题做出思考，不过，这一次，与"印度毁了甘地"的说法适成对比，他或隐或现地要表明的是，甘地毁了印度：

> 甘地活得太久了。1915 年，45 岁的他从南非回到印度后……迅速在 1919 年到 1930 年间把整个印度拽入一种新型的政治生活中。
>
> 不是所有人都赞同甘地的方式。他听任"内在声音"明显专断的命令，这点令很多人惊愕。一些印度人仍把 20 世纪 30 年代的政治僵局怪罪于他，他们说，甘地不可预测的政策，以及对释放出来的力量之无能管理，无谓地延长了独立斗争，把自治推迟了 25 年，浪费了许多优秀人物的生命和才能——印度政治的管理权在 20 世纪 30 年代转到了别人手里。
>
> 甘地自己沉沦于更长期更私人化的圣雄事迹。……所以即使活着，"他也已成为自己的崇拜者"。他成为自己的象征，他模仿自己的圣行，他成了争相膜拜的对象。人之为人的知性缺失了；圣雄事迹淹没了他早年所有可作多种解释的行为、所有的政治创造力、他那么多的（印度的）现代性思想。[①]

从这段话中可以看出，甘地的圣雄化，按奈保尔的看法，很大一部分责任在于甘地自己，他在 20 世纪 30 年代之后逐渐变成了自己的崇拜者，如果说在 1919 年到 1930 年间，甘地思想中充满了现代性的活力，那么在这之后，他的思想便趋于退化。这是奈保尔对甘地的说法，我们不去争辩这种说法的是非曲直，我们感兴趣的是奈保尔对甘地思想的评价——从"印度毁了甘地"转变为"甘地毁了印度"——的前后变化。

奈保尔之所以发生这种变化，在笔者看来，并不是甘地本人或甘地的思想在 1930 年前后便停滞不前甚至退化了，而是奈保尔自己所处的时代发生了变化。在 1962 年写作《幽暗国度：记忆与现实交错的印度之旅》时，奈保尔以为甘地主义在当代印度已经名存实亡了，因此他重提甘地，认为甘地的思想在当时依然有现实意义，而印度人却并不理解甘地思想真正的现实意义；但到了 1975 年，在印度"紧急状态"的新形势下，奈保

---

① ［英］V. S. 奈保尔：《印度：受伤的文明》，宋念申译，生活·读书·新知三联书店 2003 年版，第 187—188 页。

尔突然发现甘地主义以最不可思议的方式鲜活地存在于印度社会中，这使他大为诧异：在现代文明社会中，不少印度人依然渴望甘地所描述的"罗摩之治"的幻境，希望回到简朴的乡村社会之中。虽然奈保尔像以前一样认为，印度人为甘地而发生争执但又不知道为什么争执，他们并不真正理解甘地，但奈保尔却不再从民族斗争的策略上去评说甘地了，而是从文明发展的角度对印度这个"受伤的文明"进行了彻底的否定："印度的危机并不是政治性的：那只是德里方面的看法。独裁或军人统治不会改变任何事情。危机也不仅仅是经济上的。所有这些不过是从不同方面反映着更大的危机，其惟一的希望就在于更迅速地衰败。"①

　　奈保尔认为，印度在 20 世纪 70 年代出现的危机，并不仅仅是政治危机或经济危机，更重要的是印度文明的危机。否定了印度文明，必然要否定甘地，因为甘地所谓的印度文明虽然具有很多现代性内容，但无论如何他是传统印度文明的现代化身，他强烈反对西方文明，试图在现代社会中回归于印度的过去；而奈保尔不可思议地发现，该时期印度人居然依旧陶醉于甘地主义的幻境之中。有缘于此，奈保尔强调指出，甘地主义早已成为历史，它是过去年代发生的事；进一步说，即使在过去的年代里，甘地主义复兴印度的方式也是要回归到更远的过去，因此，甘地主义是过去的过去，从本质上说，甘地主义实际上是拿过去来扼杀了未来。奈保尔说，"甘地活得太长了"，早在 1930 年左右，他虽然还活着，但他的思想实际上已经"死去"了；1947 年印度独立时，甘地恰逢其时地被人刺杀了，甘地作为一个时代至此就应该彻底结束了；但将近 30 年后，在 1975 年进入"紧急状态"的印度社会中，甘地居然鲜明地活在印度的政治生活以及日常生活之中，这使奈保尔深有感触：甘地毁了印度，至今还在毁灭着印度。奈保尔认为，甘地在历史上的作用只是成功地将印度各阶层的力量调动起来，集结成强大而坚固的民族力量来对抗英国的殖民统治，在这方面，他很成功，但也正是他的成功使他逾越了历史，发挥着不该继续的历史作用："'古代情感'、'怀旧记忆'：当这些东西被甘地唤醒的时候，印度便走向自由。但由此创造出来的印度必将停滞。甘地把印度带出一种'黑暗年代'；而他的成功则又不可避免地将印度推入另一个黑暗年代。"②

　　奈保尔说，假如甘地为印度规划出另一种生存法则，印度可能已经发

---

① ［英］V. S. 奈保尔：《印度：受伤的文明》，宋念申译，生活·读书·新知三联书店2003 年版，第 213 页。

② 同上书，第 184 页。

生了真正的革命性的变化，不可接触者制度和种姓制都将被淹没，但他并没有为印度制定出新的生存法则，他不过是老印度的最后一声哀叹，老印度在他的引领下已经走投无路了。奈保尔在此并没有说明甘地应该为印度制定出什么样的生存法则从而使印度发生一场真正的革命性变化，从《幽暗国度：记忆与现实交错的印度之旅》到《印度：受伤的文明》，奈保尔始终强调的是印度人没有真正的种族意识，是甘地首先使印度人在这方面的意识真正觉醒了，正是种族意识的觉醒和实践使印度摆脱了英国的殖民统治。显然，他承认了甘地在印度现代历史上的伟大作用，而对甘地在印度独立以后是否依然对印度社会的发展起到了有益的影响，奈保尔的说法则是前后矛盾的。

三 甘地主义的精神力量

在此，笔者从甘地在民族运动中的成功来分析他在种姓制方面的看法和做法对独立后印度社会所产生的深远影响，并结合帕尔特·查特吉对甘地主义的分析，进一步认识奈保尔的相关看法。

甘地的成功，确如奈保尔所说，是将整个印度作为一个民族的力量调动起来了。从甘地的政治和社会活动中，我们可以明显地发现，甘地一方面针对英殖民统治而开展"不合作运动"，另一方面不失时机地反对贱民制，前者可以说是抵御外来的力量，后者则是对印度自身的完善，这是印度自治运动相互补充、缺一不可的两个方面。1920 年 8 月，甘地发动了第一次不合作运动，数月之内，不合作运动在印度全国轰轰烈烈地展开；与此同时，甘地于 1921 年宣传社会改革，改革的一个主要问题便是如何解决印度社会中贱民制的问题。1925 年，甘地开展抵制洋货运动的同时，大力宣传废除贱民制。1932 年，为抵制英殖民统治者关于贱民阶级的选举法而绝食 7 天，最终迫使英殖民政府修改选举法案；与此同时，印度全国各地寺庙均对贱民开放，反对英殖民统治的运动一时转变为要求废除贱民运动。此后，甘地还进行过多次绝食，或是针对英殖民主义统治，或是要求取消贱民制。1933 年，甘地创办《哈里真》周刊，"哈里"是印度教大神的称号，"哈里真"意为"神（上帝）的子民"，这是甘地对贱民的尊称，一方面反对英国的殖民统治，另一方面在全国开展哈里真运动。1941 年 12 月，甘地发表"建设纲领"，就穆斯林与印度教徒之间的团结、取消贱民制、解决农村问题、教育问题以及提高妇女的社会地位提出了一系列设想,他将贱民制的取消与整个印度民族国家的建设结合在一起,认为这是印度独立后依然面临的一个重要的社会问题。

甘地为什么要在反对英国殖民统治的同时又不遗余力地反对贱民制呢?从甘地的话中我们或许可以得到一点启示:

> 不要让我们被那些从西方输入的时髦口号和诱人的词语所迷惑。我们难道没有自己独特的东方传统吗?我们难道无力找到自己的解决资本和劳工问题的方案吗?……让我们以科学探索的精神来研究我们东方的传统,我们将发现一种比这个世界曾经梦想过的更加真实的社会主义和共产主义。设定西方的社会主义或共产主义是解决大众贫困问题的最好的东西,这肯定是错误的。
>
> 阶级战争是不适合印度的本质特征的,印度能够发展一种广泛的基于所有人的基本权利和所有人的平等公正的共产主义形式。[①]

在此,甘地主义借用了马克思主义的基本用语,但其实质内容却与马克思主义的暴力学说和阶级斗争理论大相径庭。针对英殖民统治,甘地采取的是非暴力斗争方针;针对印度传统的封建社会制度即种姓制,它采取的不是阶级斗争,而是阶级调和的政策,这就是甘地反对贱民制而不反对种姓制的根源,是甘地适应他所谓的"印度社会的本质特征"(爱好和平、不爱斗争)而做出的战略性的选择。在印度现当代的政治和文学实践中,甘地主义和马克思主义常常结合在一起,印度现代很多作家常常从甘地主义转向了马克思主义或是从马克思主义转向了甘地主义。这看起来有点奇怪,实际上却是一种合乎常理的现象,因为从本质上说,甘地总是想方设法地根据印度的社会状况来调动印度最广大的人民来反抗英国的殖民统治,谁能将最广大的农民群众发动起来,谁就能引导着印度走向独立,这与马克思无产阶级革命理论在目的上是一致的,甘地主义也可以说是马克思主义与印度民族革命运动相结合的产物。在这方面,"庶民研究"专家帕尔特·查特吉对甘地主义的分析可谓入木三分:

> 从《印度自治》的乌托邦开始,途中又捡起了民族主义政治的

---

① 《甘地全集》(新德里,1958年)第58卷第219、248页。转引自[印]帕尔特·查特吉《甘地及其对市民社会的批判》,载刘健芝、许兆麟选编《庶民研究》,中央编译出版社2005年版,第128页。

意识形态行囊，甘地主义成功地开辟了它的历史可能性，通过它而得以在新印度国家的政治发展中挪用了该民族最普遍的成分，即农民。尽管甘地的"罗摩之治"中道德观念与当代农民社群意识中的政治公正要求和方式是极为一致的，而农民社群意识则是使这些要求得以转变为"圣雄的启示"的意识形态前提之一，但事实上，甘地的非暴力政治的历史结果为这一挪用过程提供了道德合理化和其独特的意识形态形式。尽管正是甘地对印度民族精英政治的介入才第一次表明，一场真正的民族运动只能依靠农民的有组织的支持，可非暴力政治的结果也充分表明，农民政治动员的目标根本不是甘地所声称的那样，是"为了培养群众的自我意识及取得权力"。而更毋宁说，农民本来就被看成是一场完全由别人计划和导演的斗争的志愿参加者。……

当统治阶级的民族性组织还能继续在新印度国家的机制结构中巩固自己时，"农民和劳动者"却从未"在全印度的基础上"被组织起来。

这样，从作为一个整体的甘地主义意识形态统合中，我们获得了一种民族政治结构的概念（在这种结构中农民是被鼓动起来而非参与进去的），获得了一个民族的概念，农民是民族的主要组成部分，但他们却远离民族（国家）。现代印度历史研究的一个基本任务仍是解释这种特定的历史进程，通过这个进程，甘地意识形态中内在的各种政治可能性都成了印度资产阶级手中的意识形态武器，他们试图在一种其统治地位不断受到挑战、其道德领导永远不完整的阶级斗争进程中创立一种切实可行的国家机构。

然而乌托邦的逻辑本身即是模糊不清的。托马斯·莫尔的著作被视为是为一个正在上升的但远未取得胜利的资产阶级的政治要求奠定了道德基础。他也被认为是乌托邦社会主义的先驱，这种乌托邦社会主义是对早期无产者反抗精神的朦胧的表达。因此，毫不奇怪，在当代印度社会形成过程中正在进行的、尚未化解的阶级斗争中，反对派运动仍能从圣雄的启示中寻求他们的道德认同合法性。[①]

查特吉这里所谓的"阶级"和"民族"与奈保尔作品中的"种姓"

---

① [印]帕尔特·查特吉：《甘地及其对市民社会的批判》，载刘健芝、许兆麟选编《庶民研究》，中央编译出版社 2005 年版，第 129—131 页。

和"种族"实际上是可以互换的概念。与奈保尔所谓的"种族意识"的觉醒相对应，查特吉说甘地主义是在"途中拣起了民族主义的行囊"；与奈保尔所谓的"没有政府能依靠甘地的幻想生存"的说法相呼应，查特吉实际上是从乌托邦社会主义的角度来考察甘地主义的；与奈保尔在分析甘地主义、种姓制时反复强调的"德法观"相联系，查特吉在此也多次提到"道德"二字，认为甘地主义主要表现为一种道德力量，这种力量在印度独立后依然发挥着作用和影响。虽然查特吉与奈保尔两人对甘地主义意识形态和政治结构有着相似的看法，但很显然，查特吉是从马克思主义的角度来剖析甘地主义的，而奈保尔则是从西方现代文明和现代性的角度来分析甘地主义的，因此其间存在着虽说微妙但又是本质性的差异。

查特吉没有像奈保尔那样对甘地主义的政治结构（较为具体地表现在种姓制和贱民制问题上，当然其中也包括宗教、家庭、妇女地位等相关问题）持摇摆不定的态度，没有像奈保尔那样认为是印度毁了甘地或是甘地毁了印度，而是一语破的：甘地政治的成功在于它"挪用"了印度民族中最普遍最重要的成分即农民。这一挪用不仅使旧印度摆脱了英国的殖民统治，而且也使甘地主义作为政治"遗产"而依然在新印度国家的社会发展中产生作用。查特吉清楚地认识到，甘地主义实际上并没有真正解决也不可能解决农民、农村以及阶级（种姓、贱民）等涉及印度社会结构的复杂问题，它不过是一种乌托邦社会主义式的表达，甘地主义不成任何体系的方式正好在印度的历史条件下吻合了乌托邦式的逻辑：模糊不清。比如，甘对种姓制的看法，一方面是不容置疑的，另一方面则又是含糊其辞，表现出甘地主义的典型特征：

> 种姓制度和宗教无关。它是一种习俗，它的起源我不清楚，我也不需要为了满足我的精神上的渴望而去知道它，但我的确知道，它对精神和国家的发展都是有害的。[①]

这是甘地针对他人的指控而写下的一段话，它不是以理性思维的逻辑来进行论争的，而是基于个人的道德感悟和道德认同，在不与人争辩、武断性的话语方式中蕴含着无须争辩和不容争辩的精神力量。因为对种姓制

[①] 《安贝克博士的指控（Ⅱ）》，《甘地全集》第 63 卷第 153 页。转引自［印］帕尔特·查特吉《甘地及其对市民社会的批判》，载刘健芝、许兆麟选编《庶民研究》，中央编译出版社 2005 年版，第 100 页。

问题说不清楚，他便对种姓制中种种有悖于常理与人之常情的贱民制进行猛烈的抨击。反对贱民制既是一种方针，又是一种策略。正像托马斯·莫尔的著作"是对早期无产者反抗精神的朦胧的表达"一样，甘地主义实际上也不过是印度农民社群意识和反抗精神的模糊不清的表达，无论是针对西方文明的不公正还是针对新印度资产阶级的统治地位，它都是一种精神上的反抗力量，而不是真正的、具体的施政措施。真正掌握社会意识形态的是印度的资产阶级而不是农民，甘地主义式的意识形态貌似表达印度农民的心声，实则不过是为"正在上升但远未取得胜利的"印度资产阶级民族精英的政治要求"奠定了道德基础"。因此，甘地主义意识形态"内在的各种政治可能性都成了印度资产阶级手中的意识形态武器，他们试图在一种其统治地位不断受到挑战、其道德领导永远不完整的阶级斗争进程中创立一种切实可行的国家机构"。

　　印度虽然取得了民族的独立，但印度的资产阶级却面临着比独立前更加复杂、更难以解决的种种社会转型问题，如何建立健全一套切实可行的国家政治机构是印度资产阶级统治地位不断受到严峻考验的问题，这不仅是经济发展的问题，同时也是道德领导权的问题，用我们习惯了的语言来说便是物质文明与精神文明之间的关系问题。当代印度社会结构的改变和发展取决于国家的经济发展以及与之相适应的政治结构，种姓制与贱民制在印度当代社会中早已不再表现为残酷的、森严的等级壁垒，但种姓意识的消失则是一个长期的过程，或许它已变成了查特吉所说的"当代印度社会形成过程中正在进行的、尚未化解的阶级斗争"。早在1932年，英殖民政府就承认了印度贱民阶级的选举权，并为贱民保留一定的席位，同时规定贱民须自立选区。但甘地对英殖民政府给贱民保留的过少席位以及选举法对贱民的歧视颇为不满，并为此绝食，直至迫使印度国大党与贱民代表就议席和选举法问题达成协议，同时英殖民政府也同意并修改了选举法。但近60年之后，印度取得独立已有40多年，贱民在选举中应该有多少议席依然是个社会问题，甚至比以前更为严重。1990年8月，印度北部曾爆发大规模种姓冲突。当时的印度总理维什瓦那特·帕拉德帕·辛赫曾许诺将争取27%的国家公职人员的工作给低种姓的人，结果200多个高种姓的印度教徒以自焚进行抗议，有12人因此死去，这导致新德里高种姓印度人的大规模抗议活动。与此同时，低种姓印度人与贱民也在自己党派领袖的号召下，大规模地集会抗议政府所谓公民平等的虚伪性。

　　所谓"公民平等"，大多数情况下都是一种象征或理想的说法，具体到当代印度社会，也可以说，"公民平等"既是西方民主社会的象征，又是甘地主义——乌托邦社会主义——的理想。

四 种姓制与印度现代社会分工问题

当代印度既是所谓的西方式民主制社会，同时又是带有印度传统色彩的种姓制社会，二者并行不悖，这是令西方学者感到困惑的矛盾现象。英联邦文学专家威廉·沃尔什对印度英语文学颇有研究，他在《印度英语文学》一书的序言中说：

> 印度种姓的起源已迷失于神话传说之中，它与雅利安人的种族意识和印度教的德法观密切相关。它既是残酷的社会等级划分，又是维系整个印度教社会的根本力量，它使人各得其所，同时又各司其职，从而使整个社会处于某种平静安宁的状态——恒定的印度。这是一种矛盾的现象。延续两千多年的种姓制，在当代民主制印度社会中依然根深蒂固，这主要表现于饮食习惯、婚姻、社会习俗、妇女在家庭和社会中所处的地位和扮演的角色等。①

如果读者大致浏览一下奈保尔的"印度三部曲"尤其是《印度：受伤的文明》中有关种姓制的描述，不难发现，沃尔什关于印度种姓制的看法承袭于奈保尔。当然这并不是说，沃尔什的说法直接来自奈保尔，而是奈保尔和沃尔什关于种姓制的说法反映了西方学者对印度种姓制以及当代印度社会结构的较为普遍性的共识，这其中，像奈保尔这样有印度文化背景的侨民作家的著作对西方认识当代印度或许起到了关键的引领性作用。

无论是奈保尔还是沃尔什都认为，种姓制与印度教社会的"德法观"密切相关，"德法观"使印度各个社会阶层安于现状，各得其所又各司其职，从而使印度社会长期处于僵化不变的状态之中，显然，这种状态与现代社会的发展很不协调。因此，沃尔什说："延续两千多年的种姓制，在当代民主制印度社会中依然根深蒂固。"如果说民主制是一种健全的社会组织形式的话，种姓制则以畸形的方式寄生于印度社会，损害着印度社会的正常发展，因为从根本上说，现代社会的民主制与印度传统的种姓制是

---

① William Walsh, "Introduction", *Indian Literature in English*, Longman, 1990.

对立的。

现代民主制强调每一个个体的存在及其作用，而种姓制则不然，奈保尔说："种姓、宗族、安全、信仰以及肤浅的认知力全混在一起；如果不毁坏其余的，其中之一也不能得到改变或发展。一个人如果从婴儿时期起就习惯于群体安全，习惯于一种生活被细致规范化了的安全，他怎能成为一个个体，一个有着自我的人？"①

现代民主社会强调民族国家的利益，但"具有讽刺意味的是，独立后印度涌现的政治家们与甘地在当时缺少西方成熟政治家的情况下引入政坛的人物们相差不远。他们都是出自小城镇的地方主义者，他们保持着狭隘的特点，因为其权力基础是对种姓与地区的效忠。……所以即使是马克思主义也仅仅剩下口号，一种模仿形式：'人民'经常被置换为某一地区的人民或某一种姓的人民"②。

公共卫生是现代文明社会的一个重要标志，但贱民制和种姓制的存在却使印度变成了一个肮脏不堪的世界。为此，奈保尔颇有点儿义愤填膺地一路推理下去："公共卫生牵扯到种姓制度；种姓阶级制度造成印度人的麻木不仁、欠缺效率和勇于内斗；勇于内斗使印度积弱不振；积弱不振导致列强入侵，印度沦为殖民地。"③ 这是奈保尔自认为的"西方人那种直接的、单纯的眼光"所观察到的印度，是仅仅生活于印度社会的人所不能理解的。

现代社会注重妇女的权力和地位，但种姓制却将妇女牢牢地束缚起来："'不义的混乱一旦在社会蔓延开来，女人就会犯罪，变得不贞洁；女人一旦失贞，克里什纳啊，种姓就会混乱，社会就会紊乱。'这句话出自《薄伽梵歌》。但你大可不必担心，即使在今天的印度，也不可能发生种姓混乱、社会紊乱的现象，更不可能让老百姓恣意越轨、冒险犯难。"④

各得其所、各司其职、各尽其能体现的本来是一种良好的社会分工，但奈保尔认为，当这种分工与种姓制结合在一起时便变得僵化呆板，并使印度人在各自的"职能"中变得懒散甚至是畸形："在旅馆负责整理床铺的服务生，若被客人要求打扫地板，他肯定会觉得受到侮辱。在政府机关

① ［英］V. S. 奈保尔：《印度：受伤的文明》，宋念申译，生活·读书·新知三联书店2003年版，第131页。
② 同上书，第194页。
③ ［英］V. S. 奈保尔：《幽暗国度：忘记与现实交错的印度之旅》，李永平译，生活·读书·新知三联书店2003年版，第84页。
④ 同上书，第54页。

办公的文员，决不会帮你倒一杯开水；就算你昏倒在他面前，他也无动于衷。你如果要求一个建筑系学生画图，他肯定会把它当作奇耻大辱，因为在他看来，身为建筑师却从事绘图员的工作，不啻是自甘作践。"① 奈保尔在他"印度三部曲"中举出很多这方面的例子，讲了很多颇有讽刺意义的故事，意在说明这样的道理："在这样的社会中，人人都是一座孤岛，人人只为自己的'功能'负责，而功能是每个人和上帝之间的私人契约。实现一己的功能，就是实现《薄伽梵歌》所倡导的无私精神。这就是种姓阶级制度。毫无疑问，刚开始时，它是农业社会的一种有效的分工，但如今它却成为分隔'个人功能'和'社会义务'、分隔'职位'和'责任'的依据。它变得欠缺效率，充满破坏性；它创造一种心态，阻挠所有的改革计划。"②

在《印度：受伤的文明》中，奈保尔说，现代印度人奇怪的"职能"观源自于古老的《薄伽梵歌》中的一段话："尽你该尽之责，哪怕其卑微。不要管其他人的责任，哪怕其伟大。在自己的职责中死，这是生：在他人的职责中活，这才是死。"③ 在《幽暗国度：记忆与现实交错的印度之旅》中，奈保尔也引用了这段话，但中文翻译略有不同："做你分内的事，即使你的工作低贱；不做他人分内的事，即使他人的工作很高尚。为你的职守而死是生；为他人的职守而生是死。"④ 我国梵语文学专家黄宝生先生从《薄伽梵歌》原文直接翻译过来的译文是："自己的职责即使不完美，也胜似圆满执行他人的职责；从事自己本性决定的工作，他就不会犯下什么罪过。"⑤《薄伽梵歌》这段话确实是说不同种姓之人做的工作各不相同，他们都应该做好自己的本职工作。但从上下文看，《薄伽梵歌》这段话强调的并不是"职能"，而主要是为了说明，工作无高低贵贱之分，人也是如此，人人都要热爱自己的本职工作，人人都要平等地看待众生。

这种说法本来也无可厚非，但为什么它和种姓制结合在一起时会使印

---

① ［英］V. S. 奈保尔：《幽暗国度：忘记与现实交错的印度之旅》，李永平译，生活·读书·新知三联书店2003年版，第41页。

② 同上书，第91页。

③ ［英］V. S. 奈保尔：《印度：受伤的文明》，宋念申译，生活·读书·新知三联书店2003年版，第207页。

④ ［英］V. S. 奈保尔：《幽暗国度：忘记与现实交错的印度之旅》，李永平译，生活·读书·新知三联书店2003年版，第41页。

⑤ ［印］毗耶娑：《摩诃婆罗多——毗湿摩篇》，黄宝生译，译林出版社1999年版，第192页。

度社会变得越来越腐朽、僵化呢？奈保尔主要从印度教传统的"德法"观上来分析《薄伽梵歌》中这段话：

> 印度教关键性的"德法"概念——根据其本性，所有人都必须遵循的正确的、被许可的方式——是一个灵活的概念。最高境界的德法，结合了自我充实，结合了行动是责任、行动在精神上回报自身、人是神器等对个人的真理。于是这种概念不再神秘；它触及到了其他文明（指的是西方文明——引者）的高级理想。……不过作为个人真理理想、或者在自己身上活出真理来的"德法"概念，也可以用来使人安于现状，让他们在麻木不仁的驯服状态中找到至善的精神。①

人们对《薄伽梵歌》这部印度教圣典从来都是见仁见智，各有各的说法和理解。甘地的非暴力学说的基石是《薄伽梵歌》，与此同时，主张暴力和恐怖的人也把《薄伽梵歌》奉为行动的指南，在印度民族运动中主张暴力革命的铁拉克就是如此。这里，奈保尔对《薄伽梵歌》"德法"概念的分析也表明，"德法"本身有两面性或多面性，实践"德法"的人会走向各种不同的方向，而现代印度接受并发展的恰恰是其腐朽、僵化的一面：以安于现状、麻木不仁的心态阻挠印度社会的变革。

客观上，奈保尔并不否认当代印度社会发生了很大变化，但他依然认为，印度所有变革所导致的结果却使印度人进一步安于现状：

> 在今天的印度，消极的东方世界观和积极的西方世界观都已经得到稀释、冲淡了，两者相互制衡。西方文化对印度的渗透不够彻底；英国人试图改变印度人的信仰和文化，结果却知难而退。印度的力量、印度的生存能力，来自消极的世界观、来自印度人特有的生命延续感。这种人生观一旦被稀释，就会丧失它的力量。过分强调"印度民族性"的结果，生命延续感注定会丧失。创造的欲望和动力消退了，印度人得到的不是生命的延续，而是生命的停滞。这种现象，反映在"古代文化"建筑中；反映在许多印度人感叹的生命元气的丧失（其实，这主要是心理上的，而不是政治经济上的）；反映在邦

---

① ［英］V. S. 奈保尔：《印度：受伤的文明》，宋念申译，生活·读书·新知三联书店2003年版，第206—207页。

提和他那群朋友的政治闲谈中;反映在"俱卢之野"寺庙的石雕里——一群死气沉沉的马儿和一辆静止不动的战车。湿婆神早已不再跳舞了。①

奈保尔这段话典型地反映了他对印度的矛盾心理和看法,印度好像是没有任何变化,而实际上它却发生了非常彻底的变化;但与此同时,印度也一直在以消极的方式不停地"稀释"了所有的变化,如此,现代印度在不尴不尬的境遇中跌入到停滞不前的状态之中。奈保尔渴望看到一个真正变化了的印度世界,但印度现实生活中的一切都使他感到焦躁,并最终导致他在《印度:受伤的文明》中得出结论:对于处于衰败和危机之中的印度文明,唯一的希望就在于让它更迅速地衰败。

五 现代印度社会结构的变迁

到 20 世纪 80 年代末创作《印度:百万叛变的今天》时,奈保尔对印度的看法发生了变化,他不再将印度看成是衰败和废墟,而更多地用发展的眼光来看待印度了,与此同时,他对甘地的看法也发生了变化。1990年,当被问及他对甘地的看法时,他语气肯定地表达了对甘地的崇敬甚至膜拜的感情:"每当想到他(甘地)的生活时,我都会感动得泪流满面、泣不成声。"② 在《作家看人》一书中,奈保尔说:"(《甘地自传》)文风极其朴实自然,同时也很简约。我将此书读过很多遍,每次阅读都会有新的发现。"③ 在晚年创作的小说《魔种》中,奈保尔借萨洛姬妮之口,赞美"甘地领导的革命是一场伟大的思想革命和心灵革命","那是一本伟大的书。非常简单质朴,非常真诚,没有丝毫的夸张。这本书如此真实,以致每一个印度人,无论是年轻的还是年老的,都能从中看到自我。如果人们仔细阅读它,便会发现这是一部现代印度史诗……现在我将这本书读

---

① [英] V. S. 奈保尔:《幽暗国度:忘记与现实交错的印度之旅》,李永平译,生活·读书·新知三联书店 2003 年版,第 317—318 页。

② Andrew Robinson, "Andrew Robinson Meets V. S. Naipaul", *The Literary Review*, Oct. 1990, p. 21. 转引自方杰《多元文化语境下的虚构与纪实:V. S. 奈保尔作品研究》,南京大学出版社 2013 年版,第 203 页。

③ V. S. Naipaul, *A Writer's People*: *Ways of Looking and Feeling*, Alfred A. Knopf, New York, 2008, p. 98.

过二三遍了。它很好读，其中的故事也很感人，你会不停地读啊读啊，然后发现没来得及对他讲述的所有那些意义深邃的事情给予适当的关注"①。当威利无意中发现《甘地自传：我体验真理的故事》时，他不由自主地陶醉于其中，反复阅读，像现实中的奈保尔一样感动得泪流满面。

在《印度：百万叛变的今天》中，奈保尔也描述到与甘地对立的历史人物——佩里雅尔（1879—1973），他与甘地生活在同一时代，同样也是一个活跃的政治人物，而且他的政治一直持续到他 1973 年去世为止。他主张废除种姓制，强烈反对婆罗门，奈保尔对他评论说："尽管他爱好美食，尽管他吃肉，他的专注和偏执却带有一些类似纯真的成分，而正是这种特质使他成为与甘地对立的角色。但是，那个角色却只因为世上存在着一个甘地才具有意义。甘地在其一生中持续演变成长；在 20 世纪的前 40 年，也就是从 30 岁到 70 岁，他不断探索政治及宗教的新形态。这探索使他具有普世的意义；因此，纵使人们跟甘地的政治行动没有什么牵扯，他们仍然可以把他的探索当作指标。"② 佩里雅尔是印度南方文化的代表——与印度传统中以婆罗门为代表的北方文化，无论是在历史上还是在现实中都形成了对立，奈保尔在此选择佩里雅尔，一方面，说明了印度文化的复杂性，种姓问题在印度北方和南方有着不同的表现，另一方面，奈保尔也从反甘地的角度证明甘地的伟大。甘地超越了狭隘的地方主义，对印度具有一种伟大而持久的精神意义，当下印度发生的一切，无论是正面还是反面，实际上都潜在地受到甘地的影响。

甘地的思想从来都不是僵化、固定不变的，相反，他总是在适应着印度的现实而灵活地发生着变化，甘地体现的是印度文化精神。尼赫鲁是一个讲逻辑的政治家，他崇拜甘地，同时又觉得甘地像谜一样难以理解，他一直都想搞明白甘地之谜和圣雄何以吸引了他：甘地对印度这个辽阔而多样化的国家为什么能起到魔法一般的神奇效应？甘地身上有着印度圣人不合逻辑的思维和行动特征，但却知道印度前方的道路，如果没有他，人们就会迷失方向，他是印度的灵魂。③

《印度：百万叛变的今天》出版于 1990 年，随着岁月的流逝，奈保尔对印度的感觉和观察方式也在发生着变化，在这部书中，甘地主义和种

---

① V. S. Naipaul, *Magic Seeds*, Vitage International, 2005, p. 20.

② ［英］V. S. 奈保尔：《印度：百万叛变的今天》，黄道林译，生活·读书·新知三联书店 2003 年版，第 243 页。

③ V. S. Naipaul, *A Writer's People：Ways of Looking and Feeling*, Alfred A. Knopf, New York, 2008, p. 119.

姓制虽然依旧是他观察和讨论的一个重点问题，但他不再像以前那样"义愤填膺"了，他对于"革命"以及"革命"带来的混乱也保持着平和而客观的态度，他更多地记录下一些印度社会生活中发生的故事和印度人对一些问题的看法，并从社会变迁的角度来看待印度社会发生的一切变化："新世界真是新得很：对一些人来说，它从他们祖父的世代开始的，对大部分人则是从他们父亲的世代开始。而且，人们的移动那么大、那么快，因此许多在社会中活跃的人都有成功的故事可以谈——有时候是他们自己的，有时候是他们家人的。"① 在奈保尔所记述的众多故事和众多人物中，一位名叫普拉瓦斯的工程师以自己的亲身感受就婆罗门和种姓制话题而对印度现代社会结构的变迁进行了如此剖析：

> 变迁是持续的过程。在一个世代期间，你只看得出一次变迁，因为一旦你看出变迁，变迁便已经在你的身上发生了。……转变必须历时一段时日，对越往后的世代，转变的过程历时越久。

> 我儿子会在许多方面经历环境的巨大变迁。家庭、学校环境、就业市场，所有各方面。我在还多多少少注重仪式的环境中长大，在我儿子的环境中仪式将没有什么重要性。不过，纵使我儿子在仪式方面失去了更多，他还是不会完全失去了根，他可以在同侪群体中找到生根的土壤。会有许多人跟他一样，整个社会正朝着那个方向移动。

> ……如果你过分依附以往所强调的根，你可能会没有根，变得像化石。至少在形式上，至少在风格上，你必须随着新潮流走，寻找新的根。越来越多印度人正在这样做，在一个世代之间，风格就会变成实质。你为了随波逐流而做的事——例如，对我父亲来说，穿长裤这件事——到了下一代就变成了天经地义了。

> 对你来说，那变迁并没有颠覆性。

> 那变迁不是来自内部，而是外在的。在这里，变迁是渐进的。我四周都看得到变迁——我父亲、我弟弟、每个人都在转变。我已经分辨不出什么是新奇的东西。

> 有一些基本原则将会保留下来。在个别行为方面——吃饭、睡觉等等——大家对细节都不会在意了。这些都会消失悼。但在集体记忆里，有一些东西将会川流不息。信仰以及信仰的表达方式这些基本川

---

① ［英］V. S. 奈保尔：《印度：百万叛变的今天》，黄道林译，生活·读书·新知三联书店 2003 年版，第 189 页。

流之一。尽管相关的细节会变得模糊。①

奈保尔在叙述中特别注意到普拉瓦斯所说的"颠覆性"，实际上，奈保尔在《幽暗国度：记忆与现实交错的印度之旅》和《印度：受伤的文明》中一直试图对印度文明进行一个彻底的"颠覆"，但到 20 世纪 80 年代末，或许他也默认了普拉瓦斯的看法，一场"颠覆性"的革命不可能发生于印度。奈保尔注意到，对于现代印度生活中所遭遇到的一切令人不快之事，普拉瓦斯有时也会对印度感到绝望，但最终他看得开了，比如印度当前的产品质量问题，印度产品虽然很差劲，远不如西方的好，但与 50 年前相比，它们也算是不错了，因为印度起步晚，50 年前日本的产品也是低劣的。试图让印度一下子赶上日本或美国，如果说在经济生活中不可能，那么在政治生活和社会结构的变化中同样也不能，而且，按奈保尔笔下普拉瓦斯的说法，即使印度社会在不断的渐变中发生了质的变化，印度社会依然会保留属于自己的信仰和信仰的表达方式等。

在《印度：百万叛变的今天》中，律师卜拉卡希，奈保尔笔下的一个采访对象，与普拉瓦斯的观点相似。在卜拉卡奇看来，因为传统的种姓、乡村、大家庭的不断解体，印度社会正处于过渡时期："由于工业化及乡村地区的绿色革命，一个由暴发户构成的新阶级正在崛起。这些人现在才开始接受大学教育，接触到舒适的都市生活、时髦的生活方式、西方的影响——种种物质享受。在这段过渡时期，我们慢慢抛弃掉祖父辈们的道德精神，但我们却没有西方人的纪律和社会正义概念。目前这里的事态很混乱。"② 显然，因为西方的影响和经济生活的变化，当代印度社会结构正在发生着变化。但无论印度如何发生变化，种姓在印度社会中依旧会扮演重要角色，卜拉卡希说："种姓是最重要的因素：一个人必须属于合适的种姓才能谋求公职或以从政为业。也就是说，他必须属于所在地区的优势种姓。当然，还必须得到所属种姓的支持；换句话说，他在社群中要有些分量，关系不错而且知名度高。由于单靠一个种姓的选票无法当选，候选人也需要政党；他必须靠政党去争取其他种姓的选票。就此而言，印度那套以政党及选举为中心的议会政治是有道理的。它助长了合作及妥

---

① ［英］V. S. 奈保尔：《印度：百万叛变的今天》，黄道林译，生活·读书·新知三联书店 2003 年版，第 186—187 页。
② 同上书，第 207 页。

协；印度种姓及社群繁多的情况正好可以促成某种平衡。"①

与这种平衡观形成对照，《印度：百万叛变的今天》中也有"革命"的声音，这本书中的第一个采访对象是 29 岁的证券经纪人巴布，他赚了很多钱，但他的心中却总是感到不安，这种不安基于社会贫富不均的现象：

> "我确信将会有一场革命，就在一代或两代人之内。收入的差距，那早晚要改变。想到那问题，我就不寒而栗。印度人笃信宗教，听天由命，这点我相当确定。就像我，受了这些年的教育，不也相信命运将决定我的未来——我终究要听从它的安排。这说明为什么我们还没有闹革命。如今，纵使我笃信宗教，由于越来越严重的挫折，革命终将会发生，容忍的限度已经不能再扩大。
>
> "你想会是什么样的革命？
>
> "不会有任何模样，只会是全盘混乱。"②

实际上，受佩里雅尔反种姓制、反婆罗门思想的影响，印度南方的湿婆军早已开始了反婆罗门运动和各种各样的革命行动，而且这种革命导致的，也确实是社会的混乱："这里已经发生过一场革命。寺庙遭到'打劫'，街道和墙壁被胡乱涂上选举口号和标记。"③ 与此同时，达里特（贱民）运动也遍及印度各地包括首都新德里地区。

经济大潮必然会淹没种姓制，当种姓制真的要瓦解、贱民也像婆罗门一样表现出自己的尊严时，奈保尔也有点忐忑不安，《印度：百万叛变的今天》开章就描写了这样的一个场面：

> 过去被称为贱民的人在拥挤的马路上排了一英里多长的队伍；他们前来向他们那位早已过世的圣人致敬——那位在其圣像中穿西服、打领带的安贝卡博士。他们所表现的尊严是过去看不到的。可以说，这是甘地等人致力实现的东西；可以说，这验证了自由运动的正当性。但是，这也可能被视为威胁到许多印度人习以为常的稳定；一个

---

① ［英］V. S. 奈保尔：《印度：百万叛变的今天》，黄道林译，生活·读书·新知三联书店 2003 年版，第 205 页。
② 同上书，第 19 页。
③ 同上书，第 265 页。

中产阶级成员可能顿时陷入焦虑，而觉得这个国家真是每况愈下。①

　　一场颠覆性的革命真的在印度社会发生的话，印度便会失去习以为常的稳定状态并陷入混乱之中，所以从辨喜到甘地以及印度很多作家虽然都强烈地反对贱民制，但与此同时他们又都在倡导、弘扬子虚乌有的所谓的婆罗门精神即印度传统的精神主义。印度民族主义者包括甘地实际上并不是真的要回到印度的传统和过去，对现代性和西方文明的反对常常表现为某种外在的姿态，这种姿态的主要意义不过在于掩饰某种内在的心态，从而使自我和社会不至于失衡罢了。

　　种姓制在现代印度注定要瓦解但又没有完全消失，反映的正是这样一个过程。当代印度政府制定的国家政策对所有种姓都一视同仁，贱民在选举、就业、入学、公共医疗等各个社会领域享有与其他种姓同等的权利，在现实生活中，人们可能感觉不到种姓的森严壁垒，种姓制或许早已不会再成为印度现代化发展过程中不可逾越的障碍物了。但种姓观念对人们心理上的影响并没有完全消除，包括像奈保尔这样有着印度教徒血统的西方人，种姓意识或说是潜意识作为"基本的川流"依然流淌于他的血液之中，极其现代与极其传统的东西常常奇特地共生共存。

---

①　[英] V. S. 奈保尔：《印度：百万叛变的今天》，黄道林译，生活·读书·新知三联书店2003年版，第12页。

第八章　片面与深刻：旅行创作

从文学创作发展上看，《中途：西印度及南美洲五种法国和荷兰社会之印象》使奈保尔的创作发生了明显的转向。之前，奈保尔一直认为，文学创作便是虚构与想象性的小说创作；通过这部旅行作品的创作，奈保尔开始更多地关注于历史、档案与人物采访等纪实性的内容，并创作了"印度三部曲"、《在信徒的国度：伊斯兰世界之旅》等著名的旅行作品。这些作品既是对所见所闻的客观描述，表现为事实与记录，同时这种客观的描述也是基于作家自我价值判断的精心构造，带有小说的色彩。在旅行创作中，作家将自我的思想化于各种经历之中，既有自传的性质，同时也是广义的回忆录，过去与当下，古典与现代、完美与荒诞等，在他的旅行创作中常常形成悖论性的张力。

奈保尔的旅行发生于后殖民文化背景之中，而他的旅行创作则常常将后殖民时代的现状与殖民以及前殖民时代的历史交织在一起。历史一方面是着眼于当下而对过去进行的重构，另一方面则是着眼于过去而对当下进行改造；前者表现为自我的价值判断，后者则是基于史实而对自我的思想进行改造。通过在英国和前殖民地国家之间往来不断的旅行考察，通过对帝国历史的考察与分析，奈保尔增长了见识，不断地认识到文化的多元性与差异性。

奈保尔的旅行创作表现出明显的自我性。当后殖民文学批评谈论身份问题时，常常将作家的自我与民族、文化或政治等问题联系起来，而很少从自我的"陌生化"这样一个实实在在的问题入手谈论我们自己。而奈保尔在文学创作中更为注重的，实际上是个人的文化传承与迷失的问题，也就是自我的问题。旅行与创作，使奈保尔不断地加深了自我的焦虑，同时他也在不断地发现自我：世界在不停地变化，自我也在不断地变化，随之，他观察问题的方式以及创作思想、风格也在不断地变化。在《南方一游》（1989）、《印度：百万叛变的今天》（1990）、《超越信仰：伊斯兰教皈依者访问记》（1998）等后期的旅行创作中，奈保尔不再企图将世界纳入自我的天地，而是努力抑制自我的价值判断，以多元、变化的眼光来看待自我与他人，使自我融入充满差异性的世界；在不断变化的过程中，使自我得以改造、充实、提高。由此，我们可以发现奈保尔比以前平和了，他不再那么"自我"了，他的旅行创作也不再那么"片面"了，但与此同时，他的旅行创作也不再那么"深刻"了。这是一个悖论。

一　《中途：西印度及南美洲五种法国和荷兰社会之印象》

奈保尔的早期创作主要取材于他早年生活的经验和感受，采取的是虚构的方式，但《中途：西印度及南美洲五种法国和荷兰社会之印象》（1962）使奈保尔的创作与旅行发生了密切的联系。

针对这部作品的创作过程，奈保尔曾说，旅行创作是一个作家必要的插曲，但他知道的，都是如阿尔杜斯·赫胥黎、D. H. 劳伦斯这样的旅行作家，他们是在帝国时代从事创作的作家，借偶尔的旅行经历，将帝国题材的小说放置于外国的背景之中，表现的依然是帝国的精神和气质。而奈保尔则来自殖民地，作为一个旅行者，他看到和想到的总是破败的景象和令人心酸的记忆，因此，他个人旅行的经历和感受与他已知的西方旅行文学传统无法结合在一起："我不知道怎样为创作一本书而去旅行，我好像是在度假，我无法用第一人称创作，我无法做出判断，我不知道旅行创作该采用什么形式……这是某种新的知识和感受的延伸，我需要放弃我固有的小说观念，我开始从较为固定的童年生活环境中走出来，进入了一个更为宽广的世界。"①

赫胥黎等旅行作家，与奈保尔相比，不仅存在着时代、文化背景等诸多方面的差异，而且在生活的情趣与创作倾向等方面也大不相同，奈保尔之所以提到他们，说明他起初进行旅行创作时，一方面想借鉴英国维多利亚时代以来的旅行创作传统，另一方面他又发现自己根本无法继承这种传统，他无法像西方作家那样从事旅行创作，他必须走出自己的路。

虽然最初的旅行只是偶然的机遇，但一旦开始了旅行，奈保尔随即喜欢上了旅行，这不仅是因为旅行使他感到自由，也是因为他想了解前殖民地国家社会，以便更好地认识、发现自我。他认为赫胥黎等作家作为西方

---

① V. S. Naipaul, *Reading & Writing*, The New York Review of Books, 2000, p.29.

人的身份使他们有别于自己所遇到的前殖民地国家的人们，他们的兴趣主要在于他者，而奈保尔则深入前殖民地国，他与这些国家的人们存在着感情与经历上的复杂纠缠。他不是为了旅行而旅行，而是为了更加深入地考察前殖民地国家的现状、历史和未来的命运。①

虽然最初的旅行创作带给他的是深深的困惑，但经过思考与实践，旅行创作逐渐使奈保尔进入到一个更为宽广的文学世界。奈保尔的祖上从印度来到特立尼达，奈保尔的出生，本身就带有迁徙或说是旅行的色彩。但受制于印度文化的习俗和印度人的天性，奈保尔从小过着大家庭生活，将自我封闭于大家庭之中，不愿与外界多接触。因此，他虽然出生在社会不断地发生巨变的时代，但他在现实生活中对这种变化的感受并不明显，当然也就谈不上深刻了。《中途：西印度及南美洲五种法国和荷兰社会之印象》的创作，不仅使奈保尔与"外界"发生了更为直接、更为主动的接触，而且也勾起了奈保尔对前殖民地社会生活的创伤性的回忆，使他在记忆与现实之中加深了历史的沉重感。

这部作品寻求将南美岛国的社会人文和历史环境融于创作之中，西方殖民者从非洲和印度贩运大批奴隶和劳工来到南美岛国，对殖民地进行开发，但经过二三百年，这些移民并没有什么创造性的东西留下来。他们的世界，无论是历史还是现状，除了"贸易"与"金钱"之外，似乎什么都不存在，殖民者将他们当作赚钱的工具和奴隶，而他们自己，在长期脱离原殖民地本土文化之后，在文化与精神上都处于漂泊与异化之中。

《中途：西印度及南美洲五种法国和荷兰社会之印象》描写的，是特立尼达、英属圭亚那、苏里南、马提尼克和牙买加等前殖民地国家令人不堪忍受的痛苦现状：社会的混乱无序、人的冷漠与铜臭味、种族的冲突等。同时代的评论家大多认为，奈保尔这部旅行作品好像是专门寻找西印度社会的毛病，其中充满了负面描写。但实际上，奈保尔也是在痛苦地探求西印度社会的文化与历史，致力于神话的发现与记忆的恢复，而当时的西印度作家在这方面恰恰是天生的缺陷。② 西印度主要是移民构成的殖民地，无论是黑人还是印度裔移民，他们的文化传统早已被切断，精神上处于静止状态，没有了记忆和神话，文化也就不存在了；在这部作品中，奈保尔试图以历史学家的眼光去重新创造记忆和神话——文化所赖以生存的根本。

---

① Peter Hughes, *V. S. Naipaul*, Routledge, 1988, p. 16.

② Ibid, pp. 54 – 55.

从文学创作发展上看，比起《米格尔大街》等早期小说来，《中途：西印度及南美洲五种法国和荷兰社会之印象》虽然不是很成功，但它却使奈保尔的创作发生了明显的转向。首先，他的创作不再像早先那样，停留于较为单一的特立尼达印度教移民的世界，通过这部作品的创作，奈保尔开始较为全面地考察西印度及南美洲前殖民地国家的现状以及种族、民族、文化、历史等。其次，在早期小说的创作中，奈保尔的个性、个人情感主要表现为"歇斯底里"以及对"歇斯底里"情绪起到消解作用的喜剧情调，但《中途：西印度及南美洲五种法国和荷兰社会之印象》的创作，使奈保尔的冷漠与"玩世不恭"进一步转化为冷酷与深邃，他早期作品中的喜剧情调逐渐淡化，他个人的情感和思想更多地化于客观冷静的观察与细致入微的分析："无论是旅行记还是小说，奈保尔的创作中总是夹杂着个性、个人的情感，它不是一种客观的记录，而是有着社会学家或人类学家分析性的思想内容。"① 最后，在创作《中途：西印度及南美洲五种法国和荷兰社会之印象》之前，奈保尔一直认为，文学创作便是虚构与想象性的小说创作；通过这部旅行作品的创作，奈保尔开始更多地关注于历史、档案与人物采访等纪实性的内容，并使纪实与虚构相映生辉。作为一个作家，奈保尔由此真切地感受到，要把他所看到的一切转化为文学，便不能固守于"小说"的种种戒律。在他人生的各个阶段，他不断地变换观察与描写的视角，寻找着各种文学方式："他的旅行创作，既有自传色彩，也有小说的虚构性，同时也不乏散文的随意性和分析性；其中既有叙述者（作家自我）的行踪与对事物的看法，同时也不乏人物形象的描写刻画，对风景的速写；生活的故事与人物的声音交织在一起，同时也有作家对他所遇见的人物的评判。"②

当然，作为旅行创作的第一次尝试，《中途：西印度及南美洲五种法国和荷兰社会之印象》存在着诸多不足。首先，虽说奈保尔认为自己不同于以前的西方旅行作家，他没有西方人的偏见，并且在旅行创作中努力摆脱维多利亚以来的旅行文学传统，意图走自己的道路，③ 但学界却并不赞同奈保尔的这种看法，而多认为这部作品依然深受西方文学传统的影响，奈保尔好像是带着西方文化的有色眼镜来看待一切，他对特立尼达等前殖民地缺乏更为全面、深入的理解；再者，尽管他来自特立尼达，但他

---

① Peter Hughes, *V. S. Naipaul*, Routledge, 1988, p. 109.

② Ibid, p. 165.

③ Ibid..

却对自己的出生地缺乏真正的感情,这部作品面对伤痕累累的现实,没有丝毫的同情之心。当然,我们也可以说,这种"无情"是早期作品"歇斯底里"情绪的演化与发展;而且,这种无情与冷漠,并不是一个孤立的问题,而是奈保尔一贯的处世态度,伴随奈保尔一生,自然也伴随着他所有的创作。

二 印度文明与创伤的自我

《中途:西印度及南美洲五种法国和荷兰社会之印象》使奈保尔在旅行创作的道路上迈出了第一步之后,他便一直沿着这条道路走下去。《幽暗国度:记忆与现实交错的印度之旅》(1962)是奈保尔紧接着《中途:西印度及南美洲五种法国和荷兰社会之印象》而创作的旅行作品。

奈保尔曾说,在印度旅行几个月后,他觉得自己根本无法就印度写出什么东西来,他曾放弃写作有关印度的书,后来,迫于经济的压力,他又打算将印度写成一本类似于小说的书。他试图从混乱的记忆中寻找出条理,以便构思作品,结果写下"废墟"(Ruins)一词后,凝视了一天,也没有写下去。①

"废墟"是奈保尔作品中反复出现的一个重要意象。在奈保尔看来,随着英帝国辉煌时代的过去,英国已经变成了帝国的废墟和遗迹;而印度作为英帝国的殖民地,在现代世界,更沦为废墟中的废墟和遗迹中的遗迹。历史上,英帝国虽然统治了印度,但英殖民统治者不像莫卧儿王朝那样将印度看成是自己的人间天堂,而是凌驾于印度之上。印度人发现他们身处新世界之中,但新世界的精神却无法与他们的灵魂合为一体,他们模仿英国人,同时又抗拒英国人,民族主义实际上是一种被迫的选择,是一种悖论性的存在,是从西方借来又用以反抗西方的武器。而独立之后,印度文明也没有从自我与西方的结合中获得重生,而是进一步衰败了,变成了文化的废墟。在《幽暗国度:记忆与现实交错的印度之旅》中,"废墟"一词,既是过去又是现在,两者结合在一起,一方面暗示着记忆中印度文明的辉煌,另一方面又显示出印度目前的衰败景象。

---

① Derek Walcott, "Interview with V. S. Naipaul", *Conversations with V. S. Naipaul*, ed., Jussawalla. From Gillian Dooley, *V. S. Naipaul*: *Man and Writer*, University of South Carolina Press, 2006, p. 42.

　　无论是朦胧的记忆还是丑恶的现实，无论是深刻的洞察还是固执的偏见，我们都可以体味出"废墟"这一意象，看似某种外在的景象，实则是奈保尔内心的境遇。因此，"从很多方面看，《幽暗国度：记忆与现实交错的印度之旅》与其说是关于印度的书，不如说是关于奈保尔自己的书"①。实际上，奈保尔在这部作品中也明确地从文学的角度表达了他的这一思想：

　　　　十个月后，我重访这座城市，对自己当初抵达孟买时所表现的歇斯底里，感到颇为惊讶。……这座城市并没有改变，我自己的一双眼睛却改变了。我已经看过印度的乡村：狭窄残破的巷弄；流淌着绿色黏液的排水沟；一间挨着一间、狭小湫隘的泥巴屋子；乱糟糟堆挤在一起的垃圾、食物、牲畜和人；肚腩圆鼓鼓、沾满黑苍蝇、身上佩戴着幸运符躺在地上打滚的小娃儿。……在这样的地方，悲悯和同情实在派不上用场，因为它代表的是一种精致高雅的希望，而我感到的却是莫名其妙的恐惧。我必须抗拒内心涌起的一股轻蔑，否则，我就得抛弃我所认识的自我。也许，到头来，我感觉到的只是深沉的疲倦。就在歇斯底里的当儿，骤然间，我心中感受到一种宁静、祥和；我终于学会了把自己和周遭的世界分隔开来。如今，我终于懂得，如何区分美好和丑恶的事物；如何区分彩霞满天的苍穹和那一群群在夕阳下干活、身形显得格外渺小的佃农；如何区分美丽、高贵的手工艺品——黄铜器皿或丝织物，与制作这些东西的一双干瘪且瘦小的手；如何区分雄伟、壮观的历史遗迹和蹲在废墟中大便的小孩儿；如何区分"物"和"人"。在印度这个国度，你随时可以找到逃避的窍门：几乎每一座城镇都有一个比较祥和且干净的角落，让你躲藏在那儿，疗伤止痛，恢复你的自尊心。在印度，最容易也最应该被熟视无睹的东西就是现实。②

　　歇斯底里是奈保尔第一次造访印度时的突出感受，在印度的所见所闻使奈保尔深感震惊，想象中的印度与现实的印度之间形成了巨大反差，这不仅改变了他对印度的看法，更重要的是他改变了对自我的看法——他的

---

① Gillian Dooley, *V. S. Naipaul*: *Man and Writer*, University of South Carolina Press, 2006, p. 41.

② ［英］V. S. 奈保尔：《幽暗国度：忘记与现实交错的印度之旅》，李永平译，生活·读书·新知三联书店 2003 年版，第 37—38 页。

自尊心受到严重的伤害。因此，正如他早年迫不及待地要逃离特立尼达一样，在《幽暗国度》的最后，他也是急切地要从印度逃离出来。不过，从上面一段话中，我们也可以发现，《米格尔大街》等早期作品中无处不在的歇斯底里进一步转化成了宁静般的冷漠与残酷，奈保尔并不缺乏悲天悯人的同情感，只是他发现，悲天悯人是某种精致高雅的格调或希望，在令人恐惧的现实面前这种情调显得太过苍白了。他无法逃避现实，但同时他也不再歇斯底里，也不再以喜剧情调掩盖自己的玩世不恭了。他开始自我分析与自我批判，但这种分析与批判也不是思辨或情感的直白流露，而是将积聚于脑海之中的种种印象展示出来；这些印象与作家恐惧、失落的心理状态密切关联，因此多表现为负面的、甚至是黑暗的意象——它既是基于现实的描写，又是作家自我心境对现实的折射；它是片面的，同时也是深刻的；它是一种冷漠，同时也是一种深沉。它表现的是一种废墟的景象，但在这种废墟之中也隐藏着复杂的历史与神话：在特立尼达，在印度，以及后来在伊斯兰国家，他在旅行中发现自己所面对的，不仅是破败的现实，而且常常也是难以理喻的迷信世界，这是理性所无法判断、分析的复杂问题。因此，他将自己的所见所闻以及其中隐藏着的复杂的社会与历史问题转化为细致而富于隐喻意义的描述，传达出某种难以认知同时又富于神话般真实而深刻的含义；虽然其中明显存在着片面性，但片面中也不乏深刻，从而使读者有某种心领神会或触类旁通的感受。

　　片面与深刻，美与丑，使他的小说与非小说包括旅行创作都表现出明显的对立与统一。① 他的旅行创作既是对所见所闻的客观的描述，同时这种客观的描述也是基于作家自我价值判断的精心构造；既有自传的性质，同时也是广义的回忆录，过去与当下，古典与现代、完美与荒诞等，在他的旅行创作中常常形成悖论性的张力。奈保尔曾说，《幽暗国度：记忆与现实交错的印度之旅》出版后，印度人对此书多有责难，认为他不应该如此刻薄地揭露并批判自己的家乡，这种责难实际上不得要领。② 因为奈保尔对印度并不是没有感情，相反，他对印度的感情极为丰富也极为复杂。

　　《幽暗国度：记忆与现实交错的印度之旅》出版多年之后，奈保尔又出版了另一本有关印度的旅行作品《印度：受伤的文明》（1977）。在这

---

① Peter Hughes, *V. S. Naipaul*, Routledge, 1988, p. 58.

② Purabi Panwar, ed., "An Area of Awakening: V. S. Naipaul in Conversation with Dileep Padgaonkar", *V. S. Naipaul: An Anthology of Recent Criticism*, Pencraft International, Delhi, 2007.

本书中，奈保尔延续了前一本书的写作风格，对 1975 年实行紧急状态法令下的印度进行全面的研究，其中不乏残酷无情却耐人回味的描写与分析。

评论界常常从政治的角度对奈保尔的创作说三道四，但实际上奈保尔对政治并没有多大兴趣，他曾说道："尽管我对美国政治一无所知，却对整个世界感兴趣。我认为仔细读报是一种无聊行为。事物按其常轨发展，选举就选举，大不列颠基本上照常运行，去读在过渡期间发生何事都是浪费时间。……曾经有好多年，我渴望进入广阔的世界，此时我已经置身于此，可是我跟其中的时事保持距离，生活就得像在特立尼达时那样。我批评过从我那种背景来的人，说他们缺乏好奇心，我指的是文化方面的好奇心，可是我批评的那些人对事物的相对重要性自有看法，他们也会对我缺乏政治好奇心而惊讶。一旦我开始审视这些事，就看出了自己的这种无知（没有别的词可以名之）。这种有局限的观念，也是我们的历史及文化的一个方面。从历史上看，恒河平原的农民无权无势，我们曾经被各个暴君统治，经常是被远远地统治，那些暴君来来去去，我们经常连他们的名字也不知道。在此背景下，没理由会对公共事务感兴趣——如果这种事情可以说存在的话。恒河平原上在政治方面如此的情况，在战前殖民地特立尼达也是如此。"①

《印度：受伤的文明》的创作，虽然缘起于一个重要的政治事件——英迪拉·甘地对印度实行紧急状态法案，但在对政治与社会的观察与分析中，奈保尔很快便将政治问题转化为文化问题，因为在他看来，印度的政治危机更多地源自于文明的危机。实际上，对印度政治问题的探讨，并不是奈保尔的兴趣所在，他更感兴趣的是印度文明的历史与现状。他认为，在印度，各种问题纠缠在一起，常常难以厘清，甚至超出理解的范围，所以对问题的探讨总是模糊不清、无果而终，比如，"消除贫困、建立正义"，是现实生活面临的重要问题，但这样的问题在印度却变成了抽象的政治口号。② 在印度，对政治问题进行急功近利性的探讨，实际上永远无法触及问题的根本或实质，因此，奈保尔将现实政治问题的分析转化成对文明的探讨，进而变成了对自我的探讨。他将自己对印度复杂的感情融入作品，在对印度的现状与历史进行研究的同时，也在对自我进行分析与解

①　[英] V. S. 奈保尔：《作家看人》，孙仲旭译，南京大学出版社 2009 年版，第 55 页。
②　[英] V. S. 奈保尔：《印度：受伤的文明》，宋念申译，生活·读书·新知三联书店 2003 年版，第 135 页。

剖。在这部书的"前言"中,奈保尔写道:

> 印度于我是个难以表述的国家。它不是我的家也不可能成为我的家;而我对它却不能拒斥或漠视;我的游历不能仅仅是看风景。我离它那么近,同时又离它那么远。我的祖先百年前从恒河平原迁出,在世界另一边的特立尼达,他们和其他人建立了印度人的社区,我在那里长大。那个社区与甘地 1893 年在南非见到的印度人社区相比,组成更为单一,与印度也更加隔绝。
>
> 印度,这个我 1962 年第一次探访的国度,对我来说是一块十分陌生的土地。一百年的时间足以洗净我许多印度式的宗教态度。不具备这样的态度,对印度的悲苦几乎就无法接受——过去如此,现在也如此。我花了很长时间来适应印度给我的这种陌生感,来确定是什么把我从这个国家分离,同时,也明白了,像我这样一个来自遥远的新世界社区的人,其"印度式"态度,与那些仍然认为印度是个整体的人的态度会有多么大的差异。
>
> 对印度的探究——即使仅仅是对"紧急状态"的探究——很快就不局限在政治层面。它不得不成为对印度姿态的探究,不得不成为对文明本身的探究(正如它现在所示)。尽管我在印度是个陌生人,但这项探究的起点却正是我自己——这比书中所表达出来的还多。因为,就像我们中的一些人一直带着婴儿时期的瞬间印象一样,我身上也一直存留着古老印度的梦幻记忆,它来自延续到我童年时代的家庭仪规,它为我勾勒出一个已经全然消失的世界。①

印度,对奈保尔来说,既远在天涯,又近在咫尺;既陌生又熟悉,他无法拒绝也不愿意拒绝印度,同时他也无法接受甚至也不愿意接受印度;他好像与印度一刀两断,实际上却是藕断丝连,与印度永远纠缠在一起;这不是什么难舍难分的关系,而是某种剪不断理还乱的存在。生活在特立尼达或西方时,对遥远的印度,奈保尔在内心里不时会泛起渴望与期待的涟漪,但真正到了印度,但又迫不及待地要逃离印度。显然,与传统文化中沦落天涯的游子不同,奈保尔对印度的感情产生于后殖民时代的文化背景之中,不仅自我处于流散的状态,更重要的是古老的印度也处于流散的

---

① [英] V. S. 奈保尔:《印度:受伤的文明》,宋念申译,生活·读书·新知三联书店 2003 年版,第 3—4 页。

状态，他不仅不愿而且无法回归于传统的自成一体的文化之中。

显然，奈保尔并不是在惋惜梦幻般古老印度的消失，相反，他一直在思考自我与印度文明的现实与命运。如果说《幽暗国度：记忆与现实交错的印度之旅》更多地从与英国和特立尼达的比较中分析印度社会存在的问题，那么，《印度：受伤的文明》则更多地从印度的历史、社会、文学、政治的角度分析印度文明存在的问题，并尝试对《幽暗国度：记忆与现实交错的印度之旅》中提出的各种问题并给出答案。因此，这部作品实际上是《幽暗国度：记忆与现实交错的印度之旅》的续篇。

在《幽暗国度：记忆与现实交错的印度之旅》中，奈保尔便将自我的习性与古老的印度联系在一起：

> 这是印度人待人处世的典型态度：对显而易见的事实视若无睹。这种心态，在其他民族中肯定会引发精神错乱，但印度人却把它转化成一套博大精深、强调消极、超脱和接受的哲学。这会儿撰写本书，在探索内心、自我反省的过程中，我终于体悟，这套哲学有一大部分从小就融入我心灵，成为我的人生观最重要的一环。……我一直在欺骗自己；虽然这种自我欺骗是隐藏在内心深处那个容许幻想存在的角落，可是，一旦被揭穿，你还是会感到非常痛苦的。这种羞辱，我以前从不曾体会验过。①

在《印度：受伤的文明》中，奈保尔进一步探究自我的习性与古老的印度之间的关系，将《幽暗国度：记忆与现实交错的印度之旅》所说的自我与印度人的待人处世的方式上升到印度文明的高度，并结合甘地主义、阿·克·纳拉杨等印度作家的创作，分析古老印度文明中无为哲学中的平衡观：无论世界如何变化，印度都会继续；但它不是前行，而是倒退回过去，印度人从来都生活在"古代情感""怀旧记忆"以及"辉煌的过去"之中，他们用永恒而神圣的过去消融了现实中的一切苦难，用过去扼杀了现在和未来：

> 站在宽阔的庙前大道上，我开始思考那上千年的侵略与征服注定要给印度带来的智识枯竭。……史书上历数着战争、征伐和劫掠，却

---

① ［英］V. S. 奈保尔：《幽暗国度：忘记与现实交错的印度之旅》，李永平译，生活·读书·新知三联书店 2003 年版，第 272 页。

没有关注智识的枯竭，更没有留意这个国家的智识生活是什么样的——这个国家对人类文明的贡献还是在遥远过去完成的。……印度不能再以老方法应对，不能再缩回到古代。……印度的危机不只是政治和经济上的。更大的危机在于一个受伤的古老文明最终承认了它的缺陷，却又没有前进的智识途径。①

在奈保尔看来，印度的历史便是被征服与被侵略的历史，每次面对灾难时，印度都以古老而辉煌的过去来躲避灾难并得以复活，面对英国的殖民入侵，印度也是如此，因此，印度人历来都生活在童话与神话的世界里。但在当下，当整个世界都因殖民主义、帝国主义而处于后现代式的不断解体、不断更生的情形下，印度出现的政治危机与经济危机已无法再以逃回到过去的方式来加以解决时，印度文明的危机便暴露无遗了：它无法退回到过去，同时也无法前行。

完整的印度文明早已不存在了，印度现代社会的阶级结构正在发生着变化，独立后的印度从西方借来了民族、法制、平等、自由等观念和制度，但这些都属于外来的文明，与印度古老的文明、社会结构以及社会信仰等无法有机地结合在一起："民主制度的破坏性就潜伏在它巨大的成功之中。官方政治的作为越来越小，也就越来越官僚；到后来它看起来就像是通俗游戏，成了计算人头和改变政治派系的活动。而印度的新闻自由，作为另一种外借而来的机制，也失败了。"②

《印度：受伤的文明》受到印度学者较为激烈的批评。他们多认为，奈保尔将印度的政治、经济问题转化成了文明的危机，进而从文学的角度将印度和印度文明的问题变成了美学批评的问题，并以简单化的推论方式得出了一个粗糙的结论：印度文明扼杀了印度人的智性和创造力，印度人总是生活在童话和神话世界之中，他们是人类史上发育不良的儿童。③

创作《幽暗国度：记忆与现实交错的印度之旅》，奈保尔对印度的现实常常感到震惊与难解，而创作《印度：受伤的文明》，奈保尔试图对印度的各种问题加以分析并寻找解决问题的答案，但恰恰是这样的意图使

① ［英］V. S. 奈保尔：《印度：受伤的文明》，宋念申译，生活·读书·新知三联书店2003 年版，第 10 页。
② 同上书，第 205 页。
③ Namrata Rathore Mahanta, *V. S. Naipaul*, *The Indian Trilogy*, Atlantic, New Delhi, 2004, p. 64.

《印度：受伤的文明》一书对印度文明的看法显得有点儿呆滞和僵化；因为印度几千年以来的文明远不像奈保尔所归纳总结的那样简单。实际上，这部作品被冠以"受伤的文明"，也只是奈保尔借印度文明来表达自己的想象与现实之间巨大的心理落差罢了。因此，受伤的与其说是印度，不如说是奈保尔自己；与其说是印度文明，不如说是奈保尔的心灵；与其说印度文明从根本上表现出智性的匮乏和衰竭，不如说是奈保尔一段时间内对自我文化身份的认同产生了深刻的危机。

三　《在信徒的国度：伊斯兰世界之旅》

《在信徒的国度：伊斯兰世界之旅》（1981）的创作，像《印度：受伤的文明》一样，也是缘起于"政治"事件。1979年的伊朗伊斯兰革命，推翻了由西方和以色列扶持的巴列维政权，这是伊斯兰世界现代史的一个重要转折时期，霍梅尼时代由此开始。伊朗革命在伊斯兰国家产生了骨牌效应，西方世界与伊斯兰世界因此冲突不断，伊斯兰教原教旨主义与恐怖主义由此得以蔓延。在电视新闻节目中看到有关伊朗革命的相关报道后，奈保尔从德黑兰旅行到雅加达，用了为期七个月的时间，参观考察了伊朗、巴基斯坦、马来西亚和印度尼西亚四个伊斯兰国家。随后，奈保尔创作了《在信徒的国度：伊斯兰世界之旅》。

这部作品以及后来出版的《超越信仰：伊斯兰教皈依者访问记》，曾引起著名学者爱德华·W·萨义德的强烈批判。萨义德主要生活在美国，奈保尔主要生活在英国，两人年龄相近，都出身于殖民时代，且都受到过良好的西方教育，面临着相似的文化困惑，他们都对前殖民地本土文化极为关心。不过，这种关心，在奈保尔的文学创作中并不表现为对第三世界的维护或同情，而多是前殖民地的社会现状的冷面直视和深入剖析；而萨义德的文学批评更多地富于现实与政治的色彩，对帝国主义更多地表现出批判与揭露的精神，而对第三世界多表现出同情和维护的姿态。萨义德认为，奈保尔的创作归属于康拉德以来的西方传统，描绘的都是后殖民社会的动乱、贫困、失序、腐败、无能、残暴等丑恶现象，仿佛前殖民地国家在后殖民时代比西方殖民统治时期更加令人难以接受；奈保尔将伊斯兰教等同于原教旨主义，好像所有的穆斯林都是狂热的原教旨主义信徒，这是以帝国之眼来看待自己的母国和同胞，因此，萨义德认为奈保尔是第三世界的叛徒。[①]

　　显然，萨义德对奈保尔的批判，基于二元对立的思维方式，他认为奈保尔的创作认同于西方文化，是新殖民主义。这种立论看似一针见血，但前提却有点儿简单化了，实际上，奈保尔的创作并不是非此即彼的二元论所能解释清楚的。"无论是全球化，还是文化冲突，都摆脱不掉我群/他者的二元论世界观，对人类心灵的复杂深度少有触及。奈保尔，比起萨义德来，能够更多地走出了二元论世界，他将那源自心灵深处的恐惧与焦虑化入写实、考察、分析之中，表现出深刻的悲观主义。"[②] 再者，奈保尔的创作，不像萨义德式的文学批评那样富于政治的"正确性"，他对所谓的政治并不感兴趣，而具体到伊斯兰世界，奈保尔感兴趣的实际上也不是什么原教旨主义或伊斯兰世界与西方的对立，而是文化的传承以及文化的迷失问题。所以，奈保尔造访的四国均不是阿拉伯穆斯林国家："我的兴趣不是阿拉伯伊斯兰教，而是在阿拉伯世界之外的伊斯兰教，是被阿拉伯人征服或是受到阿拉伯宗教影响的国家。"[③]

　　伊斯兰教起源于阿拉伯半岛，约在公元 7 世纪，伊斯兰教从阿拉伯半岛开始迅速征伐世界。向西推进，阿拉伯人在公元 710 年前后侵占了西班牙帝国；与此同时，阿拉伯人征服波斯（伊朗）帝国之后，进一步向东征伐印度，并使伊斯兰教逐步渗透到东南亚地区。奈保尔认为："伊斯兰，几乎从立教开始，就不仅是一种宗教，还是一种领土扩张主义，伊斯兰教的早期历史与罗马帝国史惊人地相似，几乎就是后者的快速放映版，同样都是从城邦国家兴起，扩大为雄踞半岛的霸主，再进一步演变为帝国。"[④]

　　在伊斯兰教传入之前，佛教与印度教早已传播到东南亚，在柬埔寨与爪哇至今依然保存着著名的吴哥窟与婆罗浮屠两大文化遗迹。在奈保尔看来，东南亚属于与佛教、印度教联系在一起的更为宽泛的印度文化圈，也可以说是更大印度的一部分。只是到了 14、15 世纪，伊斯兰教才经由印

①　参阅蔡源林《导读：奈波尔的伊斯兰"信仰之旅"与"后殖民"知识分子的困境》，见
　　［英］V. S. 奈保尔《在信徒的国度：伊斯兰世界之旅》，秦于理译，马可孛罗文化 2002
　　年版。

②　同上。

③　Purabi Panwar, ed. , "An Area of Awakening: V. S. Naipaul in Conversation with Dileep Padg-
　　aonkar", *V. S. Naipaul: An Anthology of Recent Criticism*, Pencraft International, Delhi,
　　2007.

④　［英］V. S. 奈保尔：《在信徒的国度：伊斯兰世界之旅》，秦于理译，马可孛罗文化
　　2002 年版，第 9 页。

度传入印度尼亚西与马来西亚，而且这种传播，与伊斯兰教兴盛时期的情形不同，不是由阿拉伯人随着征战而将伊斯兰教传播到东南亚，而是由印度人尤其是巴基斯坦人经由商旅活动而传播过去的，东南亚不曾遭受阿拉伯人入侵，不曾发生过什么洗劫性的灾难。再者，随着伊斯兰教传入东南亚，欧洲人也来到东南亚，并且逐步支配了这一地区。如果说，西方的殖民活动，是一种帝国主义的侵略行径的话，那么，伊斯兰教对东南亚的渗透，同样也是如此。奈保尔认为，伊斯兰教从一开始，便以征战的形式建立了强大的帝国；两种帝国主义在东南亚相互交锋，中东和非洲好像是前沿地带，而东南亚则像是个大后方，但无论是前沿还是后方，其冲突的实质都是一样的。

显然，在伊朗、巴基斯坦、马来西亚和印度尼西亚，伊斯兰教并不是本土或本民族的宗教，因此，奈保尔将这些非阿拉伯国家的穆斯林称为伊斯兰教的皈依者。伊斯兰教在这些国家具有超越民族的性质，但这与佛教的超民族性质不同，因为佛教在超越了民族的同时也超越政治，更多地扮演了文化传播者的角色；而伊朗、巴基斯坦、马来西亚和印度尼西亚等国的伊斯兰教，在超越民族性的同时，却与政治复杂地纠缠在一起，借助于宗教，伊朗、巴基斯坦等国与阿富汗、巴勒斯坦和伊拉克等国更为密切地联系在一起，从而构成了一个以伊斯兰教为中心的反西方共同体。

使奈保尔感到困惑的是，伊朗、印度尼西亚等国的伊斯兰教皈依者比阿拉伯国家的穆斯林更富于伊斯兰教的激情和狂热，他们强烈地反对西方，主张回归伊斯兰传统，他们对自我的穆斯林身份尤其迷狂，一切以伊斯兰教的正义为准绳，他们在伊斯兰教的信仰方面达到了迷狂或神经质的地步——这种信仰正是伊朗等国产生革命的根源，也是这些国家容易发生动荡的根源。

在奈保尔看来，尽管伊斯兰教为穆斯林提供了坚定的信仰，使他们团结在一起，使他们的心灵有了归属，得到了某种安全感，但这无助于政治、经济以及各类社会问题的解决：除了信仰之外，这些国家并没有什么政治和经济问题的真正解决方案，如此，信仰或说是"正信""正义"不过是个借口——借此反对西方，捍卫自我。《在信徒的国度：伊斯兰世界之旅》第一部分写到一个移居伊朗的印度穆斯林，他认为伊朗社会的不公正，只能通过伊斯兰革命来完成，这使奈保尔颇感困惑：宗教誓言能解决政治问题吗？为什么不为工资待遇的改善和法律的健全而做事？只为伊斯兰教及其信仰的完善而奋斗？"公平"与"正义"等美丽的词汇是从西方借过来的，但却没有西方文明的实质性内容——流于表面，变成了说辞；当然，这一方面是西方殖民主义的历史罪过，另一方面也是东方国家自身的问题，是西方殖民主义在东方"生产"的畸形产品。

《在信徒的国度：伊斯兰世界之旅》的第三部分写马来西亚，它以细节的真实性生动地描绘了伊斯兰教信仰问题的复杂性：宗教、政治、经济等社会问题与个人的生活与精神状态密切地联系在一起。

马来西亚农村出生的新一代年轻人，一方面喜欢城市生活的丰富多彩，另一方面也发现城市世界与他们的村庄有天壤之别。乡村代表着古老的传统，代表着伊斯兰教的精神，因此，他们意图维护古老乡村的生活习俗，夏菲便是这样一个来自马来西亚农村的青年。他今年32岁，在首都吉隆坡受过高等教育，还曾留学美国。不过，虽然生活在吉隆坡，但他却讨厌城市流行的拜金主义式的生活方式，他认为，找女人、喝酒、赌徒或吸食毒品，都是伴随着物质文明的毒瘤，冰箱、电视机等商品在污染着人的心灵、污染着社会。因此，他像穆斯林青年运动所号召的那样，有意以伊斯兰作为武器来维护传统和习俗。他喜欢乡下人的道德和伊斯兰宗教习俗，喜欢单纯的乡村生活。

在奈保尔看来，夏菲充满了智性，一派学者风范，这与乡村生活本来是难以协调的，但夏菲却执着于乡村世界，使得奈保尔觉得不可思议。他认为，夏菲是他自己所厌恶的世界（城市或说是西方世界）塑造出来的产物，多亏了这个世界，他才能够发挥他的才智和能干；再说，他的乡村已经不再是往昔的乡村，马来西亚变了，整个世界都不一样了，他如何能够在城里回到乡村，重温昔日的美好时光？乡村里的生活方式已经过去了，但夏菲却在追求乡村世界的精神——这正像一个人一样，假如没有了形体，哪儿还存在什么精神？这是一种不存在的境界，纯粹是一种愿景。置身于吉隆坡，夏菲不晓得自己究竟身在何处，他迷失在川流不息、五光十色的现代都市里，感觉好像是身处异国他乡；而回到村子时，他又觉得自己是一个完全的陌生人，村子里的房屋都翻新改建了，以前的乡亲都搬家了，村里的每一个人他都不再认识了，村子早已不再像过去那样属于他自己了。但夏菲认为伊斯兰教的说法是正确的，只要严守规则（禁锢自己），便可以重现早期伊斯兰生活的纯净境界，只要世人体会到正信之可贵，自然而然就能重整全球秩序。对夏菲而言，重整秩序，便是找回失落的马来西亚乡村生活，重建童年时代的安全感。不过，他也知道，他再也回不到从前了，他好像是古往今来第一个失去乐园的伤心人："夏菲活在虚无缥缈之中，他感觉自己两手空空，一无所有，除了正信之外，他一无所求，他像是一种抽象的存在，他热爱自己的马来西亚同胞，他要他们尽可能纯洁，就像他认为自己是何等的纯洁一般。"① 通过夏菲，奈保尔将马来西亚的乡村与都市吉隆坡联系起来，进而又将马来西亚与西方联系在一起。

奈保尔选择夏菲作为一个描写对象，看似随意、散漫，实则是精心的设计。一般来说，奈保尔旅行作品中出现的人物（他要采访或描写的对象）常常不是事先确定好的，而带有随机应变的特性。奈保尔对他自己不赞同的观点或他不喜欢的人物，也能保持平和的态度，有时他也从变化的角度来看待自己原先判断的失误或对某人的误解。他常常从时代与社会的变迁中表现人物的处境和现实的生活及其变化，并从中发现人物性格与思想的变化。他的旅行创作注重历史与文化的失落与传承，写实的笔法中又不失故事的生动性和人物形象的典型性。②

奈保尔对夏菲的描写，看似纪实，实则不乏小说的艺术性。通过栩栩如生的细节描述与活灵活现的人物对话，奈保尔将夏菲塑造成了一个生动的形象——其中带有明显的故事色彩或说是小说性质。其故事性并不在于虚构或想象，而在于或明或暗地带有奈保尔的价值判断和强烈的问题意识：他的思考、分析、判断和批判。显然，这种价值判断会影响到奈保尔对于事实的撷取与筛选，甚至是某些细节上的发挥和创造。正是这种问题意识，使我们看到，夏菲的世界不仅是失落与迷惘，同时也是时空的错置与精神的混乱。奈保尔在旅行创作中混合了小说笔法，表面上，它不是马来西亚的民族志，但从深层次的角度说，它又细致入微地写出马来西亚人的精神与心理。因此，奈保尔旅行作品的笔法，实际上比忠实地记录所见所闻更加真实，它展示的不是表面的真实，而是灵魂的真实；描绘的不仅是个体自我的心理世界，同时也是伊斯兰世界真实的精神面貌。

夏菲的失落，绝非孤立的现象，在西方文化的冲击下，东方的一切都在不断地消解，这不仅是马来西亚穆斯林所面临的问题，而且是亚非社会所面临的普遍问题。因此，当奈保尔通过夏菲这样的角色来表现亚非社会中存在的一个带有共同性的问题时，奈保尔并没有将问题空泛化，他不是以某种政治取向将人物简单化或扁平化，而是尽量客观将夏菲的生活遭遇与精神世界真实地呈现出来。在奈保尔的笔下，夏菲对伊斯兰教的激情与信仰、对西方物质文明的贬损，并不是一种偏见，也没有什么政治目的，

---

① ［英］V. S. 奈保尔：《在信徒的国度：伊斯兰世界之旅》，秦于理译，马可孛罗文化2002 年版，第 453 页。

② Bruce King, *V. S. Naipaul*, Palgrave Macmillan, 2003, pp. 165 – 166.

而是他的心理与精神的真实反映。奈保尔之所以走进伊斯兰世界，是想真诚地了解这个世界发生的一切。从夏菲身上，我们可以看出，伊斯兰世界与西方之间的冲突并不仅仅停留于政治、经济或文化层面，更深层的冲突还在于精神上的不可调和性。

学界常常从传统/现代、信仰/科技之间的矛盾来分析《在信徒的国度：伊斯兰世界之旅》，但实际上，在奈保尔看来，传统与现代实际上是一个伪命题，对伊朗、巴基斯坦等皈依伊斯兰教的国家来说，尤其如此。因为伊朗在伊斯兰教入侵之前，曾有光辉的古代波斯文明，并且对印度产生了深刻的影响。如果说传统便是过去的话，那么，伊朗等国的传统并不是伊斯兰教，伊朗的文明传统实际上是被伊斯兰教断送的，巴基斯坦、印度尼西亚、马来西亚也是如此，所谓的传统与现代，实际上是以东方和西方的名义而将各种复杂的问题掩盖起来了。

进一步说，伊斯兰教或伊斯兰教原教旨主义与西方的对立也是一个伪命题，借助于反西方和革命的名义，将政治宗教化的同时也将宗教政治化了；结果不仅政治变成了专制，而且宗教也在误导人们的精神和灵魂。在精致、深邃的散文笔法和引人入胜的故事中，奈保尔的笔墨之间也浸染着他一贯的刻薄、残酷和绝望，从中传达给我们的信息实际上是令人震惊的。在新的现实面前，原教旨主义兴起，借助复兴伊斯兰教的口号，非阿拉伯人的穆斯林在伊斯兰教的伪装下开始了革命，这种革命将人们在新的历史条件下所面临的困惑与不安，转变成持久且不间断的意识形态的同一化问题，奈保尔将此视为可怕的新的文化殖民和精神殖民，这不仅阻碍了伊朗、巴基斯坦、印度尼西亚、马来西亚等国改善社会、经济以及民众的生活条件，而且摧毁了本土文化的传统。在西方受到高等教育，在国内找不到归属的知识分子，在传统与现代的双重异化中受到了双重的煎熬，他们试图在激进的革命中寻求到生命的意义，但结果却是，他们要么转向最保守的复古主义的意识形态即原教旨主义；要么转向激进的反传统与左倾路线，也就是无神论共产主义或社会主义意识形态。因此，奈保尔用"孪生"一词来形容这两种看似不同、实则一致的革命。这种"孪生革命"不仅是伊朗等伊斯兰教皈依者国度所面临的问题，而且也是印度、南美、非洲国家所面临的共同问题。由此，我们也可以联想到蒙博托的非洲或是庇隆时代的阿根廷，反西方、革命、传统、正义、公平等，一方面变成了富于鼓动性的口号或信仰，另一方面也堕落成了强制性的政治与宗教；一方面它表现为激进，另一方面它又表现为保守。

《在信徒的国度：伊斯兰世界之旅》并不是反伊斯兰教，而是奈保尔基于自我而对世界做出的观察与思考，这与他对印度、特立尼达、英帝国的观察与思考密切地联系在一起的，并不是孤立的存在。像其他作品一样，这部作品也是围绕着历史的兴衰、个体生命的死亡与更生进行思考。"帝国"是奈保尔始终关心的问题，由英帝国联想到罗马帝国，进而联想到波斯帝国、阿拉伯帝国、蒙古帝国（与印度莫卧儿王朝联系在一起）甚至更为远古的雅利安种族问题，奈保尔对文明的兴盛与衰落有着深厚的兴趣，这一切都基于他所出生的这个帝国主义时代。

他之所以关注阿拉伯帝国，尤其是阿拉伯帝国与印度、伊朗以及东南亚的关系，是因为这不仅是帝国历史的问题，更是与奈保尔本人息息相关的问题。在特立尼达印度社区，穆斯林与印度教徒常常生活在一起，就像在印度一样；奈保尔从出生就知道与自己不一样的穆斯林了："我们印度教徒与穆斯林的祖辈，从印度带来的彼此仇恨，已经转化为某种乡俗智慧：熟知对方之不牢靠与背信恶习。"① 或许，我们可以说，出生于印度教家庭的奈保尔对穆斯林有着天生的反感与对立情绪，但实际上奈保尔早已不再是一个印度教徒，在他的作品里，有些印度移民也是以穆斯林的身份出现的，比如小说《河湾》的主人公萨林姆便是一个印度裔穆斯林，在奈保尔笔下，萨林姆的穆斯林身份基本上与伊斯兰教没有什么关联，读者只是从他的名字上可以看出他是一个穆斯林，他更多地是以一个印度裔商贩的形象出现在小说中，他的穆斯林文化传承的历史早已消失在他漂泊不定的生活之中了。

帝国的问题，尽管奈保尔竭力想搞明白，但他却始终无法深入其中。历史都是由偶然性构成的，其中有着太多的曲折，让人产生某种莫名其妙的奇怪感受，在奈保尔看来，帝国的产生与消亡，永远是一个巨大的、猜不透的谜。而在后殖民、后帝国主义时代，人类的历史与现代文明汇聚一起，进一步进入了一团乱麻的状态之中，世界比以前任何时代都更为紧密地纠缠在一起，在不断的革命与不断的冲突之中，人们失落了传统的世界，一切都处于解体之中，一切都漂浮不定，一切都处于变化之中。

---

① ［英］V. S. 奈保尔：《在信徒的国度：伊斯兰世界之旅》，秦于理译，马可孛罗文化2002 年版，第 14 页。

四　变化的观念与旅行创作风格的转变

历史一方面是着眼于当下而对过去进行的重构,另一方面则是着眼于过去而对当下进行的改造,前者表现为自我的价值判断,后者则是基于史实而对自我的思想进行改造。通过在英国和前殖民地国家之间往来不断的旅行考察,通过对帝国历史的考察与分析,奈保尔增长了见识,不断地认识到文化的多元性与差异性。他不再企图将世界纳入自我的天地,而是努力抑制自我的价值判断,以多元、变化的眼光来看待自我与他人,使自我融入充满差异性的世界;在不断变化的过程中,使自我得以改造、充实、提高。①

在晚年创作的小说《魔种》中,奈保尔借小说人物威利之口表达了对自我的身份、自我到底是什么的困惑:

> 他看见这整个的世界,这里(指伦敦)的每一幢大楼,都是由人,由不同时期的许许多多人,建造而成的。它并不是一种单纯的存在;他这种观察方式的改变真是一个小小的奇迹。现在他明白了,在往昔,在这些地方,他始终抱着一种无知和片面的看法,他的头脑里始终存在着一种无知,他的内心深处始终存在着一种渴望,渴望某个他并不知道的东西。
>
> 如今那种无知和负担已经离他而去。他一身轻松地站在那些由许许多多人建造而成的大楼前。……他感觉到压迫已经消失,感觉到自己已获新生。他从来没有,自孩提时起就从来没有想到过他会变成什么样子。现在他觉得自己正被赋予一种想法,虽然难以捉摸、不可理解,但确实存在。他的本质究竟是什么,他至今还不知道,尽管他在这个世界活了这么久。……
>
> 市中心的街道人潮汹涌,有时候甚至连走路都很困难。到处都能看见黑人、日本人以及阿拉伯模样的人。他想:"这个世界的变化天翻地覆。现在的伦敦已经不是三十年前我居住的伦敦了。"他感到说不出的轻松。他想:"这个世界正在被某些力量所撼动,某些超乎我

---

① Zhu Ying, *Fiction and the Incompleteness of History*, Peter Lang, 2006, p. 89.

想象的巨大力量。……"①

当后殖民文学批评谈论身份问题时，常常从种族、宗教、政治、文化等角度将它演化成民族或政治问题，而很少从自我的"陌生化"这样一个实实在在的问题入手谈论我们自己。而奈保尔在文学创作中更为注重的，实际上是个人的文化传承与迷失的问题，也就是自我的问题。自我的本质到底是什么，是一个永远无法把握、无法理解的问题，因此，不应执着于此，否则便会僵化或片面化——甚至在对问题的渴求中变得无知。旅行与创作，使奈保尔不断地加深了自我的焦虑，同时他也在不断地发现自我：世界在不停地变化，自我也在不断地变化，他观察问题的方式也在不断地变化。

传统的小说主要是描写、反映世界，而奈保尔的创作处于不断变化的现代世界之中，一方面是现实世界不断使他发现并重新认识自我，另一方面则是他通过自我而对世界的奥秘进行感知和探求。他的创作并不是基于感觉或想象，而是基于现实生活：这是一个分崩离析、一切都无法定型的世界。长期以来，奈保尔对自我和世界深感悲观和绝望，但《抵达之谜》（1987）和《世间之路》（1994）等小说的创作，使他认识到世上万事万物都处于流动与变化之中；虽说他对未来依旧不抱什么希望，但"变化"观念的确立，使奈保尔对世界、对自我都有了积极的认识，同时也使他的创作风格发生了不小的转变。这对《南方一游》（1989）、《印度：百万叛变的今天》（1990）、《超越信仰：伊斯兰教皈依者访问记》（1998）等旅行创作都产生了明显的影响。

评论界多认为，《南方一游》（1989）标志着奈保尔旅行创作风格的变化：作家本人更多地退出了作品，这并不是"作家"作为一个角色出现得很少了，而是说，作家的评论与价值判断不再像以前作品那样表现得那么突出了，人物的对话占据了更为重要的地位，旅行创作更多地变成了人物的口述史。《南方一游》记录了作者游历美国南部时的经历与感受，其中有一半以上的篇幅都是被采访人的说话内容。当然，采访作为一种写作方式，《在信徒的国度：伊斯兰世界之旅》便被广泛采用了，所以，对奈保尔来说，《南方一游》并不是写作方式或写作风格上的新尝试或新转向；而自己少加评论或分析，才是这部作品鲜明的特色。这本书的扉页引用的一句话颇能说明问题："每一个人的生命都是一部历史，喻示了时代

---

①　[英] V. S. 奈保尔：《魔种》，吴其尧译，上海译文出版社 2008 年版，第 184—184 页。

传承的本质。"① 显然，此话将自我融入了时代的变迁之中，自我的存在总是离不开他人与社会，每一个个体生命的意义和价值都会化于不断变化的历史以及文化的传承之中。一方面，我们发现奈保尔比以前平和了，他好像不再那么自我了，他的旅行创作也不再那么"片面"或刻薄了；另一方面，我们也发现，他的旅行创作也不再那么深刻了。《南方一游》是奈保尔唯一以美国为描述对象的旅行创作，在这部作品中，他重新考察了自己对美国南方曾经存在的偏见，他致力于理解美国南方社会对现代化的抗拒心理和情绪。

《印度：百万叛变的今天》（1990）是奈保尔有关印度的第三本旅行创作，在这部作品中，他有意纠正前两本有关印度的旅行创作中存在的"偏见"，重新审视印度，对《幽暗国度：记忆与现实交错的印度之旅》中曾经描写过的孟买的人群和位于湖心岛中的克什米尔旅馆等场景进行了重新的感受和描写，对在《印度：受伤的文明》中表现的有关圣雄甘地的偏见进行了纠正。奈保尔以前有关印度文明的衰落与破败的看法，被迅速变化的社会现实所取代：印度正在发生"百万叛变"。

1857 年，印度曾爆发反对英国殖民统治的大叛变，它标志着印度现代历史的一个重要转折，现代印度人的民族意识开始觉醒；而今印度社会面临着相似的境遇，但与当年的"大叛变"不同，它表现为五花八门的百万叛变——来自印度社会底层的骚乱。低种姓、农民以及妇女等社会边缘力量的崛起，必然导致印度当代社会结构发生巨大的裂变，奈保尔也将"百万叛变"命名为印度社会的"种姓大地震"，并认为这是发生于当下印度的积极的社会运动，它将冲破印度传统的束缚，将印度引向更好的未来。

在奈保尔看来，印度的独立运动是自由意识从上层社会精英向社会下层渗透、延展，而在印度独立后几十年，到了 21 世纪，自由意识则表现为下层社会对上层特权的反叛，印度的经济发展进一步加速了这一反叛过程：

> 在印度这样贫苦之下还有贫苦、残暴之下还有残暴的国家，心灵解放必然会导致动乱。愤怒和反抗一定随之而来。当前，印度有一百万个小型叛变。
>
> 百万个叛变、撩拨眷恋的是二十种群体的急进主张、派系的急进

---

① V. S. Naipaul, *A Turn in the South*, Vintage international, 1990.

主张、宗教的急进主张、区域的急进主张。或许，这些是自觉的开始，重启了老早就被混乱和动荡扼杀的知识生活。但是今天的印度拥有两百年前所没有的东西：一份凝聚的意志，一套主导的知识，一个国家的理念……

现在，在印度，大家已经看出急进过头的问题。这百万叛变也促进了整体知识活动的活力，巩固了所有印度人如今都觉得可以依附之价值的正当性和人道精神……它们是无数人新生活开端的一部分，是印度之成长的一部分，是印度之复原的一部分。①

显然，印度当代社会发生的百万叛变，类似于前文提到的游击战或革命行动。奈保尔认为，印度当今社会的百万叛变并不是一场盲目的、颠覆性的革命运动，而是渐进性的社会进步，因为随着当代印度的经济发展，人们在政治、文化、思想上都有逐步提升，个体生命的自我意识与价值判断正在悄无声息地发生着变化，这标志着无数人新生活的开端，同时也是印度民族、印度国家获得新生的根本。以前，奈保尔多将前殖民地国家的动乱与无序状态看成是盲目的游击战，如今，奈保尔对待百万叛变态度的变化，也显示出他对前殖民地国家的动乱根源与结果的看法发生了本质性的变化：前殖民国家社会无序而混乱的革命，是走向变革与秩序、走向新生的必要的成长过程。

针对《印度：百万叛变的今天》的创作，奈保尔说："我终于做了一趟可以算数的重返之旅，消解了身为印度裔的焦虑，驱散了那阻隔在我自己和我祖先之间的黑暗。"② 显然，《印度：百万叛变的今天》的写作是奈保尔对《幽暗国度：记忆与现实交错的印度之旅》和《印度：受伤的文明》中各种"偏见"的有意纠正，这部作品充满了各种人物、各个阶层的声音，各种意见、观点互相对立、交锋，不再被统一于某种正确的评判之中。在诺贝尔文学奖受奖演讲《两个世界》中，奈保尔说道："创作了第一本关于印度的作品（指《幽暗国度：记忆与现实交错的印度之旅》）之后，时隔26年，我开始创作第三本关于印度的作品（指《印度：百万叛变的今天》）。那时，我意识到对于一部旅行创作而言，最重要的是要记载与作家同行的人。应当让这些同行者来定义他们自己。这是一个极其

---

① ［英］V. S. 奈保尔：《印度：百万叛变的今天》，黄道林译，生活·读书·新知三联书店2003年版，第553页。

② 同上书，第552页。

朴实但需要一本新书来加以印证的想法；这需要一种新的旅行方式。这也正是我后来第二次走进穆斯林世界的旅行方式。"①

　　奈保尔第二次走进穆斯林世界，创作了《超越信仰：伊斯兰教皈依者访问记》（1998）。这部作品是《在信徒的国度：伊斯兰世界之旅》的续集。1995年再次访问伊朗、巴基斯坦、印度尼西亚、马来西亚四国，并寻访了他在1979年第一次伊斯兰之旅中曾经遇到的人，追踪了他们的生活变迁。比起《在信徒的国度：伊斯兰世界之旅》，这一本书在主要观点上依旧是前一本书的延续：穆斯林皈依者在伊斯兰教的名义进一步阿拉伯化了，这是一种可怕的文化殖民。② 不过，与作家改变了自我观察世界的方式相适应，这一本书也不再过多地强调作家自我的价值判断，奈保尔如此告诫我们："这是一本有关人物的书，不是一本有关意见的书……《超越信仰：伊斯兰教皈依者访问记》补强了第一本书，让故事继续发展下去，故事也以不同的方向发展。它比较不像一本游记，作者也比较不常出现，比较少发问。作者躲在幕后，凭直觉行事。作者发现一些人，发掘一些故事。这些故事一个接着一个展开，有它们自己的形式，界定每个国家和推动它的力量……这些故事有足够的复杂性，这些复杂性是本书的重点：读者不应该寻找'结论'。"③

---

① V. S. Naipaul, "Two Worlds, Nobel Lecture" (7, December 2001) < http://www. guy-anaundersiege. com >.

② Bruce King, *V. S. Naipaul*, Palgrave Macmillan, 2003, p. 173.

③ [英] V. S. 奈保尔:《超越信仰：伊斯兰教皈依者访问记》，朱邦贤译，联经出版事业服从有限公司2003年版，前言。

第九章 《世间之路》与文学之道

　　《世间之路》是奈保尔晚年创作的重要作品。自《抵达之谜》确立了"变化"的世界观之后，奈保尔进一步通过《世间之路》的创作，深刻地表达了世上万事万物永远处于流动和变化之中的美学思想。

　　奈保尔认为，殖民征服与革命、东方与西方等问题，并非简单的种族或文化冲突问题，而是历史、文化以及现实等纠缠在一起、无法查寻到事实真相的问题：既令人困惑，又令人深思。因此，奈保尔对于历史与现实，不再去做什么评判，而是从不同的角度、不同的视野，多方面、多层次地观察并探究真相的蛛丝马迹。《世间之路》主要表现作家从生活的片段或历史的碎片之中得到的某些感受和领悟。故事呈片段的形式，片段与片段之间又藕断丝连，从而变成了有机的整体；一切都诞生于生活和"经验"，但一切又都不再拘泥于"经验"，文学的"真实性"在此变成了"真实感"。一切看似真实，但又都是虚构的；明知是虚构的，但其中又真真切切；形式随着内容而自然生成、自然变幻，好像历史、事实在面对着我们，与我们促膝相谈，没有什么人为的技巧，"艺术性"在此变成了"艺术感"。

　　"重复"是《世间之路》的典型特色。《世间之路》的"重复"不仅表现为某些故事的重写或某个人物、某种意象的反复出现，更重要的是，作家在不断地变化着观察事物的视角，叙事的焦点也是在作家、人物以及叙述者之间不断地转换；视角的不断变化，并不表现为对单一事物的反复观察，而是意在表现事物与事物之间的联系以及万事万物的流变。《世间之路》中的每一个故事都随着时空而不断地发生着变化，小说从移动的视角对故事加以描述，对人物加以观察，一切都处于流动和变化之中，传统小说中所谓的时间与地点、情节发展的高潮与结束等，都消融于流动的世界和流动的人流之中。

　　在奈保尔看来，文学贵在真实，而真实不过是一种流动感，在自然界光明与黑暗的交替中，在人世间荣耀与悲伤的变幻中，我们感受到了美，美不是什么观念，也不是什么崇高，而只是某种充满流动性的感受。"流动"不仅是一种时间观念，同时也是万事万物的存在状态，它没有开始，也没有结束。历史从来都不是线性的或进步的，它只是一种传承或序列，处于周而复始、循环往复的过程；人从来都不是完整的，而只是构成万事万物相互传承中的一个碎片。

在奈保尔看来，尽管万物的变化、社会的变迁的背后依然是衰败与废墟，但奈保尔将废墟看成了某种不可知的本质而不再去深究，因此，他也不再从废墟的角度去看待世界了，而是从变化的角度来感知世界，流动是我们能够感知到的唯一的美，哪怕这是一种虚幻、甚至令人厌恶的美。

一 《世间之路》

在《寻找中心》《抵达之谜》《世间之路》《阅读与创作》《作家看人》等散文著作和很多采访中，奈保尔都向我们描述了他是如何成为一个作家的。

在《抵达之谜》中，奈保尔说："我离开家乡就是为了成为一个作家，我天生没有别的才能，也不会从事其他职业，我必须使自己成为作家。"① 尽管从青年时代便充满了作家的梦想，但奈保尔发现——他多次说到——自己缺乏文学创作的天资："如果有天分的话，我便会模仿，我会模仿别人的形式。但我没有，我确实得工作，我得学习，通过学习，我变成了我自己该成为的人。"② 这里的"模仿别人"，主要是指模仿西方作家那样去进行创作；最初进行创作时，奈保尔确实也尝试着这样做，但这种模仿性的创作不仅使他感到痛苦，而且也使他在文学创作上走进了死胡同。只是当他的思路回到他所熟悉的特立尼达的生活、回归于自我的真切感受时，他的文学创作才走入正途。此后，通过不断的创作实践，奈保尔成为一个独具特色的作家，也就是他所谓的"变成了我自己该成为的人"。不过，即使在文学创作上取得了成功，奈保尔对于文学创作的奥秘依然感到茫然。1994 年《世间之路》出版后，在一次访谈中，奈保尔说道："到目前为止，如果你问我是怎么成为一个作家的，我没法给你一个

---

① V. S. Naipaul, *The Enigma of Arrive*, Viking, 1987, p. 110.

② Stephen Schiff, "The Ultimate Exile", in *Conversation with V. S. Naipaul*, ed., Feroza Jussawalla, Jackson: the University Press of Mississippi, 1997.

回答，如果你问我是怎样写成一本书的，我无法回答。……写书不同于写诗，散文的叙事不在于灵感的突然降临，必须得不断地创作，然后，某一天，碰上好运气，有什么东西出现了，于是进入某种兴奋的状态。"①

　　奈保尔这些话并不是什么自谦，而是出自内心，实际上，他常常有某种疲惫的感觉，很早就想搁笔不写了，但某种空虚和不安却总是驱使着他去创作下一本书，他对过去的作品总是感到不满。② 不过，在感叹自己没有什么文学天分的同时，针对《世间之路》的创作，奈保尔也自豪地说："即使这是我最后的一部作品，我也相当心满意足。"③ 尽管奈保尔此后也还创作有小说和散文作品，但《世间之路》被普遍认为是奈保尔晚年完成的一部巅峰之作，奈保尔也自认为，这是他从艺术家的角度对自己一生所做出的总结和判断。通过《米格尔大街》的创作，奈保尔回到了特立尼达，特立尼达既是他生命的起点，也是他创作的起点；而通过《世间之路》的创作，奈保尔又将他文学的终点定格于特立尼达。尽管此后奈保尔还创作了如《浮生》《魔种》等小说，但《世间之路》的创作，却是奈保尔通过小说而对自己文学历程进行的回顾和总结，通过联想而对特立尼达进行的解构和重构。

　　自《抵达之谜》确立了"变化"的世界观之后，奈保尔进一步通过《世间之路》的创作，深刻地表达了世上万事万物永远处于流动和变化之中的思想。对奈保尔来说，显然，这不仅是一种新的看待世界的方式，同时也是一种新的美学观。

　　《世间之路》不断地变换时空，视角也在不断地变换；叙事者或是主人公、或是作者、或是其他人物；叙事既有主线，同时又交织了多条线索；人物或是主角或是配角消失不见后又偶尔浮现；事件中隐藏着事件，现实生活中隐藏着历史，一切都在不停地流动、变幻，整部小说由一个个场景构成，场面看似简单，但却不断地流转变化，充分展示出生活的本来面目和历史的演变以及自我生命的传承与消亡。④

　　这部小说的题目"世间之路"（A Way of the World）包含多层的意

①　Mel Gussow, "V. S. Naipaul in Search of Himself", *New York Times Book Review*, April 24, 1994.

②　Gillian Dooley, *V. S. Naipaul: Man and Writer*, University of South Carolina Press, 2006, p. 5.

③　Stephen Schiff, "The Ultimate Exile", in *Conversation with V. S. Naipaul*, ed., Feroza Jussawalla, Jackson: the University Press of Mississippi, 1997.

④　Bruce King, *V. S. Naipaul*, Palgrave Macmillan, 2003, p. 153.

义，既可指历史人物走过的道路，也可指普通人物正在行走的人生道路；既可指奈保尔流亡世界的道路，也可指他在文学创作上自己走出来的道路。同时，"a way"的含义也可理解为"方式"或"方法"，它既是奈保尔观察世界、观察社会的方式，也是他发现自我、创作文学的方式；而无论是观察世界还是发现自我，都不存在固定不变的方式（the way）。《世间之路》只是无数方式中的一种方式或无数道路中的一条道路。世上有无数道路，一个人会走什么样的道路势必带有偶然性，奈保尔的文学之路也是如此；同时，奈保尔文学之路对我们每一个人也都具有一定的启发意义。在此，笔者意图以《世间之路》为中心，结合奈保尔的其他作品，谈谈奈保尔在文学创作上的一些门道——属于奈保尔自己的、独特的文学之路。

《世间之路》的创作缘起，显然与特立尼达以及《黄金国的失落》密切相关，一定程度上，也可以说，《黄金国的失落》的"失败"促成了《世间之路》的诞生。1994年，针对《黄金国的失落》，奈保尔说："我创作的不是我自己的书……在写《黄金国的失落》时，我借用了历史的形式，从而毁了这本书。"[1] 奈保尔所谓《黄金国的失落》创作上的"失败"，主要是奈保尔的一种说辞。在奈保尔的创作历程中，《黄金国的失落》有点儿像是处于"中途"：此前，他的小说创作，比如《米格尔大街》或《毕司沃斯先生的房子》，无论怎么说，都还更像是传统的小说；此后，他的小说创作与历史创作、旅行创作结合在一起，虚构与非虚构、小说与散文之间的界限越来越模糊。而在此前此后，起到桥梁作用的，恰恰是《黄金国的失落》；而《抵达之谜》和《世间之路》则是将虚构与非虚构、小说与非小说之间完美结合在一起、代表奈保尔新的创作风格的重要作品。

在奈保尔看来，文学创作离不开现实与历史的经验，但经验本身并不能构成创作，尽管在《黄金国的失落》的创作中，奈保尔充分利用了他在特立尼达历史方面的经验，但他并没有很好地消化自己的经验。因此，《黄金国的失落》不过是历史经验的重述与总结，它更多地属于"历史"，而不是属于"文学"，或者说，即使这部作品属于文学创作，但也不是奈保尔心目中的文学，其中最为缺乏的，在奈保尔看来，依然是作家自我的灵魂。通过《黄金国的失落》的创作，奈保尔发现，19世纪的小说形式并不能很好地消化有关黄金国的复杂材料，试图将自我的经验和历史感受

---

[1] Mel Gussow, "V. S. Naipaul in Search of Himself: A Conversation", *New York Times Book Review*, April 24th, 1994.

倾倒进传统的小说模式之中，实际上意味着削足适履，必然会扭曲自我和历史，因为自我的生活经验和特定的历史感受必须以其特有的恰当的形式表现出来。尽管创作了《黄金国的失落》，但由于有关黄金国的材料没有能够很好地与自我结合起来，奈保尔的心中总是放不下相关的经验与感受，经过十多年的"反刍"，《世间之路》自然而然地诞生了。因此，与其说《世间之路》是对《黄金国的失落》进行的"修正"或"重写"，不如说是奈保尔对自我的重新发现与重写。[1]

二　"未写的故事"

　　《世间之路》有三篇故事的副标题都是"未写的故事"，它们分别是《新衣：一则未写的故事》《一捆文件，一卷烟草，一只乌龟：一则未写的故事》《苍凉海湾，一则未写的故事》。而这三个故事恰恰都是《黄金国的失落》或《中途：西印度及南美洲五种法国和荷兰社会之印象》早已涉及或写过的故事。奈保尔说，所谓"未写"，是因为以前写的多是"事实"或说是历史，而如今，在奈保尔的笔下，这些"事实"只不过是一个外壳，真正的内容都是虚构和想象性的。[2] 不过，奈保尔在此也并不是要强调这些故事的虚构性，而是意在说明，虚构与非虚构并非对立，而是融为一体的，就像内容与形式一样不可分割开来，而在以前的创作中，他束缚于事实，并没有使事实很好地变成故事。可能是害怕读者误解他是在简单地重复以前的故事，因此他特别标明"未写"。

　　《新衣：一则未写的故事》是《世间之路》中出现的第五个故事。在《中途：西印度及南美洲五种法国和荷兰社会之印象》和《黄金国的失落》中都曾描写到"新衣"的故事，它发生在沃尔特·罗利远征圭亚那14年之后，有个英国人来到阿美里达土著人中间计划建立种植园，当地的土著首领由此想起了罗利，便向这个英国人责怪罗利没有实现自己的诺言。当时间跨度停留在14年之间时，这个故事有其历史的可信性，而在《新衣：一则未写的故事》中，奈保尔有意将时间拉长到四百年这样的跨

---

① Hellen Hayward, *The Enigma of V. S. Naipaul*, New York: Palgrave Macmillan, 2002, p. 76. 参阅孙妮《V. S. 奈保尔小说研究》，安徽人民出版社2007年版，第331页。

② Aamer Hussein, "Delievering the Truth: An Interview with V. S. naipaul", *Conversation with V. S. Naipaul*, ed., Feroza Jussawalla, Jackson: the University Press of Mississippi, 1997. 参阅孙妮《V. S. 奈保尔小说研究》，安徽人民出版社2007年版，第329页。

度时，其故事的意义已不再局限于历史，而更多地变成了童话；童话的意义也并不在于表现土著人的天真世界，而在于讽喻历史与现实之间相互交错在一起莫明其妙的荒诞。

这篇小说的叙述者是20世纪70年代某个革命小组的成员，他来到圭亚那高地，在当地阿美里达土著人中间宣传革命思想，以推翻黑人政府——黑人曾经是奴隶，而今却继承了前殖民政府的政权，统治着当地的阿美里达土著人。故事的最后，令这位革命者感到惊奇的是，当地的土著人把他当成了英国人沃尔特·罗利爵士，向他展示一件破烂的"新衣"——都铎王朝时代（1400—1600）的衣服。四百年前，罗利曾来到这个地方，梦想建立他自己的阿美里达王国，他要求当地土著人帮助他推翻西班牙统治者，并答应他们，在将来某一天，他会从英国回到这里，给他们带来自由而美好的生活，那件破烂的"新衣"，正是罗利当年留给阿美里达人的证物。而今，四百年过去了，当地人还在等着罗利，等着罗利兑现其革命的诺言。一场又一场革命过去了，阿美里达人所等待的"自由而美好的生活"一直没有出现，而今新的革命者，又在给他们许下新的革命的诺言。

阿美里达土著人生活在一个没有时间观念的世界里，分不清过去与现在以及未来有什么差别，他们只生活于现在；但没有了时间观念，便没有了历史，如此，"现在"实际上也是一种虚妄的存在。显然，这是一个虚构的童话故事，阿美里达人生活的世界像是一个童话的王国或说是黄金国，虽然美好，但一切都是虚假的，一切看似存在但实际上却根本不存在。这个虚妄的世界，并不是阿美里达人自己幻想出来的，而是现代人类文明的缩影。这个故事表现的并不是童话的纯真与浪漫，而在于现代人类野心与梦想的荒诞与虚妄。它表面上写的阿美里达人没有时间的世界，实际上针对的却是特立尼达的历史与现状，特立尼达人缺乏历史感，他们只生活在现在，他们不知道自己在特立尼达的生活从一开始就是一个谎言。沃尔特·罗利执迷于自己的梦想，他给予阿美里达土著人的，并不是什么诺言，而是一个谎言；他留给阿美里达土著人的"新衣"，多多少少让我们想起安徒生的童话故事《皇帝的新衣》；而现实生活中，像叙事者这样的革命者，依旧延续着这种虚假和谎言，这便是特立尼达的历史与现实的真相：帝国主义、殖民主义带给世界的一切，不过是一个谎言。

在《新衣：一则未写的故事》中，沃尔特·罗利只是在故事的末尾才偶尔露面，在《一捆文件，一卷烟草，一只乌龟：一则未写的故事》中，罗利正式登场，并扮演了主角。奈保尔有意按照剧本的结构来构思小说，将罗利的故事写成一个舞台剧本或电影脚本：时间为 1618 年，主角便是罗利爵士，一个走投无路、临死挣扎的人，企图当上印第安人的国王、"黄金国"的统治者，故事的背景是银色的天空下，一艘詹姆斯一世时代名为"命运号"的船舶，正航行在一条南美洲的河流上，故事便发生在"命运号"的甲板上。这是罗利最后一次率领舰队远征南美洲寻找黄金，不过，这次远征并没有成为什么历史的壮举，罗利从这次远征中带回来的，也只是一捆西班牙语文件、一卷烟草、一只乌龟，以及一名被称为"荷西先生"的印第安人。

这篇小说并没有描写什么具体的远征场景，其主要内容也像剧本一样表现为人物间的对话：罗利与医生的对话、印第安人"荷西先生"与祖父的对话，通过人物的对话而对历史进行直接的拷问。罗利与医生的对话，主要就《博大、富裕而美丽的圭亚那帝国的发现》一书的真实性展开，这本书是罗利对他 1595 年的第一次远征南美洲的描述，书中有关黄金国的记载和说法充满了欺骗性，但它却曾经被公认为是真实的，通过医生的话，奈保尔向人们揭示了历史的真相：黄金国不仅是一个美丽的谎言，而且加勒比海湾自从哥伦布以来一直是流血与复仇的象征，新大陆的发现并没有使历史向前行进，反而使印第安人失去了家园、湮没在了历史的废墟之中。

《苍凉海湾，一则未写的故事》主要描写了特立尼达（当时属于委内瑞拉的一部分）革命家法兰西科斯·米兰德。1750 年，米兰德出生于特立尼达，他曾在西班牙军队当兵，因为走私黑奴而被捕后，他设法逃到美国，摇身一变，成为推翻西班牙人统治的革命家。此后，他以革命家的身份四处流浪，最后又到了美国，招募雇佣军，攻打西班牙人统治下的委内瑞拉。革命失败后，他撤回到特立尼达，随后又流亡到伦敦。1810 年，玻利瓦尔等人在委内瑞拉发动革命，他们将米兰德看成是他们的先驱和革命领袖，将他从伦敦请回到委内瑞拉。但后来，由于时局发生了变化，米兰德又被革命者出卖了，他们将米兰德抓起来，并送交西班牙人处置；1816 年，米兰德晚年死于西班牙监狱之中。[1]

小说主要描写米兰德被困在特立尼达的日子以及他与远在伦敦的妻子之间的通信，叙事结构较为松散，以片段的形式叙说了米兰德的革命野心与革命历史：米兰德与哥伦布、罗利一样，着魔似的在为自己的伟大理想而奔命，但直到生命的最后，"海湾"留给他们的，并不是梦想的辉煌，

---

①　详见孙妮《V. S. 奈保尔小说研究》，安徽人民出版社 2007 年版，第 312 页。

而是失败的"苍凉"。

米兰德虽然也像沃尔特·罗利一样痴迷于自己的野心与梦想，但在奈保尔笔下，两人之间却存在着根本的不同。米兰德不仅是一个非常早期的被殖民者，而且他是一个反殖民统治的革命家，无家可归、四处流亡、不断革命、不断失败既是他的现实处境，也是他不安的精神状态的写照，显然，无论是现实处境还是精神状态，米兰德与作家奈保尔之间都有一定的相似之处。① 再者，与罗利的野心不同，米兰德的革命更多地表现一种梦想，不过他的革命经历和他的最终归属，也揭示了南美地区后来各种革命活动的乱象和命运：革命是一种虚妄的行动，带来的不仅是自我的灾难，同时也是社会的混乱。

在奈保尔看来，无论是罗利的殖民梦想，还是米兰德的革命梦想，最终都走向了失败；这种失败，不仅是一种历史的悲剧，同时也是现实的灾难。奴隶制、殖民主义虽然已经成为过去，但历史却与现实复杂地纠缠在一起；革命根源于历史，一直延续到当今的社会。奈保尔对过去是一个不断认识、不断发现的过程，如果说《黄金国的失落》中，他对于罗利、米兰德的认识还比较单一的话，《世间之路》则是从历史与现实交错的角度对哥伦布、罗利、米兰德进行了多层次的文学透视，他对这些历史人物既表达了辛辣的讽刺，又充满了相当的同情。在奈保尔笔下，一方面，米兰德像罗利一样是一个幻想家和骗子，两人在本质上并没有根本的不同，但另一方面，奈保尔也对米兰德的革命寄予了相当的理解和同情：他是一个流亡者，是一个受伤的人。与《黄金国的失落》所表现出的阴郁与悲观不同，《世间之路》充满了悲悯的情调：他的同情对象不仅包括奴隶和土著人，同样也包括白人掠夺者，从根本的意义说，他们都是牺牲品——梦想、渴望和谎言、愤怒的牺牲品。②

在《中途：西印度及南美洲五种法国和荷兰社会之印象》《黄金国的失落》等作品里，奈保尔的批判精神表现为既痛恨压迫者又蔑视被压迫者，对压迫者和被压迫者，他都感到恐惧，尤其恐惧被压迫者；而到了《世间之路》，他的批判精神则进一步表现为，既同情压迫者，也同情被压迫者，对被压迫者感到尤其的同情。不过，这种同情，并非主观感情的流露，而是融于历史与现状的客观描述与分析，这是打破了好坏、敌我、善恶界限的精神境界，并不表现某种价值判断或价值毁灭，而表现为万事

---

① 孙妮：《V. S. 奈保尔小说研究》，安徽人民出版社 2007 年版，第 313 页。
② 同上书，第 331 页。

万物处于流变之中的文学境界。《中途：西印度及南美洲五种法国和荷兰社会之印象》《黄金国的失落》的出版，曾使奈保尔遭到一些批评家的指责，认为他对自己所出生的前殖民地缺乏感情，而《世间之路》也被一些评论家认为是奈保尔针对相关的指责和批评而创作的——好像他是在有意纠正自己。实际上，奈保尔对有关的文学批评并不热衷，更不会因文学批评或文学指责的影响而去创作作品，他的创作完全缘发于他自我的生活体验和思想感情。

　　《世间之路》生成于奈保尔自身的文学发展之中，是一部情感与思想都极为复杂的作品，牵涉奈保尔的世界观与文学观的发展与变化。奈保尔认为，殖民征服、革命、奴隶、种族、黑人、白人、混乱、无序等问题，并非简单的种族或文化冲突问题。如果说《黄金国的失落》等作品尚且对殖民征服与奴隶制有所谴责的话，那么到了《世间之路》，他却从新的角度来看待这些问题了，这既非谴责的问题，亦非抹杀历史与文化冲突的问题，因为从根本上说，我们所面临的问题，无法简单地归咎为西方或东方，抑或是黑人与白人的问题，而是历史、现实以及文化等纠缠在一起、无法查寻的事实真相的问题：既令人困惑，又令人深思。因此，奈保尔对于历史与现实，不再去做简单的评判，而是从不同的角度，不同的视野，多方面、多层次地观察并探究真相的蛛丝马迹。因为，"真相"的问题，在奈保尔看来，永远是无法说清、也无法探明的，只能从生活的片段或历史的碎片之中得到某些感受和领悟。《世间之路》中，无论是对人物还是对历史的描写都不再是完整的；假如人物或历史是完整的，奈保尔认为，必然也是扁平甚至是僵化的；假如对人物或历史存在着感情，这感情恰恰是浅薄甚至单一的；假如能将历史与现实的问题揭露无遗，那么这种揭露必然是片面甚至是荒谬的。在奈保尔看来，每一个人都是一部历史，文学中的人物不仅要承载生活，而且要承载历史，生命的意义是深厚的，甚至是深不可测的神秘或无法言说的宗教："生命与人是最具神秘性的，是真正的人的宗教，是悲伤与荣耀。"①

　　这不仅是一种精神境界，同时也是一种美学境界。在《世间之路》中，奈保尔并不刻意追求词语的华美或深奥，但词语本身却在自然的流露中捕获了某种难以说清的魅力，读者既可以读得轻松愉快，一点也不会因为词语而妨碍理解，同时又可以仔细品味词语背后的奥妙。奈保尔批评自己早年曾为幽默而幽默、将幽默变成了词语游戏的愚蠢做法，认为这是基

---

　　① ［英］V. S. 奈保尔：《抵达之谜》，邹海仑等译，浙江文艺出版社 2004 年版，第 378 页。

于词语而非基于对生活的观察和真实感受的幽默，就像《效颦者》中的人物桑德拉一样，在将词语变成轻浮的游戏的同时，她自己也变成了一个轻浮的女人——表面的机智就像一个漂亮而没有头脑的人。[1] 作家应该以直白、朴实的叙述，在细节描写中见出思想的机智。[2] 因此，在《世间之路》中，奈保尔不再像以前那样对历史、对人物指手画脚或歇斯底里了。尽管在现实生活中，他依旧常常感到强烈的不满甚至是愤怒，但"不满"与"愤怒"不仅不是文学，而且会毁坏文学。因此，作为一个作家，奈保尔变得不再喜剧化、也不再悲剧化；生活本身是一种喜剧，同时也是一种悲剧，奈保尔有意隐去自我，从而让人物与故事自身呈现出其悲剧和喜剧的色彩。历史—现实、人物—事件、重访—怀旧、对话—独白、背景—风景等在多种视角的不断置换中若隐若现，一切都不再拘泥于"经验"，但一切又都诞生于"经验"；反讽、寓意等，不是孤立于故事，而是在片段性的叙事中活灵活现；故事呈片段的形式，片段与片段之间又藕断丝连，从而变成了有机的整体，文学的"真实性"在此变成了"真实感"。一切看似真实，但又都是虚构的；明知是虚构的，但其中又真真切切；形式随着内容而自然生成、自然变幻，好像历史、事实在面对着我们，与我们促膝相谈，没有什么人为的技巧，"艺术性"在此变成了"艺术感"。

三　小说与非小说之间

　　《世间之路》由九个短篇组成，除了上述三则"未写的故事"之外，还有《序曲：遗产》《历史：鱼胶的味道》《过客：30年代的一个身影》《流亡》《一个新人》《重归故里》等。

　　《历史：鱼胶的味道》的题目来自奈保尔一段工作经历。在去英国上大学之前，奈保尔作为二等秘书曾在特立尼达的户政总署也就是小说中的"红房子"临时工作过一段时间。红屋是特立尼达岛国的历史档案室，这里储藏着各类用鱼胶黏着的卷宗和文件，天长日久，鱼胶早已变得非常坚硬，那鱼胶看上去像是蜂蜜，但散发出来的却是一股腥味，由于贮藏室里的空间有限，那与特立尼达历史粘连在一起的鱼胶散发出某种特别腐臭的

---

[1]　V. S. Naipaul, *A Way in the World: A Sequence*, Heinemann, 1994, p. 65.

[2]　Ibid, p. 87.

味道。

离开家乡六年之后，小说的叙述者第一次重返特立尼达，他发现一切都发生了变化，但一切又都没有根本的变化，历史与现实奇特地交织在一起，暴力与残酷一如既往。特立尼达贫民区与富人区形成了鲜明的对照，历史上的奴隶，如今的黑人，在特立尼达得势了；而历史上的契约劳工，如今的印度移民，进一步被边缘化。奈保尔想起他第一次听到"种族"一词的感受，当时他不明白这个词的确切含义，后来随着他对特立尼达历史的逐渐了解，他才发现"奴隶"与"契约劳工"这些充满了耻辱性的字眼的沉重含义，耻辱的历史与可怕现实结合在一起，使特立尼达人的生活充满了残酷与暴力。黑人与印度人相互争斗，种族之间冲突不断。伍德福特广场是特立尼达的心脏，它位于西班牙港市中心，奈保尔当年工作的"红房子"就在这个广场的附近。在这个广场上，艾立克·威廉姆斯发表过演讲，谴责殖民主义、帝国主义、资本主义以及特立尼达历史上的奴隶制，广场代表着特立尼达残酷的过去，也象征着特立尼达的独立。但奈保尔发现，广场如今变成了黑人政治的舞台，革命、暴力不断地在这个舞台上上演。自从西班牙人发现特立尼达以来，特立尼达的历史便是残酷与屈辱，黑人政治至今仍在延续着这种历史，整个社会变成了一团乱麻，比如，特立尼达教师的薪水很低，社会没有赋予他们什么权力，但却给了他们随意鞭打学生的权力，孩子们相互之间也是打斗不断，父母也打孩子。

《过客：30年代的一个身影》写的是作家福斯特·莫里斯的故事。莫里斯1937年来到特立尼达时，当地的石油工人正在举行罢工，他认真严肃地研究了这场工人运动，并正面报道了工人和他们的领袖人物的事迹。小说的叙述者是奈保尔本人，在讲述莫里斯的故事的同时，小说也写到奈保尔在伦敦BBC工作的经历以及他在创作初期陷于绝境、作家莫里斯给予他的帮助，并回忆了《米格尔大街》的写作过程；但叙述者对莫里斯的文学作品并没有说什么好话，叙述者认为，莫里斯将被压迫者看成是完美无缺的，竭力为他们辩护，这实际上掩盖了事实的真相。①

《流亡》的主角勒布伦的原型是历史和文学批评家C. L. R. 詹姆士，他是西印度第一代黑人知识分子和黑人革命的先驱，曾是1937年特立尼达油田罢工运动的领导人之一，后周游世界从事革命活动。叙事者与勒布

---

① 小说中的作家莫里斯与英国作家鲍威尔之间存在着密切的联系。V. S. 奈保尔在《作家看人》一书中对英国作家鲍威尔有不少的描述。在文学创作的道路上，鲍威尔曾给奈保尔以不小的帮助，但奈保尔却对鲍威尔的文学创作评价很低，认为他的小说写的都是表面的生活，缺乏文学创作的深意。

伦在伦敦相识并不断来往，勒布伦曾写文章，对叙述者的文学创作给予了独具只眼的评论。在叙述者看来，勒布伦早期曾是"真正革命的人"，但后来他变成了"革命节目的演出者"和骗子。叙述者说，勒布伦曾经让他羡慕，而最后又让他感到可耻，不过，他的困境以及他在困境中的挣扎也令叙述者感到悲伤和同情。在勒布伦的身上，叙述者好像也发现了自己：既是个天才，也是个小丑。

《世间之路》基本上是一个中心人物构成一个故事，但在整部小说中，各个人物也是孤立的，故事也不是无序的，奈保尔以系列的形式对整部作品进行了精心的设计与构思，散而不乱，有些故事或人物在叙述中间看似消失了，但随后又冒了出来，从而形成连续性与不间断性。布莱尔，特立尼达黑人政治家，他从一般的公务员上升为一个有影响的政治人物，既出现于第二个故事《历史：鱼胶的味道》，又出现于最后一个故事即第九个故事《重归故里》之中；伦纳多·赛德既是第一个故事《序曲：遗产》的主角，在最后一个故事中又被提到；勒布伦在第四个故事《过客：30 年代的一个身影》中被偶尔提到，到了第五个故事《流亡》中则成了中心人物。在三个"未写的故事"中出现的沃尔特·罗利和弗兰西斯科·米兰德，也变相地以多种形式游走于各个故事之中。① 比如，《流亡》中的勒布伦和《重归故里》中的布莱尔在"流亡者""革命家""骗子"等角色的扮演上，与米兰德几乎是如出一辙，虽然故事不同，人物也生活在不同的时期和不同的场景之中，但这些人物好像是相互托生，他们明显地是不同的人物，但相似的经历与命运又使他们彼此之间似曾相识；生活在特立尼达这样的人生舞台上，尽管是不同的角色不断地登场亮相，但上演的都是相似的故事，就像是一部连续不断的剧本。

在 1994 年英国出版的版本上，《世间之路》的副题是"系列"（A Sequence），而到了美国纽约出版的版本上，应出版商的要求，《世间之路》的副题改为"小说"（A Novel），毕竟，读者对"小说"这种体裁更为熟悉，而对"系列"作为一种体裁则显得有点陌生。奈保尔最初采用"系列"的形式，主要是想借鉴电影或电视系列片的形式来构建作品。在"三则未写的故事"中，奈保尔也反复陈述这是他脑海中长期以来涌现的创作冲动，那是一幅幅生动的画面，像电影中以不同的形式表现同一主题的镜头，或者说是像诗歌中"组诗"的形式，它们既是分开的，又是连续不断的，因此，最好是将《世间之路》看成是相互联系的系列故事。

---

① Bruce King, *V. S. Naipaul*, Palgrave Macmillan, 2003, p. 154.

在就《世间之路》的形式而谈到"小说"这一概念时，奈保尔说，认为小说便是虚构，这是一种僵化的认识和固执的分类。① 因此，即使将这部作品当作小说来看，它也不同于一般的小说。

实际上，早在20世纪80年代，奈保尔便从对康拉德的文学考察中，发现文学创作存在特异性："每一个伟大的作家都是特定环境的产物。"② 在后来的文学访谈中，奈保尔也多次强调这一点："写作中存在着特异性，特定背景、特定文化，一定要以特定的方式来写，方式之间不能互换。"③ 他认为，小说是西方19世纪社会的产物，作为一种文学形式，小说并不适用于所有的社会，尤其是印度或特立尼达这样的前殖民地社会，而这些国家的作家却在致力于模仿并创作类似的小说，这实在是文学创作的一大误区。④ 在创作《世间之路》之前，奈保尔便将更富于自传和沉思录性质的散文著作《抵达之谜》加上了"一部小说"这样一个副题，尽管"《抵达之谜》根本不像是小说，很多评论家也都拒绝接受这种定义"⑤，但奈保尔还是执意将它称作小说，其用意显然在于打破小说与非小说之间的界限。随着《世间之路》的出版，奈保尔对小说的定义更加宽泛。

我们常常会将奈保尔对小说这种文学形式的看法，与当下西方对小说的解构或小说的死亡等理论热潮联系起来，但实际上，奈保尔对所谓的小说死亡之类的说法是不屑一顾的。他认为，好的文学创作总是新的，不同于以往的，文学也总是在变化的。起初，奈保尔在创作中曾固守西方的小说传统；通过不断的创作实践，尤其是旅行创作和历史著作的创作，奈保尔发现，所谓的小说根本无法适应他的创作，他的创作对象不同于西方作家，写作的视角也不同于西方作家，当然他的创作更不同于前殖民地作家，特有的现实处境和杂交的文化视野决定性了其观察问题的独特视角，他在有意无意之间便打破了小说与非小说之间的界限。这正如"诺贝尔文学授奖辞"所指出的那样：

---

① Mel Gussow, "V. S. Naipaul in Search of Himself: A Conversation", *New York Times Book Review*, April 24, 1994.

② V. S. Naipaul, *The Return of Eva Peron*, Andre Deutsch Limited, 1980, p. 118.

③ ［英］罗伯特·麦克拉姆：《傲慢与偏见——记奈保尔》，孙仲旭译，《译林》2010年第2期。

④ Aamer Hussein, ed., "Delivering he Truth: An Interview with V. S. Naipaul", *Conversations with V. S. Naipaul*, Jussawalla, 161.

⑤ Gillian Dooley, *V. S. Naipaul: Man and Writer*, University of South Carolina Press, 2006, p. 121.

他（奈保尔）异乎寻常地没有受到当前时尚和写作模式的影响，而是将现有的流派风格改造成了他自己独有的格式，使通常概念上的小说和非小说的差别不再那么重要……小说式的叙事风格、自传体和记录式的风格都出现在奈保尔的作品中，而并不能让人时时分辨出哪一种风格在唱主角……奈保尔已经注意到了小说作为一种形式所欠缺的普遍性，它总是先假定一个未被侵犯的人类世界，但对于被征服的国民来说，世界早已被破坏得面目全非。当他撰写《黄金国的失落》时，他开始体会到虚构手法的不足之处。这部著作描述了令人震惊的特里尼达的殖民地历史，为此他对历史资料进行了广泛深入的研究。他发现他需要执着于细节和话语的真实性，避免纯粹的将历史小说化的写法，但同时又要继续把他的素材通过文学的形式表达出来。①

在此，"授奖辞"将奈保尔对小说与非小说界限的打破，与《黄金国的失落》的创作联系在一起，是很有见地的。正是《黄金国的失落》的创作，使奈保尔关注到小说作为一种文学形式的局限性，并促使他思考历史与小说、真实与虚构问题，这对奈保尔最终创作出《世间之路》这样独特的作品起到了极其重要的作用。

四　重复与视角的变化

从奈保尔文学创作的前后联系上，我们也可以认为，不仅《黄金国的失落》，而且《自由国度》等作品的创作，在"系列"故事的结构方式上，也为奈保尔创作《世间之路》提供了有益的经验：看似短篇故事的结集，实际上各个故事之间也有内在联系。

不过，与《自由国度》等作品比起来，《世间之路》可谓纷繁复杂，它不仅是系列故事，而且各个故事既不是一般意义上的小说，也不是历史著作、游记、自传、政论、回忆录等非虚构作品，它打破了虚构与非虚构之间的界限，各个人物、事件、场景在时空中交错移动，自哥伦布发现新大陆以来特立尼达所有重大历史事件被巧妙地编织于各类人物的活动之中，通过人物的活动又将委内瑞拉、圭亚那、美国、伦敦、非洲、印度等国纳入叙事的视野。

---

① ［英］V. S. 奈保尔：《诺贝尔文学授奖辞》，阮学勤译，《世界文学》2002 年第 1 期。

当然，《世间之路》的纷繁复杂也不是杂乱无章。所有历史与现实事件的中心，依然是"黄金国的失落"；所有场景尽管变化无穷，但一切都维系于特立尼达；所有人物进进出出，但都围绕着作家的视野。奈保尔活动于其中，也可以说是将全部系列故事串联在一起的线人：通过对早年生活、家庭等自传性内容的叙述，通过对西班牙港市的街景、黑人与印度人的冲突等生活场景的回忆，通过对历史、社会、生活的观察与评说，作家将整部作品联系在一起。因此，尽管各个系列故事也有相应的叙述者，但总体上看，是作家本人充当了整部作品前后一致的叙述者：他40年前离开了特立尼达，而今又回到了特立尼达。这部作品意在表现特立尼达变迁的社会生活，它不是以记忆的方式，而是以流动的视角来展示一切，既有广阔的历史背景，又有精致的细节描写；它们不是一幅幅孤立的照片，而是一个个场景构成的流动画面，或是九幕场景构成的电影或戏剧。

评论界对《世间之路》的结构方式多有探讨，一般认为这部小说"是由主题的一致性或'主题重复'连接在一起"①。统一性的主题主要表现为流亡、漂浮无根、自我欺骗，以及各类人物与特立尼达发生的联系。② 在此，"主题重复""主题统一"似乎变成了一种文体，这种说法实际上有点儿牵强。显然，《世间之路》的副题"系列"很容易使我们联想起系列片或连续剧，但是《世间之路》只是在笔法或技法上借鉴了电影或电视的形式，很难说主题重复便是构成这部作品的文体原则。因为与一般的电影或戏剧不同的是，《世间之路》实际上没有什么中心，主题也不是单一的，它主要通过碎片的形式——人物的来源、传承、变迁、消亡——展示特立尼达历史与现状的无序与散漫，其中并无宏大的叙事，而多是一些偶发的事件构成了特立尼达。人物偶然地创造了历史，历史也是偶然地选择某个人物，一系列的偶然性既构成了历史，也限定了人物；无论是无名之辈，还是历史人物，都是历史或环境的产物。

"重复"虽然是《世间之路》创作上的一个重要特色，但"重复"也仅仅是一种艺术的手段或技巧，而构不成文体或文体原则。从"重复"的角度看，《世间之路》可以说是《黄金国的失落》的重写，但与此同时，《世间之路》与《自由国度》、《寻找中心：一部自传的开场白》以及《抵达之谜》也有一定的互文式的重复关系。

---

① 参阅孙妮《V. S. 奈保尔小说研究》，安徽人民出版社2007年版，第299页。

② Gillian Dooley, *V. S. Naipaul: Man and Writer*, University of South Carolina Press, 2006, p. 122.

在创作实践中，奈保尔习惯于以小说的形式重写在散文作品已经写过的东西，比如，《游击队员》是《迈克尔·X 与特立尼达黑人民权运动导致的杀戮》的重写，《抵达之谜》是对《寻找中心》的重写，《世间之路》是对《黄金国的失落》的重写等。

不仅是作品与作品之间，而且在单个作品中，"重复"也是奈保尔创作中常见的现象，比如，《游击队员》中，吉米的日记像是一个神秘的图案，喻示了后来发生的事件；对历史记录或档案进行复制或改造，使奈保尔的小说常常呈现出文本中套着文本的特色。在《抵达之谜》中，"重复"也更多地表现某些词语或意象，比如"废墟""航行""船"等，通过意象的不断重复而使主题或意义得以深化。

在奈保尔的创作尤其是有关西印度群岛的小说里，船舶或小舟的意象不断出现，常常带有重要的寓意："船在奈保尔的作品中，常常是人类世界的一个缩影。"[1] 在小说《告诉我，杀了谁》（收入《自由国度》）中，奈保尔描写航船行进于大海之上的情景，既是历史，也是现实，同时也是他个人流亡生活的真实写照：

> 乌黑的海水，雪白的轮船，耀眼的灯光。在船的里面，很深的下舱内，人人都像囚犯一般。灯光昏暗，旅客都已入睡。清晨，海水蓝盈盈，可你看不到陆地。船去哪，你就去哪，你永远不再是自由人。轮船里散发出难闻的气味，像呕吐物，又像是厨房的后门。船日夜航行。大海和天空都失去了色彩，一切都是灰的。
>
> 我真希望这轮船永远行驶，永不停息，因为我不愿再踏上陆地。……我不能回家，我得待在船上。我不知道是怎样困住自己的。
>
> 陆地越来越近。一天清晨，透过雨，你看到了它——那片无色的、而不是绿色的陆地。那儿没有颜色。……
>
> 这片神秘的大地是他们的，而你只是一个陌生人。那儿雨中的宅子没有一幢属于你。……人们刚拿着行李下到小汽艇上，轮船便鸣笛里，这轮船通体雪白，高大魁梧，安如磐石。她鸣笛道别，匆匆而去，将你丢下。鲜艳的色彩消失了，画面也变了。此刻，只有噪音、拥挤的人群和行李、火车和汽车。[2]

① Bruce King, *V. S. Naipaul*, Palgrave Macmillan, 2003, p. 96.
② ［英］V. S. 奈保尔：《自由国度》，刘新民等译，上海译文出版社 2008 年版，第 91—92 页。

《告诉我，杀了谁》的主人公不知道自己要去哪里，尽管在船舱中他像是一个被囚禁的犯人，但他宁愿永远无目的地航行在大海上，而不情愿抵达岸边，因为他在生活中实际上没有任何目标，在船舶抵达岸边，在人人各奔东西的场合，他尤其感到自己的孤独与凄凉。在《效颦者》《抵达之谜》等小说中，航船、船难、抵达的困惑等意象不断出现，深刻地揭示出现代人的心理困境。在《序曲：比雷埃夫斯的流浪汉》（收入《自由国度》）中，奈保尔描写一艘从希腊航行到埃及的轮船，这既象征从西方向东方的历史航行，又是现实生活中东西方交织在一起的混乱旅行。

"重复"，虽然只是奈保尔的创作包括《世间之路》的一个重要结构方式，但应当引起我们特别注意的是，在奈保尔的笔下，重复并不表现为记忆，而是视角的不断变化。在《阅读与写作》中，奈保尔曾引用法国作家司汤达的一段话来说明这个问题："我根本没有什么记忆，这是我的头脑的一个不小的毛病。我沉思一切令我感兴趣的东西，在脑海中，我借助于从不同角度对于事物的观察，从而有了新的发现。这样，**整个事物都变了个样**。我从各个角度伸长或是收缩望远镜，以便看清（事物）。"①

视角的不断变化，并不表现为对单一事物的反复观察，而是意在表现事物与事物之间的联系以及万事万物的流变。《世间之路》中的每一个故事都随着时空而不断地发生着变化；故事与故事之间的联系常常是模糊的，同时也是微妙的，就像音乐或流水一般，每个故事都让读者有既熟悉又陌生的感受：历史好像是过去年代的事了，但它又鲜明地出现在我们的眼前。小说叙事的焦点也是在故事、人物以及叙述者之间不断地转换，故事中的人物、奈保尔甚至是读者，或被推到前台或是隐入背景之中，每一个人都是活动于舞台上的角色，同时又是在观看舞台表演的观众。

从移动的视角对故事加以描述，对人物加以观察，一切都处于流动和变化之中，传统小说中所谓的时间与地点、情节发展的高潮与结束等，都消融于流动的世界和流动的人流之中，这也正是《世间之路》的副题"系列"一词的真正含义：历史、现实以及未来都是时间的流动。在《抵达之谜》（1987）中，奈保尔虽然总是感觉失落了什么，但他也发现："社会在变，时间在不停地向前推移。……我的经历在变，我有思想在变。"② 我们总想寻找并留住美好和永恒，但时间的流动，注定了我们的

---

① From Stendhal, *The Life of Henry Brulard*, in V. S. Naipaul, *Reading & Writing*, The New York Review of Books, 2000, p. 13. 这里的黑体字，原文是斜体字。

② ［英］V. S. 奈保尔：《抵达之谜》，邹海仑等译，浙江文艺出版社 2004 年版，第 212 页。

死亡，也注定会将一切都变成废墟和遗迹。如果我们抛弃了美好与永恒，那么我们也会抛弃废墟和遗迹，反之亦然，如此，我们会发现，一切都处于永远的变化之中。

五 流动、传承、杂交

"流动""变化"不仅是一种时间观念，同时也是万事万物的存在状态，它没有开始，也没有结束。在奈保尔看来，历史从来都不是线性的或进步的，它只是一种传承或序列，处于周而复始、循环往复的过程；人从来都不是完整的，而只是构成万事万物相互传承中的一个碎片。

在《世间之路》的开篇《序曲：传承》中，伦纳德·赛德出现了，随着开篇故事的结束，他似乎是消失了，但在《世间之路》最后一个故事中，他又出现了，整部《世间之路》结束时，赛德的故事好像才刚刚开始。这就好比是，我们在世界上转了一圈之后，又回到了起点，重新开始，我们总是在结束的地方又重新开始。

《序曲：传承》的叙述者是作家本人，讲述的是他回到特立尼达家乡时听到的有关伦纳德·赛德的故事。青年时代，在离开特立尼达之前，叙述者曾因为赛德对美的痴迷而对赛德留下了深刻的记忆，如今他重返特立尼达，一位小学教师向"作家"讲述了赛德其人后来的故事。赛德是一个穆斯林，但他过分装饰的卧室里挂着的却是他自己的一个基督徒形象的照片。一方面，他为殡仪馆的死人整容化妆，精益求精，使死亡在静穆之中富于美感；另一方面，他又为联谊会的女士们展示如何在糕点上制作鲜美的花朵，同样也是精益求精，使美感变得秀色可餐；两者都是装饰——诉诸感官的美，但当叙述者将这种美感加以描绘并形成对照时，读者会像那位小学教师一样，对赛德及其创造的美，既深感震惊又极其厌恶。

赛德的美感是赛德其人历史文化传承的结晶体。赛德是加勒比地区混杂文化中产生的混杂性人物，他本人对这种混杂性并不自知，按小说的描写，他是一个极其诚实（也可以说是天真）的人，对美极为痴迷。小说也暗示，赛德有同性恋的倾向。[①] 这种倾向说明他有某种奇怪的女性的心理与情结。但无论是那位小学教师，还是赛德本人，都不明白赛德的这种心理倾向是如何产生的，因此，对于赛德的极其诚实同时又极其古怪的美

---

① Bruce King, *V. S. Naipaul*, Palgrave Macmillan, 2003, p.115.

感心理，那位小学教师既感到莫明其妙的震惊，又感到莫名其妙的厌恶，一切都是知其然而不知其所以然：这种美似乎打破了男女之间的界限，也打破了生死之间的界限，是否也打破了美丑、好坏之间的界限？

伦纳德·赛德（Leonard Side）这个名字，实际上隐藏着他的故事的秘密。"伦纳德"一词来自西方，"赛德"一词源自东方，两者合在一起便是伦纳德·赛德的故事：他对自己或自己的祖先来自何处，可能全无感觉。"作家"推论，赛德这一姓氏可能是从"赛义德"（Sayed）演化而来，伦纳德·赛德可能来自印度北方勒克瑙城的什叶派穆斯林家庭，因为在西班牙港市的圣詹姆士地区有个勒克瑙大街，生活在这里的印度移民的祖先多来自印度北方文化名城勒克瑙。勒克瑙是印度教传统文化的一个中心，不知从什么时候开始，勒克瑙人喜欢"将自己的面部化妆起来，跳着淫荡下流的舞蹈，他们试图像女人一样生活"[1]。一方面，它意味着一个古老的、类似中国戏剧花旦的印度文化传统，这是一种艺术；另一方面，它也暗示了赛德的迷失与堕落，这是美的堕落：他的同性恋倾向（可能来自西方）将艺术与生活、东方与西方奇怪地混杂在一起了。

作家并没有见到赛德其人，故事是由那位小学女教师叙述的。故事讲完后，作家沉思赛德可能的未来，同时评说道，赛德"神秘的传承"（the mystery of inheritance）关系到他这个人的"本质"（nature），但他的本质实际上早已经失落了。赛德的祖先是印度教徒，但经历了伊斯兰教和基督教的洗礼，他作为古老印度人传承的一个碎片，他早已失落了自我，成了自己的陌生人，不仅外人，而且他本人，都无法知晓他是如何传承而来，又将如何传承下去，他真正的自我到底是什么，永远成了一个谜。

小说以一页的篇幅向我们揭示出，真实是一种流动感，在自然界的光明与黑暗或是寒冷与温暖的交替中，我们产生了某种愉快的感官享受，美不是什么崇高的观念，而只是某种感受——感官的体验，这是奈保尔在海外游历多年之后重新回到特立尼达的感受。[2] "废墟""遗迹""衰落"长期以来一直是奈保尔作品表现的主题，但在《抵达之谜》和《世间之路》等作品中，奈保尔更多表现的是万事万物的变化以及人的川流不息，这既是一种说不清楚的思想，也是一种莫名其妙的美感："在我的脑海里，世间瞬息万变的观念已经取代了衰落的观念，后者是引发内心痛楚的温

---

① V. S. Naipaul, *A Way in the World*, London: Heinemann, 1994. p. 9.

② Gillian Dooley, *V. S. Naipaul: Man and Writer*, University of South Carolina Press, 2006, p. 122.

床。"① "我曾培养自己接受变化的观念，摆脱过度的悲伤，对衰败采取视而不见的态度。"② 在奈保尔看来，尽管万物的变化、社会的变迁的背后依然是衰败与废墟，但他将废墟看成了某种不可知的本质而不再去深究，因此，他也不再从废墟的角度去感知世界了，而是以变化的眼光来看待世界，变化是我们能够感知到的唯一的美，哪怕这是一种虚幻的美，哪怕这是一种令人厌恶的美。

《重归故里》是一部半自传性质的作品，它以奈保尔第一次访问非洲并在乌干达的一所大学里任职以及他在伦敦的生活和经历为背景。故事的主人公是布莱尔，是叙述者即"作家"早年在红房子工作时遇到的"上级"，他后来从政，成了一个活跃的政治人物。奈保尔在小说中追溯了亚洲与非洲长久以来的历史联系，并说到特立尼达的黑人运动以及黑人与印度人之间的敌对情绪。故事的主要情节是，在非洲某个国家，政府没收了当地印度商人的商铺和企业，而印度商人正试图将他们的资本转移出国。鉴于社会形势的极不稳定，布莱尔被总统特邀过来，他帮助总统制定法律，阻止金融流失所导致的社会危机。与此同时，布莱尔也插手调查象牙和黄金走私问题，但这种调查触犯了当地某些政要的利益，从而使布莱尔陷入了麻烦，并葬送了性命。叙述者对布莱尔本来没有什么好感，因为他不喜欢布莱尔的种族主义式的政治观点；但后来他发现布莱尔超越了狭隘的种族政治，因此他改变了看法，打算去见布莱尔，而恰在此时，布莱尔被人刺杀了。他的尸体从非洲被空运回特立尼达。

"重归故里"之后，布莱尔的尸体被停放在特立尼达的一家殡仪馆中，这正好是伦纳多·赛德工作的地方。小说的第一个故事和最后一个故事都涉及于特立尼达人的起源、传承与归属的问题。布莱尔的祖上是被贩卖到特立尼达的非洲人，非洲原本是布莱尔古老的家园，而今他死在了非洲，但他的尸体并没有被埋葬在非洲，而是被运回了他的出生地特立尼达。非洲是布莱尔祖先的家乡，而今却变成布莱尔的异国；特立尼达是布莱尔祖先的他乡，而今却变成布莱尔的家乡。这便是黑人布莱尔及其祖先扭曲了的辛酸历史。

而伦纳多·赛德正是在扭曲了的历史面目上借助于布莱尔的尸体对黑人给予最终的"美化"。作为装殓师，赛德的"美感"并非源自悲怆凄凉的非洲，而是来自同样被扭曲的阴阳怪气的古老印度——非男非女式的虚

① ［英］V. S. 奈保尔：《抵达之谜》，邹海仑等译，浙江文艺出版社2004年版，第306页。
② 同上书，第361页。

幻，同时也掺杂了西方"自由平等"之类虚伪的基督悲情。在布莱尔不安的灵魂升天之后，赛德对布莱尔扭曲的面目进行一番美化和装饰，就像是在制作精美的、秀色可餐的糕点：将印度的胡椒、咖喱等调味品掺和到非洲的辛酸苦辣之中，再加上西式的、五颜六色的冰激凌，这便是特立尼达了——非洲、东方、西方三者之间的奇怪混合物。

第十章　奈保尔与印度

当我们在现实生活中追溯往日的记忆时，过去常常在无比的神秘中变得无比崇高；而当我们从记忆回到当下时，现实又显得那么的光怪陆离。记忆与生活、过去与现在就像宗教中所谓的此岸与彼岸世界的对立和联系一样，假如没有了彼岸世界的存在，此岸的一切也都没有什么意义了，两者之间总是存在着某种割舍不断的联系。

奈保尔曾经努力将古老的印度与他的自我分离开来，不过，他随即发现，无论他怎样逃离，他始终都摆脱不掉古老的印度，每次对印度的逃离都使他更加复杂地与印度纠缠在一起，直至最后，他终于发现，与自己的祖辈一样，他的身体里流淌着的毕竟是印度的血液，印度依然是他的本性、他的灵魂和他的精神。

晚年，奈保尔深刻地感受到，与古老印度的分离，是他的生活和生命中的一大缺失，他开始致力于寻找失落的印度。奈保尔发现，古老印度虽然虚幻，但同时也浸透了苦难不屈的精神，正是这种精神使印度产生了伟大的人物，比如佛陀，比如甘地。无论是甘地，还是佛陀，对印度以及人生的苦难都有深刻的感受，他们并不拒绝这种感受，相反，他们将自我的苦难感受化入了对印度、对人生更为深厚的感知和感悟之中，从而超越了自我，将具体的、个人的苦难与普遍的、永恒的苦难结合在一起。起初，奈保尔常常将这种对痛苦的超越看成是对现实苦难的逃避，是一种虚妄的人生态度，感受不到古老印度的精神魅力，进入不到这种精神境界之中，只是在对印度的逃离与回归形成的张力之中不断地进行着痛苦的挣扎。

在创作《抵达之谜》前后，虽说奈保尔并没有发生脱胎换骨的变化，他依然延续着他一贯的自我，但他感悟并最终接受了印度文化关于万事万物永远处于流变之中的思想。时间在不停地流动，人和社会在不停地变化，就像四季的交替与历史的循环一样，虽然奈保尔对现实生活刻骨铭心的感受依然是废墟和死亡，但死亡已不再使他焦灼不安了，对他来说，死亡更多地变成了日常的生活，表现为人的生生死死与万事万物的沧桑变化。

尽管奈保尔一生"得罪"了很多人，但他在内心里对任何人都没有什么真正的仇恨；尽管他将整个世界看成废墟，但他的文学世界却是丰富多彩的；尽管他对人类现代文明深感绝望，并将死亡意识化于日常生活之中，但他依旧在四季的更替、万物的变幻中寄托了他无望的希望；尽管他对人对事常常"怒目"，但他依然不失为内心祥和的"金刚"。

一　祖祖辈辈的印度与奈保尔

V. S. 奈保尔的祖上属于印度北方邦贫穷的婆罗门家庭。在 20 世纪初，作为契约劳工，奈保尔的祖父被送往加勒比地区的甘蔗种植园。合同约定为五年，但五年过后，他并没有回到印度，而是永远留在了特立尼达。

契约劳工多是带着梦想离开了印度，梦想着在海外发财之后重新回到印度，但数年过后，他们并不像当初想象的那样重新回到印度，而更多的是留在了海外。奈保尔的祖父，像当时大多数的印度劳工一样，契约期满后，可以选择回到印度，但他却没有回归印度，这是因为，按奈保尔的说法，从特立尼达等地回到了印度的契约劳工，并没有什么好的出路，而大多变成了沦落孟买街头的乞丐，虽然特立尼达的生活不尽如人意，但远比回到贫穷的印度要好得多，因此，他们宁可选择留在特立尼达。这是一种悖论：他们身在特立尼达，但同时又拒绝特立尼达；他们向往印度，把印度想象得极其美好，但又不愿意回到现实生活中贫穷的印度，印度在此变成了某种古老的记忆，是他们心目中永恒的存在。这个悖论就像是一个古老而永远无法说破的谎言；其无法说破的性质，并不在于人们认识不到它是某种虚幻的存在，而在于人们不愿承认它是一种假象，甚至是有意制造了这么一种假象，使其永远存留于人们浪漫的想象之中。如此，谎言便变成了神话——印度自古以来早已形成了将一切都加以神化的古老传统。

在《幽暗国度：记忆与现实交错的印度之旅》第一章中，奈保尔说，他的祖父虽然离开了印度，置身海外，但心灵却停留在家乡，在他的记忆之中，印度是一个古老而永恒的世界。在特立尼达建造自家的房子时，他对当地各种各样的殖民地建筑物常常视而不见，而完全按印度北方邦村镇中的习惯，建造那种厚重而怪模怪样的平顶房，就好像他依然生活在印度那片广阔的土地上一样："不论走到哪儿，他都随身携带着他的村庄。一小群亲友，加上几亩土地，就足够让他老人家在特立尼达这座岛屿中央，心满意足地重新建立一个（印度）北方邦东部的村庄。"①

记忆与生活、过去与现实总是存在着某种割舍不断的联系。当我们在现实生活中追溯往日的记忆时，过去常常在无比的神秘中变得无比崇高；而当我们从记忆回到当下时，现实又显得那么的光怪陆离。记忆与生活、过去与现在、此地与彼地就像宗教中所谓的此岸与彼岸世界的对立和联系一样，假如没有了彼岸世界的存在，此岸的一切也都没有什么意义了，对于古老的印度和印度人来说，情形尤其如此。

奈保尔的祖父生活在过去和记忆之中，虽然他的生活颠沛流离、充满了苦难，但无论在哪里，他都能找回他的印度。在他越来越模糊的记忆之中，现实的印度早已消失不见了，而与此同时，他心目中那个古老的印度虽然遥不可及，但它却无处不在地弥漫于他的生活之中，它已经变成了一种精神和神话。印度—北方邦—戈勒克布尔—马哈迪奥·杜白卡村庄，这些地名，"像诗行一样在我外公的脑子里回荡，在幅员辽阔的印度，足能指引回家的路"②。但他却从不愿意再回到印度生活，因为一旦回到了印度，他们心中的神话便不复存在了。

不仅奈保尔的祖父、外婆，而且奈保尔的母亲、姨母等人，心中都会铭记着这神圣而崇高的诗行，他们一个接着一个像是朝圣一般地回到过神话国度里的神话家乡，虽然他们都失望地发现那是一个赤贫之地，但是如神话一般的古老印度并没会从他们的脑海中消失，而是以某种更加顽强的生命力重新复活了。显然，古老印度在此变成了某种说不清楚的永恒的存在，在奈保尔的祖辈那里，这不仅是一种心理寄托，而且是某种宗教般的感情。

西印度群岛上的印度移民，多像奈保尔的祖父一样，总与古老的印度紧密地合为一体，他们按照印度方式安排他们的一切，维持着印度教社区的生活习惯。不过，特立尼达印度教族群文化毕竟是一种移植过来的文明，奈保尔的祖父，远涉重洋来到特立尼达之后，他实际上已经将自我与印度之间的联系切断了，虽然他拒绝特立尼达，依旧留恋印度，但印度在时空上已经变成了一个遥远的存在，他已经无法置身其中了。特立尼达的印度教社区文化看似完整，但这种完整性只是一种文化假象，其内部实际

① ［英］V. S. 奈保尔：《幽暗国度：记忆与现实交错的印度之旅》，李永平译，生活·读书·新知三联书店2003年版，第11页，笔者据英文原版（V. S. Naipaul, *An Area of Darkness*, London：Andre Deutsh Limited，1964）对汉语译本稍有改动。

② ［英］V. S. 奈保尔：《作家看人》，孙仲旭译，南京大学出版社2009年版，第81页。

上已经开始萎缩了，衰落是其必不可免的趋势："这种仅存于脑子中的、脱离本土的文明是脆弱的，过上一两代，就有可能消失或者变得黯淡。"①

"金牙婆婆"属于奈保尔的祖父同时代的人，她像奈保尔的祖父一样，虽然生活在特立尼达，但灵魂却属于古老的印度。在《幽暗国度：记忆与现实交错的印度之旅》中，奈保尔说，金牙婆婆是印度与特立尼达、传统与现代的奇特混合，这就像人们对她的称呼一样，"金牙婆婆"（Gold Teeth Nanee）中"金牙"来自英语，而"婆婆"则出自印地语，②人们对她如此称呼，既含有敬意，又含有嘲讽："这个混合美语和印地语的称呼显示，她所属的那个世界已经渐渐消退，隐没了。"③周围的人尤其是孩子们，都在说英语，但金牙婆婆却根本不想说也不想学任何英语词汇，她讲的是来自印度北方邦家乡的印地语。语言，一定程度上说，不仅表现为人的言谈，也体现了人的思维方式和文化传统。童年时代的奈保尔，曾经非常着迷于金牙婆婆优雅的言谈举止——那是过去时代某种说不清楚的魅力，但后来，他发现，金牙婆婆在现实之中却生活在过去的时代，其行为难免有点儿古怪滑稽。她的心灵停留在一个固定不变的过去或说是传统的世界里，她无法适应变化中或变化了的世界，认定盛放在杯子里的便一定是吃的或喝的，结果误将一大杯白色的颜料当作椰子汁，一口气喝了个精光，不仅将自己的身体折腾了一番，而且给人们留下了耻辱的笑柄。

在奈保尔六七岁之前的模糊记忆之中，金牙婆婆曾经是鲜活而迷人的，但随着奈保尔的长大成人，原本神秘迷人的金牙婆婆渐渐演变成一个古怪的乡下老太婆：她的世界那么遥远，充满了死亡的气息。随着金牙婆婆的形象在奈保尔心目中逐步萎缩，古老的印度便一步步垮掉了。从祖父算起，奈保尔已属于特立尼达的第三代印度移民了，无论是从书本上还是现实生活中，他所感知到的印度总是让他无法接受。到印度旅行、目睹真实的印度之后，他更是迫不及待地要逃离印度；他对古老印度的感情早已不再像祖父那样纯真了，更不会像祖父或母亲那样将印度神秘化、崇高化。古老的印度，在奈保尔看来，早已变成了过去时代的遗迹，变成了某

---

① ［英］V. S. 奈保尔：《作家看人》（V. S. Naipaul, *A Writer's People: Ways of Looking and Feeling, An Essay in Five Parts*, Alfred A. Knopf, New York, 2008），孙仲旭译，南京大学出版社 2009 年版，第 81 页。.

② "婆婆"（"Nanee"）一词来自印地语，正确的拼写是 Nānī，本意是外祖母、外婆。

③ ［英］V. S. 奈保尔：《幽暗国度：记忆与现实交错的印度之旅》，李永平译，生活·读书·新知三联书店 2003 年版，第 7 页。

种存留于脑海之中的记忆，变成了他的想象力驻留的地方，那是一个想象而非现实的世界。印度，对奈保尔来说，"从来都不是一个有形的世界，因而也从来都不是真实的世界，它是存在于虚空……悬挂在时间之中的国度"①。

他努力将古老的印度与现实生活、与他的自我分离开来，不过，天长日久之后，奈保尔也发现，无论他怎样远远地逃离，他都无法摆脱古老的印度，每次对印度的逃离都使他更加复杂与印度纠缠在一起，直至最后，他终于发现，与自己的祖辈一样，他的身体里流淌着的毕竟是印度的血液。无论他是一个浪子还是一个逆子，无论他如何游荡，无论他的自我如何变化，他的一切最终又都奇怪地回归于他的祖祖辈辈：印度依然是他的本性、他的精神和他的灵魂。

二 与印度的分离和依存

29 岁时也就是 1961 年，奈保尔到印度旅行一趟。这时的印度早已独立了，因此，奈保尔说，与父母或更早一点儿的祖辈们的印度相比，他去的已经是第二个印度了：独立运动早已成为历史，与独立运动联系在一起的伟大人物如甘地也早已逝去。

在童年时代，奈保尔虽然从祖辈那里传承了有关印度的一点儿记忆，但那是一个虚无缥缈的印度，奈保尔对印度北方邦辽阔的平原、星罗棋布的村庄以及印度那出了名的酷暑都没有任何感受，而从书本上以及日常生活感受中所得到的有关印度的印象，根本无法与他祖父心目中的印度互相吻合。在 1949 年 9 月 21 日写给在印度留学的姐姐卡姆拉的信中，奈保尔曾说：

> 你现在身在印度……你要仔细看好自己的财物，印度人是贼种。……你要切切留心，以让我知道贝弗利·尼可尔斯说的是否正确。1945 年，他曾去印度，看到的是一个可怜的国家，满眼是华而不实、庸庸碌碌，没有未来。他看到的是污秽，而让另一类参观者印象深刻的是"精神"；他都不愿提"精神"这个词。当然，印度人不喜欢他的书，但我想，他说的是事实。我觉得，从尼赫鲁的自传中可

---

① V. S. Naipaul, *An Area of Darkness*, London: Andre Deutsh Limited, 1964, p. 26.

以看出，这位印度总理是第一流的戏子，他把神圣的东西用作统治的武器。但是，我相信，他这么做是有一定基础的。赫胥黎最近可能退化成一个因病致残的废物，致病的原因是神秘主义，这曾为他赢得了知识界的广泛赞誉——但是，大约20年前，在他写的关于印度的书中，他所说的都是真的。他说，印度之所以产生苦行僧和把所有时间用于沉思的人，是因为他们吃不饱。你正处于这整个怪事的正中心，千万不要让自己受到污染。①

独立（1947）前后的印度，常常给人留下两种较为对立的印象，一方面是其贫穷落后的现实，这可以说是物质上的匮乏；另一方面则是其古老神秘的宗教文化传统，这可以说是精神的崇高。英国作家贝弗利·尼可尔斯曾写过《论印度》一书，② 对贫穷落后、愚昧麻木的印度社会和肮脏不堪、道德堕落的印度人做了很多负面的描写，引起印度人的极大反感。而同时期的英国作家阿尔杜斯·赫胥黎，则对印度大加赞赏，③ 他对印度教哲学中的精神主义充满了浓厚的兴趣，他曾到印度旅行，其作品也多写到印度，他还编辑出版过有关印度神秘主义的书籍。奈保尔写这封信时，虽然还缺乏对印度的直观感受，但他趋向于贝弗利·尼可尔斯对印度的看法，认为尼可尔斯笔下的印度是真实的。而对被印度人奉为知己和上宾的赫胥黎，奈保尔则是不无讽刺，并顺笔将当时印度人极为敬仰并奉为国父的尼赫鲁也挖苦一番。

显然，奈保尔不像他的祖父或父亲那样对印度满怀浪漫的情调，他于1961年去往印度，并不是出于对印度的向往，而是为了完成某种写作任务；他也没什么雅兴到他祖父曾经生活的村庄寻亲访友，只不过是按照母亲的旨意，去完成母亲的一桩心愿。他对印度并无好感，甚至存在着某种恐惧的心理。因此，在去印度的路上，他便感到心神不宁，离印度越进，感觉越糟糕。虽说回到祖先之地，也使他产生了某种异样的感受，唤醒了他童年时代的某种记忆，但他料想印度的现实会令他失望的——他早已做

---

① ［英］V. S. 奈保尔：《奈保尔家书》，北塔、常文祺译，浙江文艺出版社2006年版，第5—6页。

② 贝弗利·尼可尔斯（John Beverley Nichols，1898—1983）《论印度》（*Verdict on India*，1944）也被译作《审判印度》。

③ 阿尔杜斯·赫胥黎（Aldous Leonard Huxley，1894—1963）是著名的生物学家 T. 赫胥黎（Thomas Henry Huxley，1825—1895）之孙，他最著名的作品是科幻小说《美丽新世界》（1932年出版）。

好了心理准备。即便如此，到了印度，现实的一切还是让他无法承受，一年的印度之旅，纷纷扰扰，所到之处无不乱七八糟、肮脏不堪，尤其令人痛苦的是，这种肮脏不仅表现为外在的事与物，而且内化于人的心灵。最后他迫不及待地"奔逃"出了印度。①

奈保尔认为，自六七岁开始，他便有意无意地排斥印度以及与印度相关的一切，在现实的生活之中，在他的心目之中，古老的印度早已变成了过去，那是一个死去了的世界，他不会也无法像他的祖辈那样生活在过去和记忆之中。在他的成长经历中，印度文化传统看似围绕着他，但实际上这种传统很早就被切断了，古老印度只是一个虚假并且不合时宜的古怪世界。奈保尔一直认为，他的自我与祖辈们心目中的印度早已是貌合神离了，而今切切实实地在印度旅行之后，尽管如其所料地感受到了记忆与现实之间巨大的落差，但与此同时，他也产生了某种不可思议的感觉，他惊奇地发现："我那个比较新的，现在也许比较真实的自我所排斥的许多东西——自以为是、对批评漠然无动于衷、拒绝面对现实、说话含糊其辞、思想混淆矛盾的习性——在我的另一个自我中都能找到回应，而我却以为，这个自我早已经被埋葬了，想不到，一趟印度之旅就足以让它复活。我了解的比我愿意承认的还要多、还要深。我在这本书中描述的成长经验，虽然很早就被切断了，但却能够在我心灵中留下难以磨灭的印象。这不能不算是一个奇迹。"② 他发现自己好像是置身于一个怪圈之中，转来转去，又回到了老地方。无论他如何蜕化，他在骨子里依然是一个印度人。

在印度，他也时常感到兴奋，但这种兴奋更多地与不安、狂躁的心理结合在一起。生平第一次，他发现自己汇入了川流不息的人群之中，与眼前的印度人相比，他看上去简直是一模一样。在特立尼达、美国、埃及以及世界其他地方，奈保尔的相貌与衣着，都会使他有别于其他人，而在印度，他的"与众不同"却同化于每一个印度人之中，他独特的自我好像是被剥夺了似的，"我是特立尼达和英国制造的产品，我必须让别人承认和接受我的独特性"③。但只要走向街头，霎时间他便会在人群中消失得无影无踪，眼睁睁地看着他的自我消失在人流之中，而童年时代记忆中的

---

① "奔逃"是 V. S. 奈保尔《幽暗国度：记忆与现实交错的印度之旅》最后一个章节即"尾声"部分的标题。

② ［英］V. S. 奈保尔：《幽暗国度：记忆与现实交错的印度之旅》，李永平译，生活·读书·新知三联书店 2003 年版，第 19 页。

③ 同上。

一切好像是以某种不可思议的方式复活了似的。他并没有产生什么"归去来兮"般的感觉，相反，他感到惶惑，在孟买的街灯照亮了周围的一切时，在天地玄黄之中，他有点儿晕眩，自己仿佛变成了一缕悄无声息的游魂。

在这种兴奋、狂躁、疲惫不堪以至于绝望的感觉中，奈保尔发现，他的时空意识处于混沌的状态，他的自我彷徨、迷失于虚无之中。只是在离开印度、回到伦敦之后，奈保尔在平静的回味中才若有所悟：尽管他长期以来在伦敦浸染着西方的生活和文化，但他心灵深处掩藏的依然是崇尚虚幻的印度精神。① 这到底是一种什么样的精神？其根深蒂固的性质到底表现为某种顽固的低劣还是某种永恒的崇高？印度，对他来说，到底意味着什么？

三　浑闲的印度

1961 年第一次在印度旅行之后，虽然奈保尔对自身血液中流淌着的、说不清楚的印度精神有了些许感受，但这种感受只是刹那间产生又刹那间消失了。30 多年后，已是晚年的奈保尔在《作家看人》（创作于 2005 年 7 月—2006 年 10 月，2007 年出版）一书的第三章再次写到印度时，他说："我找不到一个过去，一个我可以进入和考虑的过去，这种缺失让我感到伤心。"② 这一章的英文原文是 "Looking and Not Seeing：The Indian Way"，汉译本译作"视而不见：印度方式"③，但这个标题或许更多地意味着，他一生都在寻找，但却永远也发现不了他心目中的印度。因此，他一直无法融入印度，也无法回归于他安宁的自我了：

> 我出生于 1932 年，我小时候认识的很多大人应该都还记得印度。但我根本没有听谁说起过印度。等到人们的确谈论起时——我出生后过了八年或者十年——是来自新一代的人，他们接受了新式教育，他们谈的具有政治性，关于独立运动和运动中响当当的名字。独立运动的印度，新闻里的地方，似乎奇怪地跟我们来自的那个家族及个人有

---

① ［英］V. S. 奈保尔：《幽暗国度：记忆与现实交错的印度之旅》，李永平译，生活·读书·新知三联书店 2003 年版，第 402—403 页。

② ［英］V. S. 奈保尔：《作家看人》，孙仲旭译，南京大学出版社 2009 年版，第 81 页。

③ 见 V. S. 奈保尔《作家看人》第三章，孙仲旭译，南京大学出版社 2009 年版。

更多相关的印度区分开来。关于个人和个人有关的印度，我们一无所闻。

这并不是说，我们已经忘记或试图忘记我们是印度人，情形正好相反，我们忘记不了印度，它弥漫于我们的日常生活之中。在宗教、仪式活动、节日和我们的日历中，甚至在我们的社会理想中，印度与我们息息相关，哪怕是我们已经开始忘记我们的语言了。可能正是印度这种完整性，我们从来没有想到询问那些从印度来的人以及什么关于印度的记忆。当我们失去了有关印度的完整性的想法时，一种新的对于历史的感情驱使着我们思考我们移民的处境时，一切都已经太晚了。很多我们可以询问的老人都已经死去，我们无法再通过他们来了解印度了。①

早年，奈保尔一直试图摆脱印度，而到了晚年，他深刻地感受到，与古老印度的分离，是他的生活和生命中的一大缺失，他开始致力于寻找失落的世界。

构思《作家看人》第三章时，奈保尔身在印度，他在当地的报纸上读到一篇关于《生命之光》的书评。自传作品《生命之光》的作者是拉赫曼·汗，是奈保尔祖父的同时代人，拉赫曼像奈保尔的祖父一样也是个契约劳工，他于1898年去了苏里南——荷兰在南美的殖民地。苏里南当时叫荷属圭亚那，与英属圭亚那接壤，从文化上看，英属圭亚那与当年的特立尼达非常接近。能够读到与自己的祖父生活在同一时代且有相同经历的印度人写的书，奈保尔感到极其兴奋，他觉得自己长期以来深感遗憾的缺失将会由此得到弥补。他很快找到这本书，但读了这本书后，奈保尔却大失所望，因为这本书根本没有作者自己对周围世界的切身感受，充塞于全书的，主要是有关印度的宗教仪式和各类奇闻怪事，这在传统印度任何地点、任何时代都早已是司空见惯的浑闲之事。

作为一个作家，奈保尔极其强调自我和对自我的发现，他很想知道自己家族的历史，尤其是祖父从印度移民到特立尼达的真实故事。但有关他自己家族的故事却止于父母而无法向前推进："我了解我的父亲和母亲，但是没有办法再往前，我的祖先面目模糊。我父亲尚在襁褓中，我爷爷就过世了。这是传到我这儿的故事，追溯到那么远的，也就这么一点儿家族

---

① V. S. Naipaul, *A Writer's People: Ways of Looking and Feeling*, Alfred A. Knopf, New York, 2008, p. 78.

故事，有些还倾向于浪漫化或者纯粹是编造，不能信以为真。"①

　　父亲西泊萨特·奈保尔（1906—1963）一生热衷于创作，小时候，奈保尔经常如痴如醉地阅读父亲的创作手稿，他很想知道父亲的童年，经常要求父亲写写自己的童年生活，但父亲的创作基本不涉及他自己，写的都是有关印度人的浪漫传奇，他笔下的故事大多是相似的，他总是对他写成的东西改了又改，他常常觉得自己的创作素材很少。奈保尔感叹，父亲本来可以通过自传这种形式来写作的，那样的话，他会发现实际上有很多东西可写，他的创作也会成为真情实感的自然流露。但他的父亲却从来不会这样想，他认为，英国或美国的杂志不会对反映特立尼达这样边远地区生活的小说感兴趣，要想发表小说，就要编"故事"；再者，在特立尼达，也没有读者愿意接受真情实感的写作，因为他们的过去是一部辛酸史，以写作来记录个人的痛苦会招致人们的嘲笑。因此，父亲的创作根本没有考虑殖民地特立尼达的背景，他写的只是印度式的古老传奇，其中出现的长老、传教士都是印度人，古老的礼拜仪式也都属于印度教。"故事"的概念蒙蔽了他，他更多的是在编造，而不是在创作，当他竭力想将他的素材适应他心目中的故事时，这实际上是毁了他的创作。父亲的小说，与拉赫曼的《生命之光》一样，并没有什么自我与历史，写的都是古老印度千篇一律、没有时间观念的旧事。

　　拉赫曼·汗的《生命之光》，虽名曰自传，但实际上也是古老印度各种浪漫传奇故事的重新编造，在拉赫曼笔下，一切不可能的事情，都奇迹般地发生了，各种法式、咒语及其效果神奇地呈现在读者眼前。比如，一个有钱的地主管家患上了难以治愈的疾病而面临死亡，结果便有神医施展妙法，使病人死里逃生，拉赫曼津津有味地记述了这个神奇的故事，奈保尔也不无风趣地加以复述：

　　　　有一种疗法，是必须把一只大乌鱼拿到拉赫曼父亲的家里，渔民捉乌鱼很容易，但是一定要让那只乌鱼撒尿，然后把尿收集起来，和焙干的蚯蚓粉末混合。拉赫曼的父亲不知道怎样才能让那只乌鱼撒尿，那位开药方的有名医师哈哈大笑，让拉赫曼搬来一个炉子，还要他从母亲那里端来一口平底锅，并抱来一些柴火。拉赫曼照做了。柴火点起来，平底锅面朝下放在炉子上，等到平底锅足够热时，医生把那只可怜的乌鱼放在锅上面，用鞋子压着它。故事里，那只乌鱼果然

①　〔英〕V. S. 奈保尔：《作家看人》，孙仲旭译，南京大学出版社 2009 年版，第 81 页。.

撒尿了。将尿收集到另外一口平底锅里。然后，拉赫曼被派去挖三条蚯蚓。他把蚯蚓拿给医生，他用平底锅只焙了二又四分之一条。医生用乌鱼尿和蚯蚓做了三颗药丸，然后告诉病人每天吃一丸。

当然，他的病治好了，但对他根本没有什么好处。疗法的一部分，是病人半年内戒食乳制品，这在印度不容易做到，在那里，牛奶甜食、凝乳和农家乳酪是素食饮食者的重要部分。不管怎样，那位病人坚持下来了。直到有一天，要么说是那天很晚时，他辛辛苦苦坐了一天轿子之后又累又饿，就让仆人去集市上给他找点东西吃。当时已经十一点钟了，集市上的摊点大部分已经收摊，仆人只能找到一种牛奶甜食，价钱是四个安那，大约一便士到两便士。仆人把甜食带给挨饿的主人，主人一见就想吃。美味的甜食刚吃了一小口，他就想起医生说过的话。他应该停下来，但是没有。他一口气吃完，然后——这是个印度式的故事——就开始准备死去了。

他马上——就在当天晚上——让已经累坏了的轿夫把他抬回家里。到家后，他请医生过来。医生来了，说他也无能为力：那个吃了牛奶甜食的人会在两周内死去。在这个故事里，医生说完就走了，留下那位病人准备后事，尽量处理好事情。两周后，病人死了。在拉赫曼眼里，这种死亡（如此准确预言）几乎比之前的疗法更重要，证明那位医生有能耐，而且料事如神。①

拉赫曼笔下的奇迹印度，不同于 E. M. 福斯或 R. 吉卜林等西方作家对印度的浪漫情调，而更多地与印度传统的宗教仪式联系在一起，换句话说，这些奇迹本身带有宗教的性质或迷信的色彩，更像是圣迹或神迹，奈保尔也将之称作《天方夜谭》式或儿童式的幻想。这些故事反映出老印度人自得其乐的生活方式，他们并不主动探索外在的世界，而是沉醉于奇迹与幻想之中，无论外在的世界如何流动与变化，他们都不管不问，置若罔闻。拉赫曼便是这种老印度人的一个典型，他离开了印度，在世界游荡，按理说，世界的丰富多彩会使他发生变化，但他却没有任何变化，无论他走到哪里，他的眼中只有老印度和老印度的奇迹，"他相信色彩艳丽的印度大地会一直伴随着他，一直会为他提供某种保护"②。

---

① ［英］V. S. 奈保尔：《作家看人》，孙仲旭译，南京大学出版社 2009 年版，第 94—95 页。
② 同上书，第 100 页。

四　苦难不屈的印度

长期以来，奈保尔对古老印度的印象，都是由拉赫曼一类人组成的，他们沉迷于宗教幻想和宗教奇迹，无视现实，尤其是现实生活中的苦难，陶醉于充满梦幻色彩的世界，永远生活在神话和过去的世界之中。

不过，与此同时，晚年的奈保尔也发现，拉赫曼一类的梦幻世界背后，古老印度也浸透了苦难的精神，正是这种精神使印度拥有了自己伟大的文明和伟大的历史。因此，在《作家看人》叙述了拉赫曼的故事之后，奈保尔紧接着向我们描述甘地的事迹，以与拉赫曼形成鲜明的对照。

如果说拉赫曼所代表的是浑闲的、过去的印度，那么甘地代表的则是苦难不屈的、现实的印度。甘地不仅是印度人心目中的圣雄，而且在奈保尔看来，甘地也是一个古老印度文明孕育而生的现代伟人。尽管奈保尔在《幽暗国度：记忆与现实交错的印度之旅》和《受伤的文明》等作品中对甘地多有不敬之词，但在《印度：百万叛变的今天》《作家看人》《读书与写作》以及小说《浮生》《魔种》中，奈保尔还是认同了甘地，进而也认同了古老的印度及其伟大的文明。

甘地1869年出生于古吉拉特，与拉赫曼大致是同时代的人。虽然甘地出生的家族（他的家族是一个权力不大的小城邦的管理者）远比赫拉曼家族富裕得多，但甘地眼中的印度，远不像拉赫曼笔下的印度那样富于梦幻的色彩，而是充满了苦难。拉赫曼当年是铁了心地要离开印度，甘地当年也是下定决心地要去英国求学，但后来两人走的路完全不同，看到的世界也是完全不同。拉赫曼在世界各地看到与感受到的都是古老的印度及其奇迹，在漫长的一生中，他从未在浅薄的学识方面更进一步，他沦落到苏里南的丛林，但并非不快乐，直到最后，他还在缅怀自己在村子里时的风光。而甘地无论是在英国、南非还是在印度国内，看到和感受到的都是"受伤的印度"，甘地关于印度的故事也丝毫没有什么传奇的色彩，比起拉赫曼的传奇笔法，甘地的文笔也更加朴实自然，读起来也更为生动感人。

甘地离开生活无忧无虑的小城邦，先是去了英国，后来又去了南非，正是南非印度人的悲惨境遇改变了甘地的人生，使他深刻地认识到印度的苦难，并思考苦难印度的命运和出路。奈保尔认为，如果说印度历史上有人可以与甘地的苦难历程相比的话，那就是另外一位印度人——佛陀。佛陀本来是位王子，他舍弃养尊处优的宫廷生活，去探索外面的世界。他发现了生老病死，由此开始冥想人生的苦难，直至悟道。他开启了人们的智慧，提升了人们的精神境界。佛陀的故事深深地吸引了奈保尔，他曾努力去理解佛教，但他发现佛教繁杂的思想、戒规和信仰让他理不出头绪，而佛陀发现的人类的痛苦与佛陀对世界的弃绝之间，奈保尔也看不出有什么清晰的联系。佛教似乎更注重灵性和出世，尽管甘地的行为与思想之中也带上了灵性色彩，但比起佛陀来，奈保尔觉得，甘地主义更具有人性与现实的特点，更易理解。尽管佛陀也反对种姓制，但其众生平等的思想发生在古代，对当时印度社会的影响比较有限；而甘地却在当下印度、在现实生活中促使人们对古老的种姓制问题进行新的思考，将印度的种姓问题引入印度人现代生活意识之中，基于印度社会现实，引导人们进行社会与宗教的改革。佛陀的远行，在奈保尔看来，更富于精神的意义，而甘地的远行，则更富于现实的意义。①

显然，无论是甘地，还是佛陀，都是在远行之后有了新的感受与新的发现，从而对印度社会进行思想的改造。奈保尔常常思考甘地和佛陀的生命历程，并将他们生命的历程与自己在现实生活中的经历和感受结合在一起。

早在1949年，奈保尔在写给姐姐卡姆拉的信中，便说："我相信，从心理来说，我真的是一个浪子。"② 显然，奈保尔有着拉赫曼式的浪子情结，一旦离开后，便再也不愿回来了；不过，在他的人生转了一大圈——环球旅行，也意味着对东西方文化的巡视——之后，他又奇怪地回到了他生命的原点。在漫长的旅行之后，他生命的意义与古老的印度之间到底存在着怎样的联系？甘地或佛陀所发现的苦难的印度对他又有什么样的启示？

晚年，在《读书与写作》中，奈保尔说："印度是一种极大的创伤。对我们来说，存在着两个分离的印度，一是政治的、独立运动的、和很多伟大人物的名字结合在一起的印度，另一个是默默无闻的个人的印度，随着记忆的消退而逐渐隐去。……正是这种个人的印度，而不是独立运动中的印度，是我们所面临的，它充满了令人焦虑的东西，我没有任何准备来接受我看到的那些被遗弃的景象。我感到自己被遗弃在与世界隔离的大陆

---

① ［英］V. S. 奈保尔：《作家看人》，孙仲旭译，南京大学出版社2009年版，第117—118页。

② ［英］V. S. 奈保尔：《奈保尔家书》，北塔、常文琪译，浙江文艺出版社2006年版，第9页。

上，那是某种神秘难解的灾难和痛苦。在当代印度和英语文学中找不到对
这种灾难的反映，它被刻画成某种特定的、永恒的、背景式的存在，物质
的匮乏变成了精神的源泉。"① 个人的、苦难的印度是奈保尔从任何文学
中都无法阅读或感受到的存在，它既不是 R. 吉卜林或 E. M. 福斯特的印
度，也不是尼赫鲁或泰戈尔的印度。现代印地语著名作家普列姆昌德的小
说虽然使奈保尔感受到了印度乡村的生活气息，但奈保尔对普列姆昌德笔
下的乡村世界并不感兴趣，一来他觉得普列姆昌德描写的都是过去年代
（印度独立之前）的事，二来奈保尔本人也不会像普列姆昌德那样以"进
步"农民的眼光去看待印度和印度人。只是在《甘地自传：我体验真理
的故事》中，奈保尔才从甘地在南非的经历中感受到类似于他自己常常
遭受的苦难和痛苦，不过，这也是奈保尔经过长期的折磨之后，到了晚年
才逐步达到的平和心境："我总是逃脱不了这种创伤所带来的痛苦，时间
的流逝逐渐使我超越了自己那种被遗弃的感受，不过那是通过很多的创
作、宣泄了各种有关印度的情绪之后。"②

　　无论是甘地，还是佛陀，对印度以及人生的苦难都有深刻的感受，他
们并不拒绝这种感受，相反，他们将自我的苦难感受化入更为深厚的感悟
之中，从而超越自我，将具体的、个人的苦难与普遍的、永恒的苦难结合
在一起。起初，奈保尔常常将这种对痛苦的超越看成是对现实苦难的逃
避，是一种虚妄的存在，感受不到这正是古老印度的精神所在，因此，长
期以来，他进入不到这种精神境界之中，只是在对印度的逃离与回归之间
形成的张力之中不断地进行着痛苦的挣扎。

　　奈保尔说自己读过很多遍《甘地自传》，每次阅读都有不同的感受和
新的发现。小时候，阅读或者聆听有关甘地的故事时，他常常将它看成是
一个痛苦的童话——他最初不过是从印度传统的传奇故事的角度来看待甘
地自传的。奈保尔 30 岁以后，印度早已独立了，甘地其人也已逝去，这
时奈保尔再读《甘地自传》时，他更多的是从一个作家的角度来看待这
部作品，他发现，由于甘地的天性以及甘地特有的宗教信念，《甘地自
传》存在着天然的文学性缺憾，比如，缺乏风景描写；比如，甘地对伦
敦的观察，局限于自我的天地，因此，它对伦敦这座伟大的城市缺乏必要
的描写，没有提及伦敦的剧院或音乐厅，伦敦对他的心灵似乎没有产生任
何的触动，一切都消失在他对素食和誓言的坚守上——他来伦敦之前，曾

---

① V. S. Naipaul, *Reading & Writing*, The New York Review of Books, 2000, pp. 43 – 44.
② Ibid, p. 45.

对母亲发誓：不吃肉、不喝酒、不近女色。在奈保尔看来，甘地在伦敦的生活，一定程度上，也类似于拉赫曼，只不过拉赫曼表现为浪漫，甘地则表现为苦行罢了。显然，奈保尔对甘地还缺乏深入的理解与感受。只是到了晚年，当奈保尔再读《甘地自传》或是想起甘地时，他才真正感受到甘地的苦难精神——自我的苦难、甘地的苦难与印度的苦难合化为一体时，他发现了某种既属于又超越于他自己的、更为深沉的苦难，为此他感动得泪流满面，那是一种说不出的精神境界，既实实在在，又极其空灵。这种精神，实际上长期以来也隐藏在奈保尔的心灵深处，奈保尔对此似有所感知，但又莫名其妙，有时他好像是猜破了谜底，有时又陷入更深的迷惑之中。我们不妨结合着《抵达之谜》《魔种》等作品对此加以认知。

五　废墟与死亡、宁静与安详

在《抵达之谜》中，杰克，现实生活中一个实实在在的人，一个庄园的园丁，在奈保尔的眼中，也变成了文学，变成了文学景物，他好像进入历史之中，变成了历史的一个遗迹：

> 杰克本身，在我看来却是景物的一部分。我将他的生活看成是一种真正的、根基扎实的、完全适应的生活：他是一个与周围景物相互融合的人。我把他看成是往昔的一个遗迹。原先我并没有这种想法，当我第一次去散步时，我看到的只是景物，那时我看到的一切不过是散步中碰到的东西，是任何人在索尔兹伯里附近乡间都可能看到的东西，古老而平常的东西，当时我并没有想到杰克生活在废弃的旧物之中，在几乎一个世纪的废墟之中；环绕在他小屋周围的过去可能并不是他的过去；过去某一个阶段，他对于这个峡谷可能是一个新来乍到者；他的生活方式可能曾是一种选择，一种有意的行为；由于这小块土地上碰巧有他的农场工人小屋，他便为自己创造了一块特殊的土地，一个花园……
>
> 我最初在散步中注意到的并不是杰克，而是杰克的老丈人，正是这位老丈人——而不是杰克——看上去更像是古老的景物中的一个文学人物。他看上去像华兹华斯笔下的人物：弯腰驼背，有些夸张地弯

腰驼背，庄重地干着他的农活，好像置身在湖区无穷的孤独寂寥之中。①

　　奈保尔在此的描写，不同于传统的景物描写，并不是借景生情或托物寄志，而是尽量将话说破："用文学之眼，或者借助于文学，我从这当中看到很多东西。身为陌生人，有着陌生人的神经，又有着这种语言、语言史和写作方面的知识，我能够在我看到的东西中发现一种特殊的过去，因为我的一部分头脑使我能够接受想象。"② 不过，即便意图一语破的，但说来说去，奈保尔还是回到了文学上：他之所以将杰克和他的老丈人看成风景般的遗迹，不过是自己的心境使然罢了，作家将某种死亡的感受转化到了眼前的人物身上。如果说华兹华斯笔下的湖区景色表达的是某种自由自在的精神境界，那么，奈保尔心目中的杰克和他的花园则不仅失去了辽阔的空间感，而且变成了孤独和死寂，外在的景物变成了遗迹，自我的心灵变成了废墟。

　　"遗迹"或"废墟"的文学意象，最初是奈保尔在《米格尔大街》和《中途：西印度及南美洲五种法国和荷兰社会之印象》等作品中表露的对特立尼达的印象，而后在《幽暗国度：记忆与现实交错的印度》中，奈保尔又将这种印象转嫁于对印度的感受，并使之与印度文化中的"虚无"、"空"的观念联系起来。在《抵达之谜》，奈保尔进一步深化了这种思想，使之变成了富于神秘色彩的文学意象：废墟不仅是自我的处境与心理状态的写照，而且变成了与艾略特笔下的"荒原"意象有一定联系但又有本质区别的现代人的精神状态——既是西方的，更是东方的。

　　在《抵达之谜》中，奈保尔反复提到他内心里的废墟感受，并自省道："那种废墟（ruin）、被抛弃（dereliction）、没有着落（out-of-place-ness）的想法，缘发于我的内心，是我对自己的某种感受。"③ 一方面，他感觉到自我的漂浮无根，"过去早已成了一片空白"，他再也无法"回家"了，"我那作为一个漂泊者的痛苦是虚假的，我对故乡和安全的梦想也只是离群索居的幻想而已"④。家乡早已变成了废墟，与其说这是对印

①　V. S. Naipaul, *The Enigma of Arrive*, Viking, 1988, pp. 19 - 20. 参见［英］奈保尔《抵达之谜》，邹海仑等译，浙江文艺出版社 2004 年版，第 13—14 页。

②　［英］V. S. 奈保尔：《抵达之谜》，邹海仑等译，浙江文艺出版社 2004 年版，第 16 页。

③　V. S. Naipaul, *The Enigma of Arrive*, Viking, 1988, p. 19.

④　这是小说《河湾》中的人物因达尔的话。见［英］V. S. 奈保尔《河湾》，方柏林译，译林出版社 2002 年版，第 158 页。

度的客观描述，不如说是奈保尔自我心境的写照。因此，缘生于作家自我心境的废墟感受，不仅映射于印度，而且映射于英国，并进一步映射于整个世界。如此，不知不觉间，废墟不仅是一种文学意境，更重要的它变成了某种看不见、摸不着的精神了，这也正好应和了奈保尔自己的说法，这种废墟、遗迹、死亡的感受可能是他身上祖传的古老的观察世界的方式："我的心灵是多么地接近消极的、崇尚虚无的印度传统文化；它已经变成了我的思维和情感的基石。"① 在创作《抵达之谜》前后，奈保尔并没有发生什么脱胎换骨的变化，他依然延续着他一贯的自我，只不过更加深沉地感受到印度人那种古老的感情方式和生活方式："我知道这是一个不断变动的世界，是个不得安宁的世界。就好像我们都按照自己老的路线继续着各自的旅行方案，我们都做了环程旅行，以至时常转了一圈又返回到我们原先的出发点。"②

印度古老的摩耶观认为，从本质上看，世界万事万物都是幻象或幻觉；与此同时，从现象上看，万事万物又处于不断的变化之中；世界的本质是看不见、摸不透的，人们只能从五光十色的生活现象中对世界的本质有所感知、有所感悟。奈保尔曾渴望在生活中参透世界的奥秘，有时他好像是看透了世界，但实际上，对他来说，世界自始至终都是一个难解之谜。这种谜的性质，在奈保尔的心目中，并不是宗教的神秘，而表现为生活的奥秘，它将人引向的是困惑和深思，开启的是人的思想与智慧。在《抵达之谜》中，奈保尔正是在谜一般的困惑中，最终接受了印度文化关于万事万物永远处于流变之中的观念。时间在不停地流动，人和社会在不停地变化，在变化的背后，虽然奈保尔刻骨铭心的感受依然是衰败与死亡，但死亡已不再使他焦灼不安了，对他来说，死亡更多地变成了日常的生活。世俗、悲观、绝望，与超脱、崇高与神秘感一起，也在不断的变化之中消失于日常生活之中，这就像四季的交替或历史的循环一样。如此，在无奈的自然而然之中，他对自我、对他人、对社会、对世界都有了某种平和的心态。

在《印度：百万叛变的今天》，奈保尔描写到，飞机航班长时间误点了，这种现象在印度早已是司空见惯了，在机场大厅等候时，奈保尔发现：

---

① ［英］V. S. 奈保尔：《幽暗国度：记忆与现实交错的印度之旅》，李永平译，生活·读书·新知三联书店 2003 年版，第 403 页。

② ［英］V. S. 奈保尔：《抵达之谜》，邹海仑等译，浙江文艺出版社 2004 年版，第 200 页。

在这大段时间里——午后三点左右的强光变成向晚的灰暗；黄昏降临，接着是全然的黑夜；到了现在，大厅已点上日光灯，暗淡的灯光单调放松；她没有倚在推车上；她那老迈的身躯显得僵硬，似乎害怕东西被偷，一副随时防范的样子。她的眼睛毫无表情，仿佛进入了那种著名宗教上师所揭示的内心平静状态；不过，她会达到这境界倒不是经由密教苦修或冥想（她甚至可能是为了学习这些东西才来到此地），而只是因为在一座印度机场的大厅里等了又等的缘故。她从早上就开始等，还得等好几个钟头。现在这位美国女士的心思不知跑到哪里去了，甚至当旁边漂亮、丰满的印度穆斯林妇女（她自己从前晚开始等）起身让座时，也要过了半晌她才发觉有人在对她说话。当她会意到这等于要她离开手推车，她那老妇面孔一时惊恐毕现；她一言未发，以防卫的姿势更加僵硬地站在行李旁。

……

就像有些人所说，如果你在小室里沉思冥想，把眼光集中在一道火焰上，那么你就可以达到心无一念的境界，同样的——如今，我身处在这些搁浅的旅客中：他们在日光灯的惨白光线下一簇簇缓慢移动，越来越像寓言中的人物，将他们封闭起来的玻璃映出他们幽暗的身影，大多数人已失去谈话的兴致——同样的，在这种情况下，我只想着那班飞机的编号，每隔一刻钟我就发觉自己更加出神。我已经远离那天早先的我，我变得越来越像我（意识比较清楚时）所看到的那位僵立在行李推车旁的美国女士：跟她一样，印度的建筑和航空客运也让我领会了印度教所说的万物皆空。①

与《抵达之谜》中的杰克变成了文学景物的组成部分相类似，这里，一位年老的美国女人变成了寓言中的人物。封闭的候机大厅像是密教的修习场所，人们在难以忍受的苦行般的等待中无意间进入某种类似于密教修行一般的冥思状态之中——万物皆空。显然，这里的描写隐含了某种意境，但这种意境与现实之间存在极大的不和谐，从而具有了鲜明的反讽意义。一定程度上说，这种意境与拉赫曼笔下的充满奇迹的印度有着异曲同工之妙——令人难以忍受之中的奇妙忍受，不过，拉赫曼是不自觉的正面叙述，而奈保尔则是自觉的反面叙述，其中不乏他一贯的刻薄与辛辣。当

---

① ［英］V. S. 奈保尔：《印度：百万叛变的今天》，黄道林译，生活·读书·新知三联书店 2003 年版，第 153—154 页。

然，从寓意的角度，我们也可以将这里的描写上升到一定的高度：一位年老的美国妇女（代表西方），在古老的印度（代表东方），在无奈的困境之中，在焦灼和恐惧之中，莫名其妙地进入到了某种宁静的精神世界之中——这便是东西方文化相遇后现代人的精神状态？

评论界也有说法，认为奈保尔是一个焦灼的寂静主义者。显然，焦灼与寂静是一种悖论，它显示出奈保尔的矛盾与复杂，或许我们可以说，这是一种焦灼之后的宁静，恐惧之后的安详。不过，无论是宁静还是安详，奈保尔都不是慈眉善目，而更像是一个忿怒金刚。在 20 世纪 80 年代创作《抵达之谜》前后，奈保尔摆脱了他早期作品中焦灼不安的情绪，进入到某种新的境界，这部作品，按奈保尔的说法，与其说它是一个故事倒不如说它是一种心境的描述。显然，这是某种与死亡联系在一起的心境，或许，我们可以说，奈保尔这种死亡心态有点儿类似于佛家所谓的涅槃境界？它生发于世俗的生活之中，但又超越于世俗？如此他似乎有点儿遁入空门了，不过这绝对不可能是奈保尔的选择。实际上，在奈保尔看来，死亡、涅槃、万物皆空，并不是什么抽象的概念或宗教式的宁静，而多表现为人的生生死死与万事万物的沧桑变化，以及从日常生活中生发的无常感受。

在晚年创作的小说《魔种》中，主人公威利在糊里糊涂地参加了印度的革命战斗之后，他好像被印度彻底消解了，有种空空如也的感受。他想行动，想在这世上找到自己真正的位置，但他发现，他真的成了一个流浪汉——精神意义上而非生活意义的流浪汉，现实生活中的故乡早已经在他的心目中死去，与此同时，他也就四海为家了。不过，威利并没有因此而获得世界，相反，对他来说，世界比以往任何时候都更加扑朔迷离。①一次，有位银行家邀请他做客出席活动，虽然身处上层人物和热闹的宴会之中，但他却深感孤独，他搞不明白，为什么他和这些上层人物在一起就不自在："这里的人不懂什么叫做虚无。我在树林里见识过物质的虚无，以及随之而来的精神虚无。我那可怜的父亲就是这样度过了他的一生。我觉得这种虚无已经刻在我的骨子里，我随时都能回到这虚无中去。如果我们不理解人们的另一面，比如印度人、日本人、非洲人，我们就不可能真正理解他们。"② 与此同时，小说也描写到威利的朋友罗杰，罗杰有一句名言使威利总在回味："人老了就是一种道德缺陷。"无论是奈保尔本人，

---

① ［英］V. S. 奈保尔：《魔种》，吴其尧译，上海译文出版社 2008 年版，第 146 页。

② 同上书，第 197 页。

还是小说中的人物威利，都已进入老年，产生了某种与死亡联系在一起的意识，令人困惑的是，奈保尔为什么将老年与道德的缺陷相提并论？或许，这句话与罗杰的父亲有关，罗杰的父亲是一个生活失意、精神失落的人，死前他大骂任何来看望他的人，他满怀着仇恨和愤怒地离开了这个世界。罗杰对威利说，他不愿像父亲那样怀着仇恨离开人世，他的父亲从对他人、对世界的憎恨中获得了自我的安慰，这是他的死亡方式。罗杰说："我要另一种死法。要像梵高那样，我读到过的，安详地抽着烟斗，事事与人为善，不记恨任何人。"①

尽管奈保尔一生"得罪"了很多人，但他在内心里对任何人都没有什么真正的仇恨；尽管他的"废墟"如同"荒原"一样可怕，但这却不同于艾略特笔下那个常生不死、生不如死的神话人物西比尔，而更像是面目狰狞、内心祥和的"忿怒金刚"②。

---

① ［英］V. S. 奈保尔：《魔种》，吴其尧译，上海译文出版社 2008 年版，第 199 页。
② 2014 年 8 月，奈保尔访问中国，我国作家麦家曾接待奈保尔并撰文《接待奈保尔那两天》，称："事实上，奈保尔夫妇都是虔诚的佛教徒。"载《南方周末》2014 年 8 月 29 日。或许奈保尔晚年真的变成了一个佛教徒？依笔者的推测，他可能对佛教感兴趣，但并不会成为一个信徒；当然，非信徒并不影响奈保尔具有伟大的佛教精神。

附录一　记忆与认知①

　　流散作家是从一种文化走入另一种文化之中，因此，文化认同即身份问题成为学界讨论较多的复杂问题。但当作家的身份与文化认同混为一体时，文学问题实际上更多地变成了文化问题。受时代风气的影响，作家也谈起身份问题，不过，作家谈起身份问题时更多地侧重于文学创作中的实际感受，比如，帕慕克说，记忆即身份，人的身份是由人的记忆构成的。此话实际上是将身份问题重新拉回到文学上来了：作家的创作不是什么文化认同或身份选择的问题，而是有关自我记忆、自我发现以及自我认知的问题。

　　一定程度上说，文学实际上是关于记忆的艺术，对流散作家来说，尤其如此。从"边缘"文化走入"中心"文化，流散作家的失落感不仅表现为时间的逝去，而且也体现为空间的错位，是时间与空间交错中扭曲了的记忆：他们不仅在文化上面临断裂，而且在心理上处于"受伤"的状态，其创作常常表现为，通过记忆而对创伤进行弥合、对自我进行重新发现与认知。

　　在《父子之间：家书》②中，维·苏·奈保尔对他的出生地特立尼达表现出避之唯恐不及的心理。到牛津大学留学，使他成功地逃离了家乡特立尼达。尽管在牛津留学的日子里，他极其思念家人，但他却再也不愿回到特立尼达了，在他看来，特立尼达是一个微不足道的小岛，它没有什么古老的建筑，天气也总是老样子；它没有历史、没有文明，没有伟大的革命，只有种植、丰收、衰败，是被世界遗忘的角落。1953 年，当父亲希望他从牛津毕业后回到特立尼达时，奈保尔给父亲写信说："我清楚，也理解您希望我回特立尼达定居的愿望。但是请您听我解释，假如那样做的

---

① 本文原载于《外国语文》2009 年第 3 期，收入本书时，略有修改。

② V. S. Naipaul: *Between Father and Son*: *Family Letters*, ed., Gillon Aitken, New York: Alfred A. knoopf, 2000. 此书主要是奈保尔于 1950 年至 1957 年间与父亲、母亲、姐姐之间的通信。

话，我就会死于智力的枯竭。"① 在为父亲的小说集《古卢代瓦历险故事集》所写的序言里，奈保尔将自己和父亲在特立尼达的处境说得很明白，他们有作家的才华，对自己成为一个作家既有追求，又充满信心，但接下来他们发现，仅仅有这些条件是远远不够的，尤其是在特立尼达这样的社会环境中，他们自己处于某种扭曲的、发展不良的状态之中，社会环境注定他们难以成功，他们的创作实践只会变成一个飘浮不定、破碎的梦想。

奈保尔从小就梦想着成为作家，在他看来，真正的文学天地只存在于英国和西方世界，特立尼达没有自己的文学传统，也没有可资借鉴的文学经典。在他阅读的文学中，特立尼达是不存在的，存在的只是西方的生活和经验。在去伦敦之前，他如痴如醉地阅读了狄更斯的小说，对狄更斯笔下的伦敦了如指掌；到英国之后，他竭力通过创作来融入西方的生活。他有意描写伦敦、纽约等西方大都市的生活，认为这是进入西方社会最为有效的途径："大都市，这个词在我看来是个什么含义？我只有一个模糊的概念，我指的是一些创作素材，利用这些素材使我创作的一些作品能与某些作家的相媲美。"② 但在搜索枯肠、寻找素材的创作实践中，他发现自己逐步走入了文学的死胡同，因为他对西方大都市生活缺乏真情实感，虽然写下了《节日之夜》《在伦敦的生活》《安吉拉》等作品，但在他的生活感受与文学创作之间存在着不可逾越的障碍。在经历了五年的困惑和郁闷的日子之后，某天下午，在一台老式打字机前，奈保尔的思绪漫无边际地飘荡到了他早年的生活记忆之中，飘荡到他极其熟悉的一条街道，他写道："每天早晨起床后，哈特就会坐在自家后面过道的栏杆上，朝着街对面喊道：'你那儿怎样了？波加特？'"③ 这是奈保尔早期小说集《米格尔大街》的第一篇小说《波加特》的第一句话，这句话成为《一部自传的开场白》（谈论他是如何成为一个作家的作品）中不断重复的话，表明他是如何从失落中找回自我并成为一个作家的："这都是些关于西班牙港市④的记忆，看似久远，实则不过是十一二年前的事儿。这些记忆来自我

---

① ［英］V. S. 奈保尔：《奈保尔家书》，北塔、常文琪译，浙江文艺出版社 2006 年版，第 308 页。
② ［英］V. S. 奈保尔：《抵达之谜》，邹海仑等译，浙江文艺出版社 2004 年版，第 149 页。
③ V. S. Naipaul," Bogart", *Miguel Street*, New York：The Vanguard Press, Inc., 1960, p. 9.
④ 特立尼达和多巴哥共和国的首都。

们住在西班牙港市的时光，来自属于我外祖母的那座宅第。"① 写出这句话以后，奈保尔发现了一个属于他自己的文学世界。小说的第一句话是萦绕于他脑海的真实的记忆，但接下来的第二句话便不再是经验性的"实"，而是想象性的"虚"，那既是一个真实的世界，又是一个幻觉的世界，这个世界展开的同时，他的自我也在发现和展开。奈保尔深有感触地说，明白自己要创作什么，找到了主题，作家的一半工作便完成了。②"要成为作家，成就那荣耀之事，我想我离开（特立尼达）是必需的。实际写作时，回归（特立尼达）也是必需的。那儿是自我认识的开端。"③

通过创作，奈保尔对特立尼达记忆的回归是在双重意义上发生的。一是他通过对早年生活的回忆而发生的，以《米格尔大街》（1959）、《通灵的按摩师》（1957）等作品为代表，童年时代街头生活的记忆，为奈保尔打开了一扇进入文学天地的大门：虚构、夸张、讽刺、富于喜剧和幻想色彩是奈保尔早期小说的重要特征，通过对过去的回忆和想象，奈保尔发现，狂欢节日中上演的卡利普索讽刺小调④生动地反映出特立尼达下层人物无言、沉默的过去，他以歇斯底里和漫画的方式生动地展示特立尼达这个被世界遗忘的社会角落；一是通过家族的记忆即对他父亲的故事的不断重复和改写而完成的，以《毕司沃斯先生的房子》（1961）为代表，奈保尔以父亲为原型塑造了毕司沃斯的形象，小说的后半部分围绕着父亲毕司沃斯和儿子阿南达之间的关系展开，而阿南达的经历与奈保尔的相似，奈保尔说，《毕司沃斯先生的房子》诞生于我孩提时代的所见所闻。⑤

奈保尔从早年生活记忆的回归中开始了他的创作，他早期作品的题材多与个人的经历和家族、族群的生活联系在一起，正如作家自己所坦言的那样："我从我的过去而来，我就得写我所来之地的历史——描写被遗忘的人民。"⑥ 在《过度拥挤的奴隶市场》（1972）和《寻找中心》（1984）等作品中，奈保尔多次讲述了他早年的作家梦和奋斗历程：他对生活与小说、真实与虚构、记忆与创造之间的关系极其着迷。

---

① V. S. Naipaul, "Prologue to an Autobiography", *Finding the Centre*. New York：Penguin Books，1985. 可参见匡咏梅译《一部自传的开场白》，《世界文学》2002 年第 1 期。

② V. S. Naipaul, "Prologue to an Autobiography", *Finding the Centre*. New York：Penguin Books，1985. 可参见匡咏梅译《一部自传的开场白》，《世界文学》2002 年第 1 期。

③ 同上书，第 107 页。

④ 卡利普索，calypso，是西印度群岛具有爵士音乐特点的即兴讽刺歌曲，讽刺时事，节奏灵活。

⑤ 参见［英］V. S. 奈保尔《毕司沃斯的房子》1963 年再版"前言"。

⑥ ［英］法·德洪迪：《奈保尔访谈录》，邹海仑译，《世界文学》2002 年第 2 期。

　　1960 年，奈保尔接受特立达和多巴哥自治政府总理艾里克·威廉斯（Dr Eric Williams，1911—1981）的委托，在加勒比前殖民地地区进行了为期七个月的旅行，考察当时新独立国家的非殖民化过程，两年后奈保尔出版了《中途：西印度及南美洲五种法国和荷兰社会之印象》。这部作品的创作，对奈保尔来说有着重要的意义：在这部作品中，个人和家族记忆更多地让位于外在的社会现实与历史。在《中途：西印度及南美洲五种法国和荷兰社会之印象》之前的作品，奈保尔主要记录他早年的生活经历与感受，侧重于对世界进行反映，而在创作《中途：西印度及南美洲五种法国和荷兰社会之印象》的过程中，奈保尔开始研究并分析他所生活的社会的毛病及其复杂的成因，并在对社会的研究中逐渐形成了自己的看法，他早期的社会喜剧式的创作至此画上了句号，取而代之的是冷峻的分析与批判。后来的《效颦者》（1967）和《黄金国的失落》（1969）等都与《中途：西印度及南美洲五种法国和荷兰社会之印象》的创作倾向和基调密切有关。

　　从这些作品中，人们不难发现，奈保尔实际上是在痛苦地致力于神话的发现、记忆的恢复与创造。没有了记忆和神话，文化也就不存在了，这正如奈保尔所说："任何城市、任何风景都不是真实的存在，除非它与某一重大事件联系在一起或是被作家、画家赋予了某种神话的色彩。"① 而当时的西印度作家在记忆、历史以及神话方面恰恰是天生的缺陷。人们通过建造纪念碑来记录历史，那是某种有形的记忆触动物，作家的创作实际上也是"纪念碑"的再建过程，它也是一种历史的遗迹，而且艺术的创造不像历史的遗迹那样易受到时间和战争的毁坏，它是一种无形的纪念碑。

　　《黄金国的失落》围绕着在特立尼达的旅行而创作的，这部作品是奈保尔对特立尼达历史的重写和他早年生活的重新思考和回忆，他从"黄金国"的历史和现状中创造出了新的生活和神话。历史、现实、景物、事件、人物等构成奈保尔的文学世界，它们在不停地演化与更新，在历史和记忆的交织中，奈保尔通过小说而发现并创造着他的自我。奈保尔说："现在，我明白，在那个时候，我正行走在通往作家首都的道路上，我感受到我创作的历史著作对我的激发与刺激，我的失望、我无家可归的生存状态、我的漂泊不定，在萦绕着我的同时，也融化于我自身之中，那是某种刻骨铭心的感受与存在，它外在于我，又内化于我的心灵，实际上，就

---

① V. S. Naipaul, *An Area of Darkness*, London: Andre Deutsch Limited, 1964, p. 194.

像以前经常发生的那样，它成了我自身有机的组成部分，我变成了我自己创造的角色与人物中的一员。"①

阅读奈保尔的早期作品，人们常常会联想到欧洲 19 世纪的现实主义作家和作品，评论界也常常从现实主义的角度来分析他的早期创作。比如，在《毕司沃斯先生的房子》中，全能的叙事者以讲故事的面目出现："毕司沃斯今年 46 岁，他是四个孩子的父亲，他没钱，他的妻子莎玛也没有钱。"② 这里的描写是对生活的真实记录，貌似现实主义，但实际上，奈保尔的创作与西方 19 世纪文学是很不相同的。传统现实主义文学侧重于事件的社会和历史意义的表现，试图全面、真实、完整地反映出现实生活。而奈保尔的早期创作，虽然也是生活的真实记录，但他记录生活的目的是为了发现他自己，他多次说到，他忠实于真实的生活经历是围绕着"创作便是写作自我"这样的中心思想进行的。传统现实主义作家，比如巴尔扎克，更多地是以"我"的意志创造世界，"我"支配着世界；而奈保尔的创作更多表现自我认识的问题，它不是创造世界或展示世界的问题，而是发现世界、发现自我秘密的问题，因此，作家的"自我"常常是一个不完整或说是未完成的人。尽管奈保尔是用现实主义笔法描写了他早年的生活经历，但明白了他对历史与虚构、记忆与创造之间关系的看法时，便不难明白，奈保尔的创作并不表现为现实主义式的再现艺术。奈保尔认为，历史学家与小说家都在寻求真实性，历史更多地维系于档案或记录，而小说家更多地依赖记忆与创造。小说与历史之间并不是虚构与真实的关系，而是不同但又可以相互融合的叙事角度。历史与小说都要讲述、重复故事，两者都是奈保尔认知世界的欲望的满足，因此，两种叙事方式在他的作品中得以吻合，他以小说的形式隐喻了历史的真实性，他说："自传有可能扭曲：事实可能会被改造，但小说（虚构）从来都不说谎：它显示的是一个作家的整体风貌。"③ 他的早期作品看似对生活的真实记录，实际上表面故事背后隐藏着某种更为复杂的意义，比如，《米格尔大街》的夸张、讽刺与作家后来旅行志式作品中残酷的幽默不无联系，而《通灵的按摩师》（1957）则是预示了奈保尔后期作品的内省性。他早期作品中最重要的力量存在于小说人物渴望离开或摧毁他所生存的地方，正是在这种渴望之中，自我意识随之觉醒、自我发现也在不断地深入。

---

① V. S. Naipaul, *The Enigma of Arrival*, Vantage Books, 1988, p. 151.

② ［英］V. S. 奈保尔：《毕司沃斯先生的房子》，余珺珉译，译林出版社 2006 年版，第 1 页。

③ V. S. Naipaul, *The Return of Eva Peron with The Killings in Trinidad*, Alfred A. Knopf, p. 67.

　　在对早年记忆的恢复和对特立尼达的历史与现状的考察中，奈保尔并没有找到自我的归属感，为了进一步认识自我，他远走高飞，开始了他的旅行创作："我的认识和自我意识就是以特立尼达岛为起点的。首先讲述了我在西班牙港的那个街道度过的一部分童年生活；再现了在特立尼达岛我的'印度家庭生活'；描写了去加勒比海和南美洲一些殖民地的旅行经历，以及后来一次去印度祖先生活过的那块特殊的土地。我的好奇心是相当广泛的，每次旅行探险，每一本书都使我增长了知识，充实、修补了我早先对自我和对世界的认识。"①

　　奈保尔的旅行是在双重意义上发生的，一是空间或地理意义上，一是时间与历史意义上。在空间与地理上，他深入到印度、非洲和阿拉伯国家，创作了《幽暗国度：记忆与现实交错的印度之旅》（1964）、《游击队员》（1975）、《印度：受伤的文明》（1977）、《河湾》（1979）以及《在信仰者中间》（1981）等旅行志式的作品；而在时间与历史上，他不断地研究并沉思英殖民帝国、罗马帝国、早期哈里发的征战、古印度雅利安人的伟大与智慧。在时空的旅行中，奈保尔将历史的兴衰与个体生命对生活的记忆、体验紧密联系起来，将自己的生活与时代当作人类的历史来写，他的创作总是夹杂着他的个性和他个人的情感，有时甚至表现出愤懑和过激的情绪：痛恨压迫者，惧怕被压迫者；或用"性"政治的隐喻说法，殖民主义如同"私通"，它既是对他人的侵犯，也是对自我的侵犯。

　　通过旅行和创作，他深刻体会到，出生在前殖民地如特立尼达这样的第三世界国家，生活本身就像是遭遇了一场船难，而生活在英国或西方世界从根本上说则是更大或说是最终的船难。奈保尔说："正像我在家乡的时候我有一次曾梦见我身在英格兰，同样，这么多年来我身在英格兰却梦见我要离开英格兰。"② 奈保尔深深地感知到，他抵达英国之日实际上便是他"死亡"之时，因为他的幻想在伦敦遭到了彻底的破灭；而在非洲，在印度，在伊斯兰国家，他又发现自我面对的常常是一个难以理喻的、迷信的世界。在"环球旅行"之中，在从古罗马到英格兰的帝国遐思之中，奈保尔发现的不仅是表面的混乱与无序，而且是内在的衰败和颓废：文明与进步走向了衰败，混乱与无序之中我们失落的到底是什么？

　　《幽暗国度：记忆与现实交错的印度之旅》（1964）的结尾典型地反映出奈保尔对世界的悲观看法：

① ［英］V. S. 奈保尔：《抵达之谜》，邹海仑等译，浙江文艺出版社 2004 年版，第 149 页。
② 同上书，第 110 页。

印度教徒说，世界是一个幻象。我们常常把"绝望"二字挂在嘴边，但真正的绝望隐藏在我们内心深处，只能意会，不可言传。直到返回伦敦，身为一个无家可归的异乡人，我才猛然醒悟，过去一年中，我的心灵是多么接近消极的、崇尚虚无的印度传统文化；它已经变成了我的思维和情感的基石。尽管有了这么一份觉悟，一旦回到西方世界——回到那个只把"虚幻"看成抽象观念、而不把它当作一种刻骨铭心的感受的西方文化中，我就发觉，印度精神悄悄地从我身边溜走了。在我的感觉中，它就像一个我永远无法完整表达、从此再也捕捉不回来的真理。①

印度文化中的"幻象"即"摩耶"观，认为世界万事万物都是幻觉，从摩耶观中，佛教演化出了"万法皆空"的思想；而叔本华接受印度文化摩耶观之后，从中则发展出了彻底的悲观主义。奈保尔的"绝望"有似于叔本华的悲观主义，不过与叔本华的理性思维不同，奈保尔更多是以"只可意会，不可言传"的文学方式来表达他的悲观主义情绪，他将自己的所见所闻，将历史学家认为是难解甚至是迷信的东西转化为细致的文学描述，将不可知的东西转化为隐喻和故事，从而使我们得到某种神话般真实而深刻的感受。

《幽暗国度：记忆与现实交错的印度之旅》的结尾以梦的方式表达了奈保尔内心深处幻觉般的感受，那是对世界的某种隐喻，是某种逸出了他的记忆或说是记忆中失落了的东西。在奈保尔准备飞离印度时，他得到了朋友送来的一个礼物——一包布料，这是奈保尔新结识的一个朋友，一个建筑学家，送给奈保尔的礼物，他希望奈保尔回到欧洲能用这块布做一个夹克。在伦敦街头，奈保尔感到失落和无家可归时，他想到了他新结识的朋友送给他的那块布料。然后，他写道："我做了一个梦"：

一块新的、长方形的硬布料放置在我的面前，我知道，只要能从这块布料的一个特定部位裁出一块特定尺寸的、更小一点的长方形，那么，这块布料自身（的秘密）便开始拆解开来，拆解从一块布料延伸到一张桌子以至于所有的物质，直到整个戏法的秘密被解开

---

① ［英］V. S. 奈保尔：《幽暗国度：记忆与现实交错的印度之旅》，李永平译，生活·读书·新知三联书店 2003 年版，第 402—403 页。

(*until the whole trick was undone*)。我一边思考着这句话，一边将布料摊开、寻找着线索，我知道其中存在着线索，那是我最渴望找到的东西，但我知道，我永远也无法找到。①

我们注意到，奈保尔对梦的记述，初看上去好像只是对一块布料的拆解，实际上却是内心深处对宇宙奥秘的探求。世界上的万事万物并没有什么头绪，它不过是一场游戏，万事万物在不停地展示（拆解）自己；世界没有目标，不过它总是隐藏着需要人们探求的秘密，这种秘密若隐若现，不可捕捉，但又具有无尽的诱惑力。"戏法"（trick）一词在此既可理解为世界的"游戏""把戏"，也可理解为世界的"幻象""幻觉"或"骗局"。

《河湾》（1979）描写的便是这样的一个可怕的"骗局"：它是对康拉德《黑暗的心脏》的重写，但它比康拉德的小说更令人迷惘，它是一部充满悲观情绪的小说，英帝国的殖民主义打乱了平静的世界，导致的不仅是前殖民国家的苦难，而且是后殖民国家的混乱。奈保尔深入前殖民地国家进行考察，既是对前殖民地国家进行研究，更是对英帝国进行研究，并进而认识自我和自我的处境。而小说的主人公萨里姆离开自己的家园、闯荡非洲的经历一定程度上是奈保尔的生活与心理感受的真实写照：殖民主义到底给后殖民社会带来了什么？我们为什么再也回不到过去、回不到自己心目中的家园了？

殖民主义早已成为了历史，而从历史的角度，奈保尔也将英帝国与更为古老的罗马帝国联系起来，他对罗马帝国的兴趣并不是什么怀旧或浪漫情调，而是为了深化他对殖民与后殖民现象以及自我的认知："尽管罗马帝国的辉煌给我留下了深刻的影响……但我特殊的兴趣在于罗马帝国存在的最后一个世纪，那时的罗马帝国好像是从传说之中走入了'现代'，这时期罗马的伟大人物……好像直接出现在了我们的面前，但他们最后又总是飘逸而去。我无法理解西塞罗，庞培对我来说也是一个谜。我阅读得越多，越觉得自己永远无法进入罗马思想的角落。这是他们的魅力所在。"②"无法进入的角落"是让奈保尔困惑也让奈保尔着迷的地方，其神秘性不仅在于难以进入，而且在于其中隐含着无法探究的意义。

---

① V. S. Naipaul, *An Area of Darkness*, London：Andre Deutsch Limited, 1964, p. 226. 可参阅 V. S. 奈保尔《幽暗国度：记忆与现实交错的印度之旅》，李永平译，生活·读书·新知三联书店 2003 年版，第 402 页。

② *The Times*, 13, July 1961, p. 13.

多年之后，在《抵达之谜》中，奈保尔将《幽暗国度：记忆与现实交错的印度之旅》与《河湾》中的"幻象"和"骗局"进一步转换成了难以解开的历史与现实之谜（enigma）。奈保尔作品中的谜，不同于神秘（mystery），它只是隐含着神秘，而不是制造神秘，"谜"所具有的神秘意味，导致的并不是崇高或宗教般的感受，相反，它更多地富于智性的色彩，促人深思，使人走向深邃。奈保尔很欣赏博尔赫斯充满神秘色彩的小说，认为其中的神秘主义多是某种智性的游戏和玩笑，既不神秘也不难懂。① 从印度文化的角度说，奈保尔的"谜"更接近于印度古老的吠陀精神，而不是印度神秘的宗教文化，他的名字"维迪亚"便是从"吠陀"一词演化而来，其意义也在于"智慧"而非"神秘"②。印度吠陀时代对世界充满了不解与好奇，其文化更侧重于对世间万物进行"解谜"，解谜是为了认知世界，发现自我，为自我答疑解惑。

尽管奈保尔生活在西方，他在身体上早已经不再属于特立尼达，更不属于古老的印度，但早年生活的记忆深深地化入了他后来的思想和情感之中，他的旅行志式的创作多表现为对特立尼达和印度的逃避与回归之间形成的张力，每一次回归都形成一种新的逃避，每一次逃避又形成新的回归，正是在不断的逃避与回归之间形成，奈保尔将个人的记忆、家族的记忆转化成了文化的记忆。

《河湾》中的人物因达尔在欧洲、非洲等地流亡多年之后，动不动便想回家，这使小说的叙述者萨里姆深有感触："回家、离开、别的什么地方——多少年来，这些想法何尝不萦绕在我的脑海中？只是形式有所不同罢了。在非洲的时候，这些想法和我如影相随。在伦敦，在旅馆的房间，这些想法让我彻夜难眠。它是幻觉，我现在才发现，这些想法表面上能给人以慰藉，实际上却让人疲弱，让人毁灭。……我们已经没有了退路，没有了可以返回的地方。我们都成了外部世界的产物；我们都必须生活在现有的世界。"③ "我们自己的过去早已成了一片空白……这是因达尔某天早晨在商店第一次遇见我时说话中流露的意思，他说，他已经学会了践踏过去，起初的时候，践踏过去就像践踏花园一样，后来，践踏过去就像是行走在路上一样平常了。"④

---

① V. S. Naipaul, *The Return of Eva Peron with The Killings in Trinidad*, Alfred A. Knopf, p. 116.

② "维迪亚"（vidia）从"吠陀"（veda）一词演化而来，意为"知识""智慧"。

③ ［英］V. S. 奈保尔：《河湾》，方柏林译，译林出版社2002年版，第259页。

④ V. S. Naipaul, *A Bend in the River*, New York, Alfred A. Knopf, 1989, p. 131.

回忆过去变成了痛苦以及痛苦中的麻木，我们之所以忽视我们的过去，是因为过去在我们麻木不仁的感受之中早已变成了空白，我们对我们的一切包括现在与过去都习以为常了。因达尔关于"践踏花园"与"行走在路上"之间的比喻说法，可能启发奈保尔在《抵达之谜》的开篇写下了关于杰克花园的文字。① 杰克生前对花园精心照料，但他死后，他的花园荒芜了：

> 春天来了。上山的那条小路的新路面依然存在。农场的新生活在继续。然而在这第二年里，杰克的小屋和花园却与这种活跃、变化脱节了。他的去世和他的葬礼——就像几年前他的岳父的去世和葬礼一样——似乎是在人不知鬼不觉间发生的：这是乡村生活的影响之一，黑色的道路，分散的房屋，开阔的视野，长满了野草，几乎没人注意。他的花园里一切都更像野生的，树篱和玫瑰丛蔓生滋长，都长到外面来了……当他不在那里做这些事情的时候，这些事情就没有人做：那里仅仅是一个废墟，住在其他小屋的新人们，并没有做他以往所做的事情，他们似乎并不看重他们小屋的附属土地，或者他们对这块土地有不同的看法，或者他们对自己的生活有别的想法。②

《抵达之谜》的"过去"，在奈保尔笔下，更多地代表着死亡、废墟与遗迹，过去的一切都成了荒芜，杰克的花园成了人们践踏的对象。按奈保尔自己的分析，将过去与死亡、花园与废墟联系在一起，可能是他身上祖传的古老的感情方式；与这种感情方式相适应，奈保尔同时也认识到，世界总是处于流动变化之中："我产生了万物处于变化之中，完美的事物正临近死亡的思想，我一直生活在这种思想之中，它已经使我体验过的美，使那些正在消失的季节，具有一种强烈、深刻的意味。"③ 就像四季的交替与历史的循环一样，生活在不停地变化，但变化的背后隐藏着的是废墟与死亡，这看似虚无，但也反映出奈保尔对早年"无意义、无历史、无价值"认识的重新发掘：意义产生于虚无之中，价值产生于无价值的生活之中。④

从 20 世纪 80 年代开始，奈保尔的作品更多地开始反思自我，尽管他

---

① Peter Hughes, *V. S. Naipaul*, Routledge, 1988, p. 47.

② ［英］V. S. 奈保尔:《抵达之谜》，邹海仑等译，浙江文艺出版社 2004 年版，第 49 页。

③ 同上书，第 101 页。

④ Peter Hughes, *V. S. Naipaul*, Routledge, 1988, p. 32.

对世界的未来依然感到极度的悲观和怀疑，但由于他接受了万事万物均处于流变中的观念，他的创作心态开始变得平和，情绪化的东西越来越少了，他的创作更多表现为娓娓道来的故事和智慧，一般不再对事件做出评断和公开的批判了。《发现中心》（1984）、《抵达之谜》（1987）、《印度：百万叛变的今天》（1990）、《世间的路》（1994）、《读与写》（2001）、《浮生》（2001）等都是如此。在《抵达之谜》中，奈保尔写道："社会在变，时间在不停地向前推移。我发现，自己的才华和自己的主题在不断地展现，我走向了成熟。"① "我曾培养自己接受变化的观念，摆脱过度的悲伤，对衰败采取视而不见的态度……我曾经抱着变化的观念生活，把它当作一种恒久不变的规律，大千世界沧海桑田，人生就如同一系列的怪圈，有时还环环相扣。但是，哲学目前已经失去作用。土地不只是土地，它吸收了我们的呼出的气息，触及了我们的感情和记忆。而我生命中这个怪圈的终结……与我的病痛带给我的衰老感觉胶着在一起，让我感到无比悲伤。"②

奈保尔对物质世界的终结持寂静主义，他是一个焦灼的安静主义者（an anxious quietist）。他对世界充满了悲观的看法和认识，无论从宗教上还是从文化上，他都无以找到自己的归属，他不知道世界将走向何处，他笔下的故事与人物也无以定型，他创作风格上的探索反映出人格的分裂和思想的分裂，他想通过自己的创作来使自己变得完整，但他无法完整自己，每一作品的创作都使他有新的发现，但新的发现却使他有更多的残缺不全的感受。这是一个残缺和毁坏的自我，一个残缺的自我发现的一个残缺的世界，这是某种被世界遗弃的感受，他不像鲁滨孙那样有最终的心理归属，鲁滨孙只不过是置身于外在的荒岛，奈保尔感受的则是心灵上的荒岛。

父亲于1953年去世，当时奈保尔感到极度悲伤，而且他对死亡充满了恐惧感。但三十多年之后，当他从柏林回到威尔特郡，听到他的妹妹在特立尼达将要去世的消息时，他沉思："从1953年我的父亲去世之后，我的生活都不再悲伤了。因此，我冷静地接受了这个消息；接着，我打起嗝来，随后，我挂念起来。"③ 他回到特立尼达，及时参加了为他妹妹举行的印度教火葬仪式，对这场仪式的描写构成了《抵达之谜》的结尾篇章，

---

① ［英］V. S. 奈保尔：《抵达之谜》，邹海仑等译，浙江文艺出版社2004年版，第212页。
② 同上书，第361页。
③ 同上书，第369页。

他发现："我们为我们自己重新塑造了这个世界。"①　正是妹妹的葬礼使他通过死亡而面对侵入他的睡眠之中的梦：我们赖以生存的世界一定程度上是我们自己创造的世界，也是我们心中渴望的世界，人类需要历史，这有助于他们知晓自己到底是什么样的人，小说是自我真正的历史，是不断地死亡与复活的过程。我们神圣的世界已不复存在，没有什么古船可以带我们回去了，现在，每个时代都将使我们更加远离那些"圣洁"（代表着"过去"），但历史和圣洁一样，可以驻留我们于心中，这便足够了，有此，我们可以为自己重新塑造这个世界。

---

①　［英］V. S. 奈保尔：《抵达之谜》，邹海仑等译，浙江文艺出版社 2004 年版，第 378 页。

附录二　拜见奈保尔①

　　维·苏·奈保尔是当今英国最有声望的作家之一，他于 2001 年 10 月获得了诺贝尔文学奖。2002 年秋天，笔者在英国进行学术访问期间，有幸在伦敦奈保尔先生的寓所拜访了他。

　　奈保尔非常勤奋，他很珍惜自己的时间，不擅长也不喜好交际。起初我通过英国学术院的卡罗尔小姐与奈保尔先生联系时，他并没有答应我拜访他的请求。我很想见到奈保尔，他是我崇敬的作家，我近些年来一直对印度侨民文学很感兴趣，在他获得诺贝尔文学奖之前便阅读了他的一些作品；再者，在来英国进行学术访问前夕，中国社会科学院外国文学研究所正在拟议召开世界作家大会，奈保尔是特邀的作家之一，外文所的相关人士也托付我能够将有关材料亲自交给奈保尔，以示诚意。经过反复考虑之后，我给奈保尔写了一封信，委托卡罗尔小姐转递。很快，卡罗尔小姐高兴地通知我，奈保尔先生同意了。

　　在人们的印象中，奈保尔似乎有些冷酷，他的作品也以深刻的思想、冷峻的讽刺和残酷的幽默而见长。但那天见到奈保尔时，他的无拘无束与热情给我以"如归"的感觉，我有点忘乎所以，在他阅读世界作家大会的有关材料并询问了相关的问题后，我与他从印度到中国畅谈起来，不知不觉间，已过了一个多小时。直到他的夫人说时间到了（奈保尔先生约好还有别的事件）时，我才知道我是多么愚蠢地浪费了宝贵的时间。准备好的"学术"问题还没有来得及向他提出来，我恳请奈保尔再给我半个小时的时间，看着我焦急的样子，奈保尔很爽快地答应了，只是他的夫人有点不太乐意。

　　回答问题时的奈保尔与聊天时的奈保尔判若两人。我的第一个问题提出来后，他表情严肃认真，显然，他对我提的问题还是有兴趣的。在接下

---

　　① 本文原载于石海军《后殖民：印英文学之间》，北京大学出版社 2008 年版；也可参见《失望的理想主义者》，《环球时报》2002 年 10 月 10 日。

来的问答中，有时他会稍微思考一下，有时则像老人对待小孩子一样细心地问我听懂了没有，说到幽默处，则又会像一个老小孩一样开心地大笑，他的思维极其敏捷，令我大开眼界。但由于我的英语不是太好，又没有采访经验，总害怕半个小时的时间很快就会到的，常常是迫不及待地提出了下一个问题，倒是他不时提醒我不要着急。无奈的是他的夫人有点儿着急，半个小时过去后，他的夫人又提醒了他。我解答完我的问题后，我提出合影留念的想法，他说不用着急，想照多少都可以，还让他的夫人帮着照合影，并询问我需要什么姿势，他会很配合地做出来，比如读报、看书或是别的。

临走时，我们约好当世界作家大会召开时，我在北京再好好陪他游山玩水或是逛北京城，他对开会不感兴趣，感兴趣的是到中国转一转，但遗憾的是，拟议中的世界作家大会因为种种原因，最终被取消了。我心中留下的是永久的记忆和永久的遗憾。

下面便是我提出的问题和他的解答。

石海军（以下简称"石"）：你是一个旅行作家，但你说过，只是在离开某地之后，你才能对某地进行创作——在你和你的经历之间获得一定的距离感是你进行创作的前提，你可否对你所说的距离多作一点解释，这是地理上、感情上的距离，还是审美意义上的距离呢？

奈保尔（以下简称"奈"）：是美学意义上的。这是一个非常好、非常好的问题，石先生。我想，只有对你经历过的东西有了距离之后，你才能看得清楚。你需要距离。如果让我对印度当代文学做出批评的话，我认为它们缺乏的正是距离感。对自己的经历越是能够保持超然的距离，创作出来的东西才会越好。这是一种伟大的距离。正是因为有了这种距离，你才能够对你所经历过的一切有更为深入的理解，你才能对你的经历进行不仅是地理、历史意义上的，而且是记忆、感情、美学上的沉淀和升华。不然的话，以你有限的视域要给出某种宽广的展望，那么，你的创作便只能是描绘性的。对于印度当代作家来说，这是一个很重要的问题，我认为他们并没有理解距离问题。

石：在《抵达之谜》中，你说："常人与作家原本是同一个人，但这是作家的伟大发现，认识到这一点，要花去多少时间——进行多少创作！"这话意味深长，你可以告诉我，你是怎样使常人与作家在你的身上合为一体的？

奈：正是因为伟大的距离，我开始认识到该怎样去创作。刚开始时，你知道，那时的我只是用第三人称进行叙事，作家自我是不露面的。只是在经历了很多的创作之后，距离，这个很重要的东西，使常人和作家在我身上结合起来了。这是一个与前一个问题相似的重要话题，距离、距离、再距离。

石：根据你的看法，你以父亲为原型而创作的《毕司沃斯先生的房子》在你的创作中是一个"伟大的桥梁"："开始创作这部著作的人与写完这部著作的人是很不相同的。"是不是可以说，正是通过这部作品的创作，常人与作家在你的身上合为了一体？

奈：我那话的意思是说，每一部作品都会使作家发生变化——我创作的每一部作品都使我发生变化，每一部作品的创作经历都在不断地充实着我的智慧。你知道，我年轻时代刚开始创作时，并不是所有的东西都已存放在我的脑子里了。

石：我想说的是，正如你在《家书：父子之间》中所说的那样，你常把自己的生命看作是你父亲生命的延续，你越是了解自己，就越是了解你的父亲。尽管你的父亲在1953年就去世了，但他像在世时那样帮助你完成了一个常人到作家的转变过程。所以，《毕司沃斯先生的房子》不仅是关于你父亲的故事，而且也是你作为一个作家的自我创造的故事，是这样吗？

奈：可能是这样。这是一个不错的观点，很好的观点。

石：《毕司沃斯先生的房子》是一部与西方现代、后现代小说颇为不同的小说，它使评论家想起19世纪的西方文学。你对19世纪的散文家如理查特·杰佛里斯、查尔斯·兰姆和威廉·柯拜特还是挺欣赏的，你说杰佛里斯是以散文写作为乔装的小说家。你可以解释一下《毕司沃斯先生的房子》与西方19世纪文学之间的关系吗？

奈：你知道吗？作家并不那样想。作家创作有各种复杂的原因，有艺术的、美学的。从世纪的角度来分析作品是批评家的事，作家并不去想这个问题。我并不去评判自己的作品，我并不那样想。

石：自詹姆斯·乔伊斯发表《为芬灵根守灵》以来，不少作家热衷于文学实验，有些评论家也喜欢谈论"小说之死"。你对此有什么看法？

奈："小说之死"？对我们来说，最好还是这样来看待问题：重要的文学形式总是在不断地发生着变化，会有新的形式出现，会有新的东西占据主导地位。19世纪的欧洲对于小说的发展具有特别重要的价值和意义，我认为，自此之后欧洲人可能觉得没有什么东西可写了。但对世界上的其他地方而言，19世纪很少具备这样的意义，比如亚洲，就没有类似于欧洲 19 世纪的文学，它们需要自己的 19 世纪文学。

石：你在上一次访谈中曾说："乔伊斯要变成瞎子了，我看不懂一个瞎子作家的作品。"这话是不是意味着你不喜欢大多数西方现代、后现代小说？

奈：我不这样想，我的思维有不少学术性的，我并不从表象、从文学发展上去看问题。但我对乔伊斯确实没兴趣，从他的作品中确实找不到兴趣。我是典型的对现实世界、对社会感兴趣的这么一种人，我的兴趣不在……哼，我不像"瞎子"那样去感觉世界。（笑）

石：你曾说："创作越自然越好，语言应该明白流畅。"你讨厌风格、风格家和象征主义等，你可以解释一下你所谓的风格，那种令你讨厌的风格吗？

奈：风格是一个广义的词。有些人将风格看成是与内容相分离的东西，他们只在风格上下功夫。但是在我看来，风格并不只是语言问题，风格就是思想。

石：每个作家都有自己的读者，你心目中有自己的读者吗？

奈：没有。

石：那么这是否意味着，正如有些评论家所说的那样，你是一个无根的作家？

奈：可能如此，但我不这样想。

石：那在你看来，你的文化之根在哪里呢？是西方文化还是印度文化？

奈：你不能对世界作这样简单的划分。我们可以由多种文化成分构成，我们并不停留于单一的文化，这并不像是你的身份护照，你只能选择一种，你可以有多种选择。我是由多种复杂的文化构成的。

石：所以说你是一个文化上的环球旅行家。

奈：是，是，环球旅行。

石：下面这个问题比较尖刻，我只是把它提出来。在《抵达之谜》中，你曾说："过去对我——作为殖民地居民和作为作家——来说，充满了耻辱，然而作为一个作家，我练就了自己面对耻辱的能力。"在有些评论家，比如爱德华·萨义德看来，你对第三世界实际上根本就没有兴趣，你的兴趣只在于西方的知识分子，你……

奈：我不知道这个人，我想他不了解我的作品，他说这话是很蠢的。他在哪儿生活？他是干什么的？

石：他生活在美国，是个很重要的……

奈：这种废物怎么能在那里说出这种废话来！

石：有时，文学批评是很荒唐的。但不管怎么说，大多数文学批评家对你的创作都给予了很高的评价。后殖民文学批评中讨论较多的"效颦""文化归属""秩序""中心"等问题多与你的创作相关；霍米·巴巴在讨论"效颦"问题时就引用了你的小说《效颦者》中的一段话，你能谈谈"效颦"一词在你的作品中的含义吗

奈：可以。我用"效颦"一词时，指的不仅是效颦，更多的是指那种模拟状态的人，他们不是真正的人，是假人，是模仿者。打个比方说，有些批评家，他们不是西方人但生活在西方，他们把自己模拟成学者，他们不是真正的学者，他们是假学者，是效颦者。

石：根据你的看法，我们生活在一个破碎了的世界，一切都崩溃了，只不过是历史还在延续着，这是一个没有道德只有金钱的世界。有一种说法是，伴随着军事征服的殖民时代已经过去了，我们现在生活在一个商人的时代，经过漫长的时期，人类将进入哲学的时代。你同意这种看法吗？

奈：不，不，但这太需要了，太需要了。

石：有人认为你是一个失望的理想主义者，依然相信人类有将世界变好的可能性。

奈：我不阅读这些。我写了什么就是什么，我心中并不想知道我是什么类型的作家，我从不对自己进行批评。

石：你能解释一下你的印度教观吗？

奈：可以。我不是一个盲信者。我没有狂热的宗教信仰。我认为世界是动荡不安的，总是处于不断的变化当中。我没有天堂的观念，也没有上帝的观念。

石：你对中国有何看法？比如说你心目中的中国是什么样的？

奈：我从未去过中国，对中国知道得很少。之所以没去中国，主要是因为语言，我不懂汉语，对中国不了解，但我对你的到来很感兴趣。

石：非常感谢。

附录三 奈保尔作品年表（英文）

Fiction

1. *The Mystic Masseur*（1957）

2. *The Suffrage of Elvira*（1958）

3. *Miguel Street*（1959）

4. *A House for Mr Biswas*（1961）

5. *Mr. Stone and the Knights Companion*（1963）

6. *The Mimic Men*（1967）

7. *A Flag on the Island*（1967）

8. *In a Free StateBooker prize*（1971）

9. *Guerrillas*（1975）

10. *A Bend in the River*（1979）

11. *Finding the Centre*（1984）

12. *The Enigma of Arrival*（1987）

13. *A Way in the World*（1994）

14. *Half a Life*（2001）

15. *Magic Seeds*（2004）

Non-fiction

1. *The Middle Passage：Impressions of Five Societies-British，French and Dutch in the West Indies and South America*（1962）

2. *An Area of Darkness*（1964）

3. *The Loss of El Dorado*（1969）

4. *The Overcrowded Barracoon and Other Articles*（1972）

5. *India：A Wounded Civilization*（1977）

6. *A Congo Diary*（1980）

7. *The Return of Eva Perón and the Killings in Trinidad*（1980）

8. *Among the Believers：An Islamic Journey*（1981）

9. *A Turn in the South* （1989）

10. *India：A Million Mutinies Now* （1990）

11. *Homeless by Choice* （1992，*with R. Jhabvala and Salman Rushdie*）

12. *Bombay* （1994，*with Raghubir Singh*）

13. *Beyond Belief：Islamic Excursions among the Converted Peoples* （1998）

14. *Between Father and Son：Family Letters* （1999，*edited by Gillon Aitken*）

15. *Reading & Writing：A Personal Account* （2000）

16. *The Writer and the World：Essays* （2002，*edited by Pankaj Mishra*）

17. *Literary Occasions：Essays* （2003，*edited by Pankaj Mishra*）

18. *A Writer's People：Ways of Looking and Feeling* （2007）

19. *The Masque of Africa：Glimpses of African Belief* （2010）